COLHEITA DE OSSOS

PABLO ZORZI

COLHEITA DE OSSOS

astral
cultural

Copyright © 2023 Pablo Zorzi
Todos os direitos reservados à Astral Cultural e protegidos pela Lei 9.610, de 19.2.1998.
É proibida a reprodução total ou parcial sem a expressa anuência da editora.
Este livro foi revisado segundo o Novo Acordo Ortográfico da Língua Portuguesa.

Editora Natália Ortega
Editora de arte Tâmizi Ribeiro
Produção editorial Ana Laura Padovan, Andressa Ciniciato, Brendha Rodrigues, Esther Ferreira, Felix Arantes, Jaqueline Lopes e Renan Oliveira
Revisão Fernanda Costa, João Rodrigues e Lívia Mendes
Capa Anderson Junqueira

Dados Internacionais de Catalogação na Publicação (CIP)
Angélica Ilacqua CRB-8/7057

Z81c	Zorzi, Pablo
	Colheita de ossos / Pablo Zorzi. Bauru, SP : Astral Cultural, 2023.
	320 p.
	ISBN 978-65-5566-391-4
	1. Ficção brasileira 2. Suspense I. Título
23-4231	CDD B869.3

Índices para catálogo sistemático:
1. Ficção brasileira

BAURU
Avenida Duque de Caxias, 11-70
8º andar
Vila Altinópolis
CEP 17012-151
Telefone: (14) 3879-3877

SÃO PAULO
Rua Major Quedinho, 111
Cj. 1910, 19º andar
Centro Histórico
CEP 01050-904
Telefone: (11) 3048-2900

E-mail: contato@astralcultural.com.br

Dedico este livro ao meu Playstation.
Sem ele, esta história estaria pronta um ano antes.
Obrigado, amigo, você é um amigo.

PRÓLOGO

A madrugada no campo não apresentava nada fora do comum: grilos e cigarras chiavam nas proximidades do galpão, guaxinins se espremiam por baixo das tábuas do galinheiro e latidos de cães ecoavam de alguma propriedade vizinha.

Era fevereiro, poucos dias antes do fim do mês, e o jornalista Anderson Vogel estava com as mãos atrás da cabeça fitando o teto do quarto, em sua fazenda, no oeste catarinense. Havia uma aranha pendurada na teia em torno da luminária, mas ele não deu atenção a ela. Fazia algum tempo que decidira que a casa precisava de reformas, mas isso não importava naquele momento. Precisava ater-se ao plano. Imaginou-se dando o fora daquele lugar, recolhendo suas tralhas e mudando-se para alguma cidade perto da praia, onde ninguém nunca os encontraria.

Sentiu um desconforto, como se a aranha tivesse entrado pela boca e tecesse teias em seu estômago. Pensar naquela história fazia com que coisas como essa acontecessem.

Mudou de posição na cama.

Mal conseguia se lembrar da última noite inteira de sono. Dormia alguns minutos e despertava. O ciclo se repetia em uma agonia sem fim.

Quando ouviu o barulho do telefone no andar de baixo, estendeu o braço sobre a mesa de cabeceira e conferiu a hora no celular. 2h57. Fosse lá quem estivesse ligando não tinha seu contato particular. Talvez fosse um bom sinal. Bocejou. O quarto estava escuro, iluminado apenas pelo *display* do climatizador, que soprava ar fresco.

— Anderson?! — chamou a esposa, virando-se para ele.

Ele fingiu que dormia.

— Eu te avisei que o telefone do quarto estava mudo desde ontem — ralhou ela. — Agora vai ter que descer pra atender.

— Porra, são três da manhã! Deve ser o mesmo maluco que ligou por engano na semana passada — respondeu ele, esquivando-se.

— Vai logo. — Ela o empurrou. — E traz água quando voltar.

Irritado com o toque estridente, Anderson levantou da cama passando as mãos pelos fiapos de barba no queixo, enquanto se acostumava com a nova posição. Sentiu uma fisgada nas costas. Sem pressa, arrastou-se para fora do quarto e desceu as escadas agarrado ao corrimão. Sentiu grãos de areia nos olhos quando avistou a claridade da televisão ligada na sala.

Interrompeu o passo.

Lembrava-se de tê-la desligado.

No tempo em que ficou encarando o filme que aparecia na tela, o telefone parou de tocar, fazendo o silêncio tombar sobre o ambiente. Ouvia-se apenas os grilos no gramado lá fora.

Apertando os olhos, investigou os arredores. Conferiu a sala de estar e foi para a cozinha. A porta dos fundos estava fechada, mas ele conferiu a tranca. Contornou a mesa e chegou perto da janela para verificar o pátio e o galpão da ordenha. O brilho da lua crescente refletia no gramado. Chegou a pensar em buscar o revólver na gaveta de cuecas do guarda-roupa, mas rejeitou a hipótese quando não encontrou nada fora do comum. Aproximou-se do sofá, pegou o controle remoto enfiado no canto e desligou o televisor.

Estava com o pé esquerdo no primeiro degrau da escada, pronto para voltar ao quarto, quando o telefone ribombou outra vez.

— Filho da mãe — praguejou, com a mão no peito, sentindo o coração saltar pela boca. — Quase me matou.

Foi até o telefone e o pegou do gancho.

— Alô.

— Cacete. — A voz de Miguel soava afobada. — Tô tentando falar contigo faz meia hora. Por que não atende o celular?

— Porque é madrugada? — ironizou Anderson, recordando não ter visto nenhuma chamada perdida quando viu a hora no aparelho. — E você sabe que esse negócio não pega direito aqui no mato.

Um suspiro de alívio veio do outro lado da linha.

— Pelo menos você tá bem.

— Me acordou pra saber se tô bem?

— Não é isso. — A voz de Miguel parecia engasgada, como se relutasse em continuar. — Vou te fazer uma pergunta estranha.

Anderson puxou o fio e sentou no sofá.

— Quero saber que roupa você tá vestindo — emendou Miguel.

— Ah, mas vá tomar no cu! — exclamou Anderson. — Tô há sei lá quanto tempo sem dormir, e você me liga pra saber o que tô vestindo?

Miguel silenciou. Era possível ouvir sua respiração.

— Cara, é sério. Só responde.

Cachorros começaram a latir na lavoura atrás da casa.

— Pijama — respondeu Anderson, pressionando o telefone contra a orelha para ouvir melhor. — Tô de pijama.

— Calção escuro e camiseta branca?

Anderson olhou para baixo para confirmar. Não acreditava que estava conversando sobre a cor de seu pijama às três da manhã.

— É.

— Merda! Merda! — A afobação de Miguel estava de volta. — Escuta. Alguém me mandou um vídeo com o teu celular. Uma gravação de uns quinze segundos mostrando você e a Cris na cama.

Anderson sentiu os pelos dos braços se eriçarem. Fez força para engolir uma porção de saliva, que insistiu em não descer. Foi impossível não olhar para a televisão e o controle remoto.

— Que horas você recebeu? — Anderson virou-se para a janela quando os latidos ficaram mais intensos. A sensação de que estava sendo observado o dominou.

— Agora há pouco. Te enviei o arquivo.

Ouviu passos no andar de cima.

— Cara, liga pra polícia e pede pra virem depressa. — Anderson mirou a escadaria. — Tem alguém aqui.

1

Hugo Martins arrependeu-se de ter comido sanduíche de presunto no café da manhã quando chegou à fazenda e viu o caos de carne que antes havia sido um homem. Cerrando a mandíbula para espantar a ânsia, o policial civil forçou os olhos, tentando mantê-los fora de foco. Não queria ter visto aquilo. Desejou apagar a cena da memória, mas sabia que o estrago estava feito. Embora aquele não fosse o primeiro cadáver que vira na vida, sem dúvida era o primeiro a causar um incrível espanto. Tentou relaxar os ombros, mas não havia mais nada que pudesse fazer. Abaixou a cabeça e aceitou que, daquele dia em diante, sempre haveria uma lembrança que o assombraria todas as manhãs.

Por alguma razão, os policiais mais antigos ficaram calados quando ele colocou a mão na frente da boca para segurar o amargor do suco gástrico que alcançou o fundo da garganta. Concentrou-se. Suor escorria pela sua testa. Não queria vomitar e perder o respeito que havia conquistado na última semana, tornando-se objeto de desprezo e alvo de piadas na corporação.

Hugo tinha 29 anos, barba rala e um cabelo que precisava de uma tesoura. Era natural do Rio Grande do Sul e havia se formado na Academia de Polícia de Santa Catarina há pouco mais de um mês. Semanas antes, na escolha de lotações, fora um dos poucos que preferira a região oeste de Santa Catarina. "É menos violenta", foi o que disseram para convencê-lo a desistir das vagas no litoral, objetos de desejo da maioria dos agentes.

"Menos violenta."

Lembrou-se dessas palavras antes de sentir uma mão agarrando seu antebraço. Agradeceu a oportunidade de desviar o olhar.

— Estão precisando de vocês lá embaixo, na estrebaria — alertou o delegado Álvaro Fiore, referindo-se aos policiais militares que estavam no quarto.

— Encontraram algo?

— Não sei. Só pediram que descessem.

Os dois homens foram para a escada.

Fazia tempo que Fiore trabalhava como delegado responsável pela comarca do município. Na casa dos 65 anos, ele era alto e forte como um maratonista, embora os anos que tinha passado enfiado em uma sala o fizeram acumular quilos excedentes. Vestia uma camisa social verde-clara mal passada, tinha um enorme corte cicatrizado na testa e seu cabelo era cortado no estilo militar. As linhas de expressão acima dos lábios assinalavam que era fumante e as do entorno dos olhos, que gostava de rir.

— Reviramos toda a fazenda. — O forte sotaque que ele carregava ainda incomodava Hugo às vezes. — Nenhum sinal da mulher.

— E os animais?

— Todos mortos. Ovelhas e vacas com cortes pelo corpo, além de uma dúzia de galinhas estraçalhadas no pátio. Coisa feia de ver. — Fiore massageou as têmporas com irritação, suas cordas vocais tremiam. — O estranho é que a central recebeu uma chamada na noite passada, às três e pouco da madrugada. Era alguém dizendo que a casa tinha sido invadida. Quando vieram conferir, parece que o cara aí falou que tinha sido só um mal-entendido — disse, apontando para o cadáver.

— Já sabem quem telefonou?

— Miguel Rosso. O melhor amigo. Ficou em choque quando o avisaram. Vamos pegar o depoimento assim que o hospital liberar.

O cortinado esvoaçou-se ao vento.

— Tem algum palpite?

Fiore meneou a cabeça.

— Uma tropa de maconheiros sem noção — palpitou. — Ou alguma porra de macumbeiro.

Hugo assumiu um ar de contrariedade frente ao pensamento arcaico do delegado, mesmo que sua única experiência com homicídios fossem os livros de Thomas Harris e alguns filmes policiais dos anos 2000.

— Não sei, não. Conferiram se algo foi levado? — indagou.

— Não temos como saber, mas deixaram os celulares.

— Estranho. Temos que checar as ligações.

— Já chequei. Tudo apagado.

— Acha que a esposa teve algo a ver? — continuou Hugo.

— Duvido. Ela é advogada. Tá pensando em abrir um escritório pra trabalhar no centro. É boa gente.

— Ouvi os PMs comentando que eles não estavam indo bem. Que ela prestou queixa alegando agressão.

Fiore soltou um "pfff" indiferente. Tinha o péssimo hábito de desviar o olhar sempre que discordavam de sua opinião.

— A cidade inteira ficou sabendo dessa encrenca. Só acho que uma pulada de cerca não é motivo pra tanto. — Pôs a mão no bolso e pegou um chiclete. — Deu mais uma olhada nos outros quartos?

— Tudo limpo.

— E no banheiro?

— Só remédio pra dormir na gaveta.

Chegando perto da janela, Hugo observou as dezenas de hectares de lavoura que cercavam a fazenda. Aquele verão vinha tendo níveis de chuva abaixo do normal, o que acabou por extenuar as plantações, tornando marrom o verde das folhas e diminuindo a perspectiva de uma colheita rentável.

Desviou a atenção para o pátio da casa ao ouvir gente conversando. Lá, policiais militares e galinhas sem cabeça dividiam o espaço com os técnicos do Instituto Geral de Perícias, que tinham acabado de chegar em uma caminhonete com adesivos do brasão de Santa Catarina.

Olhando ao redor, fez um cálculo mental de qual era a proporção de azar envolvida para um crime como aquele acontecer justo em suas primeiras semanas na Polícia. Antes de assinar os papéis de nomeação, tinha lido na internet que os índices de criminalidade na região estavam entre os mais baixos do país. Em instantes concluiu que sua sorte era tão torta quanto a Serra do Rio do Rastro.

— O pessoal do IGP tá aqui — anunciou Hugo.

O sol piscava por entre as cortinas quando um homem velho e uma mulher entraram erguendo a fita de isolamento amarela presa ao batente da porta. Eles vinham de Chapecó, a cidade vizinha. Antes que trocassem cumprimentos, a atenção dos dois virou-se para o corpo pendurado acima da cabeceira.

— Mas o que foi que aconteceu aqui? — A indagação do perito soava espantada.

— Pois é. — Fiore se enrolou, sem saber o que dizer. — Tudo o que sabemos é que o funcionário da ordenha chegou de manhã e viu os animais mortos. Quando entrou na casa, foi isso que o coitado encontrou.

— Mas que barbaridade!

Enquanto os dois conversavam, Hugo mantinha os olhos cravados na vastidão amarronzada de soja; acima dela, nuvens claras planavam no céu matutino. Não queria se virar e sentir o gosto amargo de bile outra vez.

Não por muito tempo.

— E esse deve ser o novo agente? — A entonação do perito o fez voltar ao mundo real.

— O próprio — respondeu Fiore. — Ele tá trabalhando conosco há... sei lá... duas semanas?

Hugo despejou um cumprimento quando percebeu que falavam a seu respeito. Trocou um aperto de mãos com o velho e depois mirou a mulher dos pés à cabeça em um rápido relance, não querendo parecer atrevido. Ela tinha cabelos longos que pendiam sem vida na lateral do rosto pouco maquiado, olhos observadores e vestia um guarda-pó com as palavras "Dra. Lívia Tumelero" bordadas no bolso.

— Podemos começar? — perguntou ela.

— À vontade.

O perito passou a alça da máquina fotográfica em volta do pescoço e começou a fotografar.

Lívia abaixou-se, pegou um par de luvas descartáveis na maleta e as calçou com habilidade. De imediato ficou claro que o negócio dela era a morte. Era disso que vivia. Ela avançou um passo na direção da cama sem se importar com aquela coisa que estava sobre o lençol, nem com os respingos de sangue nas paredes e no guarda-roupa.

Enquanto os outros trabalhavam, Hugo pensou em descer ao pátio para ajudar os policiais na contenção dos curiosos que se aglomeravam atrás da cerca. Sabia que não iria demorar para os repórteres da rádio também chegarem farejando a tragédia. Ergueu os olhos para o cadáver, mas logo se arrependeu. Devia ter ficado olhando para o chão.

A vítima jazia pendurada, presa pelos braços no alto da cabeceira, por amarras de arame que perfuravam a pele. Os grandes olhos vazios encaravam Hugo com uma acusação silenciosa, e a boca estava retorcida em um grito mudo. Hugo sentiu o azedo do suco gástrico retornar à garganta quando Lívia retirou uma pinça da maleta e analisou o corte malfeito que ia do pescoço até o púbis do finado, expondo o interior da caixa torácica. Havia somente um órgão fora do lugar: o coração, que fora removido e deixado sobre o lençol.

— Fotografe — disse Lívia, enquanto enfiava a pinça no corpo e analisava o ferimento com ávido conhecimento.

Hugo deu um passo à frente. Precisava acostumar-se com aquilo.

— O que tá vendo? — perguntou.

Suas palavras caíram como um pingo de garoa na areia escaldante do deserto. Nenhum vestígio, nenhum efeito. Levou um tempo para que o olhar concentrado de Lívia se voltasse para ele.

— Percebe as irregularidades? — Ela passou o dedo enluvado sobre a porção de pele com corte serrilhado.

Com as costas curvadas, tudo o que Hugo enxergou foram os retalhos de carne impregnados nas farpas do arame. Na cavidade onde devia estar o coração, apenas fibras pretas de sangue coagulado e tiras do que havia restado da aorta. Cogitou que o medo de ter uma ânsia estivesse filtrando sua astúcia de perceber detalhes. Ele não era um artesão da morte, afinal de contas.

— Vendo isso, eu diria que o procedimento deve ter sido feito com uma faca de cozinha — explanou Lívia.

— Tu tá dizendo que o cara teve o coração arrancado com uma faca de cozinha?! — interrompeu Fiore.

— Não. Eu disse que o corte no tórax deve ter sido feito com uma — corrigiu ela. — Encontraram alguma faca quando vocês chegaram?

— Não havia nenhuma lâmina no local — destacou Fiore. Seu rosto ganhou um tom ruborizado. — Consegue nos dizer como o coração foi arrancado?

Os flashes da máquina fotográfica clareavam o ambiente.

— Foi retirado à força. Isso explicaria o estado em que ficaram as artérias — respondeu ela. — A vítima é o dono da propriedade? Sabe quantos anos ele tinha?

Fiore assentiu.

— Anderson Vogel. 34 anos — disse. — Era um jornalista que não entendia nada de roça. Comprou essa fazenda um ano e meio atrás. Pagou barato, pelo que fiquei sabendo. Dizem que não queria ter mudado para o interior, mas a mulher o convenceu.

— Ele tinha esposa?

— Tinha.

— E a encontraram? — continuou Lívia.

— Ainda não.

Por um instante, o único ruído no quarto foi o clique que a máquina fez quando outra foto foi tirada. Hugo pensou nos filmes e nos livros de assassinos que conhecia. Tentou comparar a realidade com a ficção, mas estar em frente a um corpo de verdade era muito mais aterrorizante do que qualquer descrição literária. Naquele momento, a imagem de Hannibal Lecter cozinhando um braço humano com legumes tinha se tornado tão irreal quanto Kevin Bacon explodindo vermes malditos em um deserto em Nevada.

— Já que falaram sobre a esposa... — Hugo engoliu em seco, imaginando que deveria perguntar mais do que responder. — Será que uma mulher teria força pra fazer isso?

— Pra fazer o quê? — Lívia o encarou com a sobrancelha arqueada. — Pendurá-lo ou arrancar o coração?

Hugo secou o suor da testa.

— O coração.

A resposta veio depressa, junto a um rolar de olhos.

— Sem dúvida. O tecido das artérias é resistente, mas qualquer um conseguiria rasgá-las.

Nos minutos seguintes, mantiveram-se calados, esperando que mais análises fossem feitas.

Parado ao lado da cômoda, Hugo pousou a mão sobre um enfeite de crochê, sentindo uma leve inveja ao perceber a desenvoltura de Lívia. Perto da cama, ela mexia no cadáver com frieza, fazendo-o imaginar que ela não devia ser como a maioria dos médicos. Se fosse, estaria sentada atrás de uma escrivaninha requintada, dentro de uma sala climatizada, atendendo o primeiro paciente às nove da manhã, mesmo tendo marcado a consulta para as oito.

— Preciso de ajuda para descê-lo. — Ela se virou com as luvas sujas de sangue e pleura.

Fiore recuou.

Procurando um par de luvas na maleta, Hugo interrompeu o movimento quando ouviu o barulho de alguém chegando apressado e parando na soleira da porta.

— Doutor — disse o policial militar para Fiore —, encontramos o corpo de uma mulher.

2

Uma rajada de vento sussurrou pelo campo, fazendo ondular a plantação. O sol amarelo brilhava entre as nuvens que desenhavam formas no céu. Fazia tanto calor naquela manhã, que nem a sombra da garapeira impedia Hugo Martins de sentir as gotas de suor escorrendo por baixo da camisa preta do seu uniforme. Ele não costumava funcionar bem naquela temperatura. O calor fazia com que se sentisse lerdo. Apressando o passo para acompanhar Fiore e o policial militar, ele mirou o gramado por aparar e desejou voltar para qualquer dia de julho vinte anos atrás, quando passava os fins de semana de inverno com a família em um chalé no topo da serra coberto de geada, escrevendo histórias de monstros e comendo pinhão.

Cruzaram o pátio, passando ao lado do curral onde estavam as carcaças das vacas e das ovelhas. Uma nuvem de varejeiras voou no entorno quando um pássaro carniceiro pousou para o banquete. Com o olhar atento, Hugo percebeu que tinha acabado de se tornar um personagem de suas histórias.

Eles entraram na plantação, cumprimentando um outro policial que fazia a segurança da cena. Hugo fez uma careta quando viu a mulher morta. Ela tinha o olhar leitoso e seu cabelo comprido se emaranhava nos detritos de terra seca.

— Estava assim quando a encontramos. — O PM mostrou o círculo de terra remexida. — Foi o cabo Silva que a viu enquanto a gente estava no curral contando os animais mortos.

Hugo sentiu outra gota de suor nas costas. O ar estava mais quente do que nunca, e o sol abrasador esquentava o couro da cabeça. Saiu do caminho quando Fiore pediu passagem.

— Dá pra ver que a soja foi arrancada nesse formato circular. — Fiore apontou para a porção de pés de soja murchos amontoados em um canto, com as raízes para cima.

— Fazer isso deve ter dado uma baita trabalheira — assoalhou o PM. — Quantos pés acha que arrancaram?

Fiore abriu os braços, dando a entender que não sabia. Apertando os olhos, Hugo franziu o nariz, como se algo cheirasse a azedo. Estavam a sessenta metros da casa, no meio de uma lavoura a perder de vista. Lançando um olhar para o horizonte, Hugo ficou esmorecido quando não avistou nenhuma construção vizinha ou estrada rural de onde alguém pudesse ter visto o que tinha acontecido.

— Encontraram alguma marca na terra? — perguntou. — Pegadas, manchas de sangue, qualquer coisa.

— Nada.

— Se alguém a carregou, deve ter deixado marcas.

— É, mas isso é uma lavoura — respondeu o policial.

Hugo suspirou. Tinham-no alertado de que os militares não costumavam se preocupar com a preservação do local do crime.

— Precisamos que a área seja isolada — pediu em tom polido. — E tentem não fazer novas pegadas quando retornarem.

O policial enrugou a testa e deu meia-volta, tomando o cuidado de pisar nas marcas antigas enquanto se afastava com seus coturnos de couro bem engraxados.

O ronco de um trator ao longe fez Hugo desviar a atenção por um instante, mas o corpo mal enterrado não o deixou cair em distração.

— Sabe se alguém mexeu na cova? — perguntou ele ao PM que estava ali.

— Nós cavamos um pouco pra ter certeza de que... — O policial fez uma pausa. — Pra ter certeza de que não eram raízes.

Hugo sentiu um arrepio pinicar sua pele quando dobrou os joelhos e olhou mais de perto. O corpo da mulher fora enterrado na horizontal, com os braços descansando sobre o peito coberto de terra. Havia manchas escuras de sangue em alguns pontos da pele, além de um corte, menor que um palmo, logo abaixo das costelas. Nas orelhas, brincos de pedra refletiam o brilho do sol. Projetando-se do chão, os dedos com digitais queimadas pareciam pequenas raízes brotando. Seguindo o caminho dos braços tatuados, o rosto cinza-azulado, com olhos vidrados e boca semiaberta, indicava que a vítima poderia estar gritando quando a última pá de terra fora lançada.

— Dá uma olhada e diz se isso não é coisa de bandido. — Fiore enfiou a mão no bolso para pegar um cigarro. — Quantos anos essa garota devia ter pra estar com o braço todo pintado desse jeito? — Fez um quebra-vento com as mãos para que o isqueiro não apagasse.

— Pega leve. São só tatuagens.

— Não me diga que tu também tem uma dessas?

Hugo enrugou a testa e não respondeu.

— E ainda garanto que o filho da puta que a matou deve jogar muito videogame — acrescentou Fiore à teoria.

— Ué? Não acha mais que foi serviço de maconheiros? — Hugo olhou para o chefe com o rabo de olho.

— Maconheiros ou jogadores de videogame. Tanto faz. — Fiore balançou a cabeça, soprando fumaça. — O trabalho me ensinou que bandidos quase sempre são idiotas que fugiram da escola em algum momento da vida. Aposto que o desgraçado não tinha motivos tão complicados pra fazer isso. — Tomou fôlego com outra tragada. — O que quero dizer é que, geralmente, as coisas são o que parecem ser.

— E o que isso lhe parece?

— Porra, Hugo! Aí tu me fode.

Quando eles se calaram, o som das folhas roçando umas nas outras e do farfalhar de pardais pôde ser ouvido.

Hugo ficou de cócoras analisando o solo. Olhou para a terra e para os pés de soja arrancados. Imaginou o que poderia ter acontecido. Briga amorosa ou desentendimento familiar? Nenhuma das ideias parecia plausível. Ficou em pé ao ver outros dois policiais se aproximando com estacas de ferro e a fita amarela de isolamento.

— A doutora disse que vem pra cá assim que terminar lá dentro — disse um deles, começando a fixar a primeira estaca.

— Será que demoram? — Fiore colocou o cigarro no canto da boca e movimentou os braços para espantar um pássaro que pousou em busca de grãos.

— Estavam tirando o corpo da parede — respondeu o policial, com um nó na garganta. — Ainda não acredito que fizeram aquilo com ele.

Hugo se aproximou dele.

— Você conhecia o casal? — indagou.

— Conhecia.

Hugo queria perguntar sobre o relacionamento, dizer que sentia pela perda, mas ficou calado, de cabeça baixa. Fiore apagou o cigarro com a ponta dos dedos e guardou a guimba no bolso. Ele era do tipo durão, embora desleixado. Não se importava em fazer perguntas indiscretas, camuflando-as com uma manifestação de simpatia e compreensão — sentimentos que ele tinha certeza de que o chefe não possuía. Havia até uma história, disseminada pelas más línguas da corporação, de que anos antes ele tivera problemas com a Corregedoria por ter perguntado ao irmão de um suicida por que o falecido tinha escolhido beber veneno em vez de usar uma corda.

— Sei que é difícil falar sobre isso, mas tem ideia do que pode ter acontecido? — Fiore se meteu na conversa.

O policial o encarou.

— A mulher dele — disse. — Se não foi ela quem fez, tenho quase certeza que tá envolvida.

Hugo coçou o pescoço.

— Pera aí! Então essa não é a esposa dele? — perguntou, apontando para o cadáver e torcendo para que os dedos da vítima não tivessem sido queimados enquanto ela ainda estava viva.

— Não. O cabelo até tem a mesma cor, mas essa não é ela — foi Fiore quem respondeu.

Hugo juntou os lábios em uma expressão de surpresa e olhou para o rosto cianótico sujo de terra.

— E quem é, então?

— Boa pergunta. Nem o funcionário da ordenha conhece. — Fiore apertou-lhe o ombro. — Venha! Vamos interrogar os vizinhos.

3

As estradas rurais do município acumulavam buracos pela falta de manutenção, obrigando Hugo a ficar atento ao volante. Cada estação de rádio que sintonizava era mais insuportável do que a outra. As músicas pareciam sinfonias para entreter idiotas, os comerciais davam vontade de vomitar e a voz dos locutores continha algo mecanicamente irritante. Nada era capaz de refletir seu humor. Apertou alguns botões no painel do carro e colocou para tocar um *pen drive* que tinha comprado em uma loja de música semanas antes.

Quando chegou à cidade e acionou o controle do portão eletrônico, o termômetro no painel marcava 34°C. O sol do meio-dia ardia e nem toda a potência do ar-condicionado era suficiente para se refrescar. Parou o carro sobre a calçada e esperou o portão abrir.

Uma mulher que morava no andar de baixo passou ao lado quando um estrondo de metal interrompeu a música dos Engenheiros do Hawaii. *"Eles querem te vender, eles querem te comprar."* Uma das espias do portão havia estourado. Em instantes, dois vizinhos surgiram na sacada.

Hugo abriu o vidro.

— Foi o portão.

— Essa tralha estava com problema — um careca sem camisa acenou —, quem sabe agora consertam.

— É.

Ficou esperando alguma pergunta inoportuna sobre o crime na fazenda, matutando como iria fingir que não tinha ouvido. Más notícias se espalhavam depressa. Engatou a ré e manobrou para estacionar na rua.

O prédio onde vivia ficava no centro e tinha nove andares, dos quais dois eram alugados para salas comerciais. Construído no ponto mais alto da avenida principal, era um endereço pouco agradável para quem preferia o silêncio. Nos fins de semana, alguns jovens se reuniam no posto ali perto para beber cerveja barata e ouvir música ruim, escorados em carros rebaixados. *O futuro da nação.* Hugo só descobrira isso três semanas antes, quando já tinha assinado o contrato na imobiliária.

Sentiu o bafo quente logo que colocou os pés no asfalto, como se o próprio demônio soprasse fogo do inferno para cima. Atravessou a rua apressando o passo e agradeceu por se livrar do sol quando entrou na recepção. Fez cara feia assim que seu celular vibrou no bolso, pouco antes de chamar o elevador. Era o número de um telefone fixo desconhecido, mas com código de área bastante familiar. Deslizou o dedo na tela para atender.

— Alô.

— Alô, é da polícia? — Era sua irmã, com a voz carregada do entusiasmo de sempre. — Quero denunciar um furto.

— Você tem que ligar pro 190, senhora — respondeu ele. Podia vê-la sorrindo no outro lado da linha.

Ana Paula Martins era a irmã mais nova de Hugo. Tinha 24 anos e cursava o último ano de engenharia na Universidade Federal de Santa Maria, no Rio Grande do Sul. Apesar de ser a caçula, Hugo sempre pensou nela como a mais adulta. Obrigada a conviver, durante boa parte da infância, com o fato de o irmão ser o foco das atenções, aquilo que poderia ter sido um problemão para algumas crianças, para ela era apenas um detalhe.

— E aí? — perguntou ela. — Como tá a vida de catarinense?

— Tudo bem. Até que aqui é legal.

— E o Magaiver se acostumou no apartamento?

— Mais ou menos. — Hugo estranhou o horário da ligação. — Tá com problema, pra me ligar a essa hora?

Ana fez um som estranho com a boca.

— Não. Tô aqui no hospital. O pessoal do laboratório ligou pra buscar o exame de sangue que você fez antes de viajar — explicou. — Tá pronto há mais de uma semana. Disseram que te avisaram.

— Avisaram nada.

— Tá bom, mas o problema não é esse — Ana hesitou. — Falei com o médico agora há pouco. Eles querem que você faça outra aspiração. Parece que deu alteração no exame.

Hugo sentiu um vazio na boca do estômago. Ficou encarando a porta do elevador em silêncio, lembrando-se do tamanho das agulhas que lhe enfiaram nas costas quando era criança.

Tinha sido diagnosticado com leucemia linfoide aguda (LLA-B) dias antes do seu aniversário de dez anos. Quando completou catorze, os médicos disseram que estava curado. *Baboseira*. Na época, Hugo tinha lido sobre o assunto em uma enciclopédia que emprestou da escola. Nela, estava escrito que a doença podia retornar a qualquer momento.

— Ainda tá aí? — perguntou Ana depois de um tempo.

— Tô. — Ele queria desligar o telefone. Ficar sem falar com ninguém até descobrir se o passado tinha mesmo voltado para assombrá-lo.

— Você sabe que não deve ser nada, mas de qualquer jeito é melhor ter certeza — emendou a irmã. — O médico disse que você pode fazer a coleta aí e mandar pra cá, se achar melhor. Ou eles enviam o prontuário pra Chapecó. É perto daí, né?

— É.

— Eles podem enviar, e outro médico assume.

Agulhas de novo.

— Vou pensar no que fazer — respondeu Hugo. — Acho melhor mandar as coisas pra cá. Sei lá! Vou pensar e te ligo mais tarde. Não quero continuar falando sobre isso agora.

Outra vez o silêncio se instalou.

— A gente tá aqui se precisar.

— Eu sei.

Hugo deixou os tênis ao lado da porta quando entrou no apartamento. O lugar era pequeno e tinha poucos móveis. Caminhou sobre os tacos de madeira da sala e abriu a porta da sacada, sentindo no rosto a mesma brisa morna que balançava as araucárias de um terreno não muito distante. Ficou parado observando a paisagem e pressionando os dedos contra as têmporas. Deixou-se ouvir os sons do trânsito na rua. Fazer aquilo o desviava dos problemas. Respirou e olhou em volta, para a sala mal mobiliada, para as paredes brancas onde ainda não havia pendurado nenhum quadro. Foi para a cozinha e encontrou Magaiver dormindo esparramado no tapete da geladeira.

— Oi, garoto. — Abaixou-se e brincou com o vira-lata.

Magaiver deu alguns pulos e correu em torno da mesa, mas voltou a dormir logo depois da eufórica recepção.

Hugo encheu o pote de ração e completou com água o bebedouro. Não queria pensar na doença, mas era difícil induzir o cérebro a fazer outra coisa. Colocou uma pizza no micro-ondas e sentou-se para folhear o jornal local semanal. Ler costumava distraí-lo. Como sempre, não tinha nada de importante. Um colunista lambendo o saco de um empresário rico. A rixa que surgiu entre dois vereadores durante um debate para aprovar um projeto tão inútil quanto ambos. A Polícia Rodoviária se gabando do número de multas aplicadas no último mês, fingindo não ter conhecimento dos contrabandistas que passaram rindo bem embaixo de seus narizes federais no mesmo período. E um bom samaritano que doou dinheiro para a APAE sem pedir nada em troca além de um quarto de página com seu nome em caixa-alta e uma foto bem grande.

Largou aquele depósito de lixo e pegou outro.

No WhatsApp, havia uma mensagem não lida de um colega o convidando para seu churrasco de despedida.

"Venha se enturmar com o pessoal. Vamos beber todas!!"

Pensar em carne assada causou mal-estar. Ele inventou uma desculpa para não ir e foi pegar a pizza quando o micro-ondas apitou.

O cheiro de queijo derretido tomou conta da cozinha.

Voltou a sentar, mas antes que pudesse dar a primeira mordida, alguém bateu à porta, o que lhe fez se perguntar se a campainha estava com defeito. Quando as batidas secas na madeira inundaram o apartamento, Magaiver acordou e despejou um festival de latidos.

— Sossega, rapaz! — ralhou Hugo.

O cachorro abaixou as orelhas, mas continuou alerta.

Através do olho mágico, Hugo enxergou o velho Bento parado no corredor, com sua camisa social xadrez e o boné de uma agropecuária da cidade.

Abriu a porta.

— Bom dia.

— Boa tarde. — O velho abriu um sorriso, mostrando a dentadura nova. — Eu já almocei. Pra mim é boa tarde.

Bento morava no terceiro andar e aparentava ter uns noventa anos. Quando Hugo se mudou, ele chegou a se oferecer para carregar algumas caixas da mudança pelo elevador. Quando o dono da companhia de mudanças dispensou sua ajuda, dizendo que não pagaria nada se o velho derrubasse alguma coisa, ele ficou quase duas horas sentado na recepção vendo os carregadores subirem com os móveis.

— Então... Já se acostumou com a casa nova? — indagou o velho com um sotaque alemão carregado.

— Ainda falta arrumar algumas coisas — respondeu Hugo. — Continuo comendo pizza no almoço.

O velho riu.

— Cuidado pra não engordar demais — emendou. — Daqui uns dias não vai conseguir correr atrás da bandidagem.

— Pode deixar.

Outro riso acanhado precedeu o instante de silêncio.

Ouvindo o som da televisão ligada em um apartamento vizinho, Hugo torceu para que Bento não começasse a falar sobre a previsão do tempo ou sobre o crime da madrugada. Aquela era a segunda vez na semana que ele aparecia e ficava calado daquele jeito.

Cinco segundos silenciosos bastaram para que Hugo desviasse o olhar para o relógio de pulso sem disfarçar. Um vizinho de andar havia alertado que Bento tinha se mostrado ser alguém conversador depois que mudou para a cidade. "Se tratá-lo bem, ele vai te encher o saco todo santo dia. Vai por mim. Você não vai querer ouvir as histórias dele. O velho é um porre", lembrou-se da expressão de desdém enquanto o vizinho tecia os comentários.

Parado na soleira, Hugo olhou para o embrulho de papel pardo que o velho segurava. Então desviou o olhar para dentro do seu apartamento, para a pizza fumegante esfriando na mesa.

— O senhor quer me dizer algo? É que tô com um pouco de pressa. Tenho que chegar mais cedo na delegacia hoje. — Tentou esconder a simpatia usando um timbre mais seco. A última coisa de que precisava era um idoso solitário no seu pé.

Bento olhou para o piso.

— Oh, Deus! Desculpe por isso. Às vezes perco a noção de que as pessoas trabalham — desculpou-se o velho. O sorriso sumiu do seu rosto. — Só queria ver como você estava. Tenha uma boa tarde. — E se afastou pelo corredor.

Hugo se sentiu como um pedaço de bosta boiando em um rio quando fechou a porta. Esfregou o rosto. É só um velho querendo atenção. Entrou, comeu metade da pizza e, antes de partir para a delegacia, deixou um bilhete para a mulher que fazia a limpeza pedindo a ela que levasse Magaiver para correr na praça.

— Até de noite, garoto — disse, mas Magaiver nem se mexeu.

4

O intenso calor fazia com que os pedestres procurassem abrigo do sol embaixo dos toldos. Abaixando o volume do rádio, como se menos barulho fizesse diferença na hora de manobrar, Hugo procurou uma vaga com sombra e parou perto das árvores bem na frente da delegacia. O edifício, pintado com as cores de Santa Catarina, ficava em uma esquina, em frente a uma agência bancária.

Um ano antes, cumprindo uma promessa de campanha, o prefeito havia juntado sob o mesmo teto o Departamento de Trânsito, a Polícia Militar e a Polícia Civil, construindo, no centro da cidade, um prédio que só saíra do papel graças às verbas angariadas por um deputado da região. Mesmo antes da inauguração, alguns moradores apelidaram o lugar de Elefante Branco. O novíssimo edifício tinha pouca semelhança com as velhas delegacias sucateadas que todos estavam acostumados a ver pelo Brasil. Ele possuía salas climatizadas e diversos computadores, sem funcionários para ocupá-los, o que dava total sentido ao carinhoso apelido que recebera.

Cruzando os corredores, movimentados além do normal, Hugo parou na cozinha, onde encontrou Jonas, o colega investigador que havia conseguido transferência para o litoral na semana anterior. Ainda na casa dos trinta, e muito musculoso, Jonas era um tipo temperamental que não lidava bem com críticas.

— Então vai se mudar mesmo? — Hugo estendeu a mão. — Desse jeito só vai sobrar eu aqui.

— Que nada! Logo arrumam alguém que queira vir pra cá. Quem tá aqui quer sair. Quem sai quer voltar. É assim que a roda gira.

— E a guria com quem você estava saindo? Vai levar junto?

— Não. O marido dela não ia gostar da ideia.

Ambos riram.

O cheiro do café passado preencheu o ar quando Jonas pegou a cafeteira e encheu um copo plástico de café.

— Tem certeza de que não quer ir na festa de despedida? — perguntou ele. — Comprei um barril de chope e estamos em umas quinze pessoas. Vai dar pra beber muito.

— Vou tentar, mas depois do que aconteceu na fazenda, não dá pra garantir — respondeu Hugo.

— Pois é. Que tragédia.

Hugo apertou outra vez a mão do colega e seguiu em frente, passando perto de um adolescente algemado em uma fileira de assentos parafusados ao chão, polidos por dezenas de bundas culpadas que tinham se sentado neles no último ano. Ao chegar ao escritório do delegado, ele se escorou no batente quando encontrou a dra. Lívia sentada na frente da escrivaninha. Ela olhou para trás assim que percebeu sua presença. Hugo virou o pescoço à procura de Fiore, imaginando que ele estivesse em algum lugar fora de vista, atrás das estantes que tomavam metade do espaço.

Apesar de moderno, o escritório tinha um ar bastante masculino, com móveis de madeira e uma mesa repleta de papéis amontoados entre dois porta-retratos de família que Fiore fizera questão de trazer da delegacia antiga. Na parede oposta, havia uma TV ligada no volume baixo e dois pôsteres emoldurados que mostravam os times da Chapecoense e do Grêmio como campeões da Copa Sul-Americana de 2016 e da Libertadores de 2017.

— Estava aqui me perguntando se ele pode pendurar essas coisas aí? — indagou Lívia, vendo Hugo olhar os pôsteres.

— Ele pode fazer o que quiser — disse Hugo. — É o delegado.

— Tá legal. Senta aí. — Lívia apontou a cadeira ao seu lado. — Fiore foi assinar os papéis de uma prisão em flagrante. Pegaram um cara enganando outra senhorinha com aquela história de bilhete premiado.

Hugo entrou no escritório e se sentou.

— De quanto foi o golpe?

— Três mil.

— Tem gente que merece perder dinheiro — comentou ele.

Lívia abriu um meio sorriso.

Ficaram em silêncio enquanto Hugo se acomodava e puxava um bloquinho de papel grampeado onde Fiore tinha anotado detalhes do ocorrido na fazenda. Havia nomes de pessoas, números, desenhos malfeitos e outros rabiscos indecifráveis que só faziam sentido para o dono daquela caligrafia.

— São informações a respeito dos familiares do homem. — Lívia se curvou em direção a Hugo. — Fiore comentou que vai te deixar responsável pelo caso. Ele quer que você investigue as motivações.

Hugo recostou-se na cadeira e abaixou o rosto para que ela não percebesse sua inquietação. *Responsável pelo caso?* Estava trabalhando há pouco mais de duas semanas. Tudo que fizera nos últimos vinte dias tinha sido preencher boletins de ocorrência e prender um traficante descuidado que fora pego vendendo cocaína na rodoviária.

Ele não vai nomear um novato pra isso. Quis acreditar. Nem sequer sabia se conseguiria olhar para o cadáver outra vez sem que colocasse os bofes para fora. Os instrutores não o tinham ensinado a segurar o vômito na Academia.

— Um PM que conhecia o casal afirmou que o crime foi passional. — Hugo manteve a voz tranquila. — Disse ter quase certeza de que a esposa tá envolvida. Um lance de traição.

— Ouvi comentários. Não dá pra descartar. — Os olhos claros de Lívia o encararam. — Conseguiram algo nos vizinhos?

Lívia tinha uma voz calma que fez Hugo se perguntar se era natural ou apenas uma forma de falar que ela havia adotado.

— Aquelas histórias que toda a cidade conhece. — Ele balançou a cabeça. — Um deles disse que o cara era um folgado que batia na mulher. O outro o fez parecer mais santo que o papa Francisco. Fora isso, ninguém viu nada.

— Você acreditou neles?

— Não deveria?

— Eu não sei. — Lívia torceu os lábios. — É você quem é o policial aqui, não?

Hugo passou a mão no cabelo ao ouvir os passos de alguém se aproximando no corredor. Olhou para trás e viu Fiore entrando na sala com uma cuia de chimarrão e uma garrafa térmica. No canto da boca, um cigarro aceso acompanhava o movimento dos lábios. O cheiro forte de alcatrão logo saturou o ar.

— Chegou faz tempo? — indagou Fiore.

— Agora há pouco — respondeu Hugo.

Fiore sentou na cadeira giratória e encheu a cuia com água quente. Antes de beber o primeiro gole, tragou o cigarro com tanta força que a ponta quase incendiou. Prendeu a fumaça nos pulmões e depois se inclinou para bater as cinzas no cinzeiro.

— Contou pra ele sobre o coração? — Olhou para Lívia enquanto soprava a fumaça.

— Que coração? — Hugo ergueu as sobrancelhas.

— O da fazenda. — Fiore bebeu outro gole do chimarrão, engoliu com dificuldade e abriu a tampa da garrafa térmica para que a água esfriasse um pouco. — Doutora, explica pra ele.

Hugo olhou para Lívia, mas o rosto dela não revelava nada além do pragmatismo típico dos médicos.

— É que o coração que estava sobre a cama não pertencia ao homem — revelou ela. — Na hora não foi fácil perceber, mas quando o removemos vi que era pequeno demais para ser de alguém daquele tamanho.

Foi difícil não demonstrar surpresa. A imagem do corpo pendurado, envolto de arame farpado, logo voltou à mente. De imediato suas entranhas começaram a rosnar e ele torceu para que fosse a pizza de micro-ondas assentando no estômago.

— Se não era do homem...

— Provavelmente seja da mulher.

— Aquele corte embaixo das costelas dela tem alguma coisa a ver com isso? — Não demorou para se lembrar do detalhe.

— Deve ter — assinalou Lívia.

— A incisão parecia pequena demais — ponderou Hugo.

— Era grande o bastante para que alguém enfiasse a mão e o arrancasse. Mas tudo isso é preliminar. Vamos ter informações mais confiáveis depois da necropsia.

Hugo coçou a ponta do queixo, evitando imaginar a cena.

— Alguma ideia de onde foi parar o coração do cara?

— Não foi encontrado. É bem possível que o assassino tenha levado — respondeu Fiore.

— Homicida — corrigiu Hugo, mas se arrependeu no mesmo instante.

— Quê?

— Não sabemos se o crime foi premeditado. Então, quem o cometeu não é assassino, é homicida.

— Vá pro inferno com os termos, Hugo. — Fiore tamborilou os dedos na escrivaninha. — Pra mim, aquela porcaria pareceu bem premeditada. Caralho! Alguém matou o homem, a mulher, os animais e ainda teve tempo de fazer um teatro. O desgraçado deve ter ficado pelo menos três horas na fazenda.

— Ou teve ajuda — acrescentou Lívia.

A entonação de Fiore não alterou a expressão serena de Hugo. Soava rude, mas era o jeito dele de falar.

— Tiveram avanço na identificação da mulher? — Hugo não demorou a voltar ao que interessava.

— Nada de novo. — Fiore sacudiu a cabeça. — Os policiais disseram que nunca a viram na cidade.

— Alguém de fora.

— É o que parece.

Ouviram o som eletrônico de um telefone tocando em outra sala. A voz de quem o atendeu ecoou pelos corredores. Vinte segundos depois foi a vez do aparelho em cima da escrivaninha tocar. Fiore apagou o cigarro e se esticou para tirá-lo do gancho.

— Pois não?

Os olhares de Hugo e Lívia se encontraram assim que a fisionomia de Fiore se tornou mais grave. Fiore falou algo sobre médicos picaretas e fez mais algumas perguntas, mas passou mais tempo ouvindo do que falando. No meio da conversa, ele pegou outro cigarro do maço que tinha na gaveta e colocou no canto da boca.

— Duas da tarde?! Por que tanta demora?! O cara por acaso tá em coma? — O cigarro dançava entre seus lábios à medida que esbravejava. — Tá bom. Vou mandar alguém. Ah, e avise o repórter de que se ele quiser entrevistar alguém que vá procurar no inferno.

Hugo encarou Fiore logo que ele devolveu o telefone ao gancho.

— Vão deixar o tal do Miguel dar depoimento às duas da tarde, mas querem que seja feito no hospital. Pelo jeito, o rapazinho não tá nada bem — revelou Fiore. — A enfermeira disse que ele comentou algo sobre uma gravação de vídeo, ou sei lá o quê.

Hugo engoliu em seco.

— Quero que você vá falar com ele — ordenou Fiore. — Vou te deixar responsável por isso.

Torcendo o nariz em uma expressão de desgosto, Hugo olhou para Lívia e perguntou se poderia conversar um minuto a sós com Fiore. Não queria que ela escutasse suas lamúrias.

Lívia levantou e saiu.

Fiore acendeu o cigarro apagado que pendia nos lábios e fechou a tampa da garrafa térmica.

— Vai querer uma cuia antes de começar a reclamar? — indagou.

— Por que acha que vou reclamar?

— Porque é o que os novatos fazem.

— Não vou reclamar. — Hugo se ajeitou na cadeira. — O problema é que tô aqui faz só duas semanas.

— E?

— E aí você me pede pra ser responsável por isso. — Queria ter aceitado o chimarrão, assim poderia se esconder atrás da cuia. — Passei quase todo o tempo só digitando ocorrências. E ainda tem... — Interrompeu a frase no meio. Não precisava de mais gente sentindo pena dele.

— Ainda tem o quê?

— Esquece.

Houve um instante de silêncio.

— Eu te entendo. Mas pensa nisso como um grande sanduíche de esterco que cada um vai ter que comer um pedaço. — Fiore acenou com um gesto. — O maior problema é que o porra do Jonas tá indo embora. Amanhã é o último dia dele. A partir de segunda vamos ser só nós dois. — Fumaça saía de seu nariz. — Faz o seguinte... conversa com o cara no hospital. Tenta descobrir alguma coisa. Se continuar achando que não vai dar conta, damos um jeito semana que vem.

Hugo se sentiu forçado a concordar. Tinha lido tempos atrás que bons investigadores eram produto de puro instinto, eles sentiam o cheiro das pistas e não podiam ser fabricados. Embora as coisas não estivessem indo bem, pelo menos teria oportunidade de descobrir se era dotado de instinto ou se era apenas outro robô fabricado pela Academia de Polícia.

5

Não havia vigilância no hospital, pelo menos não que se pudesse ver. Reduzindo o passo na área de acesso exclusiva aos funcionários, ele olhou em volta procurando alguém de uniforme, mas só viu duas enfermeiras fofocando atrás do balcão. Colocou o balão na frente do rosto para se esconder. Sabia que elas não iriam pará-lo, pois não estavam prestando atenção. Aproximou-se da porta dupla, que fez um grunhido baixo assim que ele cruzou para o outro lado.

Passava da uma da tarde, o auge do horário de visitas, mas não havia muito movimento no corredor.

Seguiu em frente.

— Tá com sua criança internada? — perguntou uma velha com andador, quando ele passou perto.

— Tô — respondeu, sem dar atenção a ela.

— Desejo melhoras pra ela.

— Obrigado.

Parou perto de uma longarina de três lugares e encarou as fileiras de quartos. Preocupou-se com a possibilidade de que tivessem passado o número errado. Algo difícil de acontecer, pois o hospital era pequeno. Não tinha mais do que vinte quartos.

Tentou relaxar imitando o sorriso sem dentes do Mickey Mouse que dava forma ao balão. Quando o barulho do andador da velha batendo nos azulejos se distanciou, ele deslizou para dentro do quarto 108 e fechou a porta.

As persianas estavam abaixadas, deixando o cômodo mergulhado na penumbra. O rosto de Miguel Rosso estava tão branco quanto a fronha do travesseiro que o emoldurava. Seus olhos estavam fechados e sua respiração, controlada. Estava dormindo.

Apressado, amarrou a cordinha do balão em uma cadeira e contornou a cama com os passos macios de um felino. Olhou para a bolsa de soro pendurada no suporte de ferro com tinta descascada, da qual gotejava um líquido incolor pelo tubo até o catéter no braço de Miguel. Podia fazer o que quisesse naquele momento. Podia acabar com tudo naquele instante. Encheu os pulmões de ar, sentindo o aroma que só um hospital tem: o da morte.

Atenha-se ao plano. Recuou um passo.

O relógio da igreja na rua de trás deu uma badalada, como se todos tivessem interesse em saber que horas eram.

Hora de agir.

Na mesa de cabeceira ao lado da cama havia uma garrafa com água, um copo plástico e uma imagem de Nossa Senhora Aparecida com a pintura tão desgastada quanto a credibilidade da Igreja. Abriu a gavetinha de baixo. Se o celular estivesse no quarto, aquele seria o lugar. Estava vazia. Deu meia-volta, andando na direção do guarda-roupa embutido. Quando passou pela porta, olhou o corredor através da divisória de vidro. Não viu movimento. Abriu outras duas gavetas, mas tudo que encontrou foram fronhas e cobertores. Antes de desistir, abriu uma última portinhola, onde estavam as roupas dobradas, junto com um molho de chaves e o celular. Comemorou.

Olhou por cima do ombro. Miguel ainda dormia.

Pegou o celular, torcendo para que Miguel não tivesse mudado o padrão de desbloqueio. Desenhou um L e viu a tela acender. 13h31. Precisava fazer tudo direito. Reduziu o brilho ao nível mínimo e se apressou em sacar o cartão SD pela lateral. Colocou-o entre os lábios para não perder. Pegou outro cartão que tinha no bolso e enfiou no aparelho. Copiou os arquivos para a memória interna, sacou-o e devolveu o original. Era ágil no que fazia. Abriu o aplicativo de troca de mensagens e conferiu as últimas conversas, apagando o envio que Miguel tinha feito para Anderson durante a madrugada. Aproveitou também para excluir o histórico de ligações entre os dois, como havia feito nos celulares da fazenda. Sabia que sua trama seria desmascarada caso a investigação fosse aprofundada, mas ao menos ganharia tempo. E tempo era tudo de que precisava.

Guardando as coisas no lugar, curvou-se para averiguar o corredor. Uma faxineira passou na mesma hora, fazendo com que ele tivesse que se escorar na parede para não ser visto. Com os batimentos acelerados, desfez o nó que prendia o Mickey Mouse na cadeira e saiu.

Inflou o peito ao perceber que tinha conseguido. Regozijou-se com sua capacidade de entrar e sair de onde quisesse sem que ninguém o visse. Empurrou a porta dupla do corredor e acessou o saguão de atendimento, demostrando o entusiasmo com um largo sorriso amarelado. Deu de cara com Hugo Martins, vestindo uma camiseta preta da Polícia Civil e conversando com a recepcionista.

O sorriso se desfez mais rápido que uma ejaculação precoce.

— E aí, cara? — cumprimentou Hugo. — O que faz aqui?

Ele respirou fundo. Precisava manter a calma.

— Vim trazer esse negócio pro filho de um amigo. — Mostrou o balão. — Mas ele não tá mais no quarto.

Sentiu uma gota de suor frio escorrer embaixo da roupa.

— O Luquinha? — A recepcionista se intrometeu. — O doutor deu alta pra ele ontem no fim da tarde. Não era nada grave. Só uma gripe mais forte que o normal.

Quem é Luquinha?

— Menos mal — disse ele, e sorriu.

Tinha conseguido se livrar em um lance de sorte.

— Preciso ir. Até mais. — Pensou em estender a mão, mas temia que Hugo percebesse que estava tremendo.

Quando chegou ao estacionamento, olhou para o asfalto brilhando sob o sol ardente. O vento que soprava da rua era denso e morno. Entrou no carro. Passou algum tempo perturbado, imaginando que todo aquele episódio tinha sido uma alucinação. Apertou o botão de travar as portas e depois arrancou pela rua. Uma onda tardia de adrenalina subiu pelo seu corpo. De repente ficou aterrorizado. Mas por quê? Estava se saindo tão bem.

6

Hugo não gostava de hospitais. Do cheiro. Das imagens que lhe voltavam à memória. A primeira vez de que se lembrava de ter estado em um foi aos sete anos, quando, ao tentar espiar a filha do vizinho, caiu de uma árvore, bateu a cabeça e desmaiou. Quando sua mãe o encontrou, primeiro achou que estivesse morto, pois não conseguia sentir o pulso dele. Depois, quando Hugo acordou e perguntou onde estava, pensou que ele tinha perdido a memória. Foi difícil decidir se havia decepção ou alívio na voz dela no momento que o médico disse ter sido só uma concussão, e que Hugo logo voltaria a ser o mesmo de sempre. Ficou internado três dias em um quarto com lençóis brancos, paredes brancas e sendo atendido por pessoas vestidas de branco. Um branco imaculado. Nada em um hospital prepara os pacientes para a escuridão que é a morte.

Com a sola do tênis grunhindo, ele acompanhou a enfermeira-chefe pelo corredor até o quarto 108. No caminho, viu um cartaz sobre doação de sangue pendurado em um mural, bem ao lado de um que falava de vacinação.

— Essas coisas funcionam mesmo? — Ele olhou para a enfermeira. — Quero dizer... acho que se a pessoa pode doar sangue e não doa, não é um cartaz que vai fazê-la mudar de ideia.

A mulher riu.

— Ano passado, a prefeitura fez uma parceria com o hemocentro. Estavam com os bancos de sangue abaixo do normal. Essas coisas que sempre se ouve quando chega o fim de ano — contou ela. — A prefeitura disponibilizou ônibus pra buscar os voluntários em casa, levar até o Hemosc e depois devolvê-los em casa. — Torceu o nariz. — Sabe quantos doadores conseguimos?

Hugo nem palpitou.

— Quatro — revelou a enfermeira.

— Então não funciona?

— O que acha?

Seguiram em frente.

Quando chegaram ao quarto, a enfermeira empurrou a porta e entrou sem bater. O ambiente estava fosco, mal iluminado pela claridade que vinha do corredor. Hugo chegou a procurar pelo interruptor para acender a luz, mas, antes que pudesse encontrar, a enfermeira estava erguendo as persianas.

— Miguel, acorde. — Ela se aproximou da cama. Conferiu a bolsa de soro e o tubo. — O médico receitou uns calmantes pra ele hoje de manhã. Ainda devem estar fazendo efeito — explicou.

Hugo permaneceu com os braços cruzados. Imaginou que seria melhor que o homem estivesse bem acordado antes de começar o interrogatório.

Miguel rolou na cama e abriu os olhos, colocando o braço na frente do rosto para reduzir o reflexo da luz. Piscou duas vezes. Sua pele estava pálida e os olhos, inchados, com grandes bolsas arroxeadas embaixo.

— É da polícia? — perguntou com voz sonolenta.

— Hugo Martins. Polícia Civil. — Hugo deu um passo em direção a ele. — Tô aqui pra conversar sobre o que aconteceu.

A enfermeira levantou a sobrancelha.

— Tá tudo bem. — Miguel se apoiou no colchão para se sentar. — Descobriram quem fez aquilo?

— Esperamos que o senhor nos ajude com isso.

— O que precisa saber?

Com a testa enrugada, Hugo trocou olhares com a enfermeira, imaginando que ela entenderia que aquele era um bom momento para se retirar e deixar a polícia fazer seu trabalho. Não funcionou.

— Agradeço por ter mostrado o caminho. — Ele usou um tom polido para falar. — Mas agora preciso de um tempo sozinho com a testemunha.

— Ah, claro! — Ela se arreganhou toda. — Se precisarem de mim, estarei no corredor. — Deu uma última conferida no soro antes de sair.

Hugo esperou a porta fechar para começar. Deu outro passo em direção a Miguel. Podia ver melhor os traços do seu rosto, os pés de galinha no canto dos olhos e a vermelhidão deles. Havia uma cadeira de visitas com assento de plástico ao lado da cama, mas ele achou melhor continuar em pé.

— Se importa se eu gravar a conversa?

Miguel fez que não.

Hugo pegou o celular do bolso, abriu o gravador de voz e o colocou sobre o colchão. Teve o cuidado de manter a voz baixa quando pediu que a testemunha confirmasse o nome, a idade e o endereço. Já tinha essas informações, mas isso serviria para demonstrar que Miguel estava atento e competente para prestar depoimento.

— Quero que entenda que não tem um jeito fácil de fazer isso — disse em seguida. — Então vamos direto ao que interessa. Pode começar contando quando você conheceu Anderson Vogel e a esposa dele?

— Posso. Foi na semana em que eles mudaram pra cá — revelou Miguel com voz rouca. — Eu trabalho no jornal local. Sou fotógrafo e colunista. O Anderson era comentarista político. Não foi difícil encontrar assunto quando nos topamos um dia naquela lanchonete perto da praça. Com o tempo, nos tornamos melhores amigos.

— Sei. E você é casado?

— Não.

— Mas conhecia a esposa do Anderson?

— Conhecia — respondeu.

— Pode me contar como era o casamento deles?

Miguel olhou para as mãos, seus dedos estavam entrelaçados no colo.

— Normal. Eles encrencavam um com o outro às vezes. Mas quem não encrenca?

— Há rumores de que ele bebia e batia nela — acrescentou Hugo. Queria descobrir se a vítima era a porcaria de um bêbado ou um discípulo do papa Francisco.

— Você acredita nessa tropa de fofoqueiros da cidade?

Hugo olhou para o chão.

— Então você não acha que ela tinha motivos pra fazer aquilo?

— Claro que não! — A voz de Miguel descarrilou. — Por Deus, a Cris nunca ia fazer aquilo.

— O nome dela é Cris? — Hugo sabia qual era o nome, mas queria sentir a resposta de Miguel.

— Cristina. Cristina Weiss.

As ondas que alcançavam em picos a linha vermelha do gravador demonstravam que tudo estava sendo gravado.

— Ouça — prosseguiu Hugo. — Talvez não tenham te contado, mas a Cristina tá desaparecida desde o ocorrido. Tem ideia de onde ela esteja?

A primeira reação de Miguel foi dar de ombros.

— A família dela vive em Blumenau. — Ele pôs a mão nos olhos. Parecia que queria chorar. — Talvez tenha ido pra lá.

— Certo — disse Hugo. Queria algo novo.

Um barulho compassado de plástico batendo no piso do corredor o fez olhar para a divisória de vidro na porta. Uma senhorinha com andador cruzou seu campo de visão.

— Hoje cedo conversamos com alguns vizinhos do casal. Um deles me contou que o Anderson tinha uma arma — relatou Hugo. — Disse que ouviu disparos na propriedade algumas vezes.

— Ele comprou um revólver há algum tempo. Gostava de atirar em garrafas — revelou Miguel, depois de uma breve hesitação. — Não sei se tinha porte ou registro, mas isso não importa mais.

Hugo estranhou a maneira descomplicada com que ele se referia a Anderson. De modo geral, amigos e familiares de pessoas recém-falecidas demoravam alguns dias para começar a falar daquele jeito. O tempo necessário até que a ficha caísse.

— Não encontramos o revólver. É possível que o criminoso tenha levado — comentou. Estava disposto a ir para o próximo assunto. — Tem ideia de quem pode ter feito aquilo?

Os músculos do maxilar de Miguel se retesaram. De início aparentava frustração, mas o sentimento se transformou em tensão quando ele balançou a cabeça e olhou o horizonte através da janela.

— Ele vinha se encontrando com alguém nas últimas semanas.

A atenção de Hugo foi abocanhada.

— Uma mulher? — perguntou.

— Não sei. — Miguel tentou manter o controle. — Mas não é esse tipo de encontro que você está imaginando. Só sei que ele andava estranho. Passava muito tempo trancado em casa escrevendo. Dizia que não estava conseguindo dormir. Semana passada, eu o vi na cidade conversando com alguém dentro do carro.

— Você reconheceu a pessoa? Sabe sobre o que ele escrevia?

Miguel o encarou.

— Não. — Seu pomo de adão subiu e desceu. — Eu até perguntei dias depois, mas ele mudou de assunto.

Hugo farejou a mentira. Talvez aquele detalhe fosse seu divisor de águas entre ter instinto e ser um robô de apostila. Ganhou confiança. Cruzou os braços e manteve a expressão neutra. Não queria que a testemunha desconfiasse de seu julgamento.

— Tem mais uma coisa que preciso perguntar. — Mascarou a convicção na voz. — Quando o pessoal do hospital ligou mais cedo, disseram que você falou algo sobre um vídeo.

— Ahã. Uma gravação que mostra o Anderson e a Cris dormindo. Me enviaram do celular dele. Assim que recebi, telefonei pra avisar que tinha alguém na casa. Depois liguei pro 190.

— Entendo. Só perguntei porque não havia registro desse vídeo na ligação que você fez pra emergência — comentou Hugo. — Algum motivo pra não ter mencionado?

Outra vez a reação de Miguel foi dar de ombros.

— Sei lá! Eu lembro que avisei sobre a invasão. Aí passei a localização da fazenda. Então disseram que iam enviar uma viatura.

— Só isso? — Hugo se inclinou e encheu os pulmões.

— Que eu lembre, sim.

— Alguma chance de ter esquecido um detalhe?

— Alguém massacrou meu melhor amigo na noite passada. — Miguel se retraiu. — Me desculpe se me esqueci de algum detalhe.

Era hora de dar uma trégua.

— Tudo bem. — Hugo respirou. — Posso ver o vídeo?

Naquele instante, seu celular começou a vibrar no colchão, interrompendo o que estava sendo gravado. Ele se curvou para ver a identificação da chamada. Álvaro Fiore. Deslizou o dedo e recusou a ligação. Antes que pudesse retomar o assunto, uma notificação apareceu no WhatsApp.

"Atende logo."

Olhou para Miguel.

— Me dê um minuto — pediu ele, e saiu para o corredor.

Quando colocou o primeiro pé para fora, avistou dois policiais militares se aproximando junto com a enfermeira.

O celular voltou a vibrar.

— Alô.

— Ainda tá com o cara? — Fiore foi incisivo.

— Tô. — Hugo olhou para trás. — Ele contou algumas coisas...

— Foda-se! — interrompeu Fiore. — Acabamos de receber uma ligação anônima de alguém relatando que viu o Miguel chegar em casa hoje cedo. Disse que não deu pra ver direito, mas parecia que ele tinha sangue nas roupas e carregava uma sacola grande suja de terra. — Fiore demonstrou agitação. — Em alguns minutos vou conseguir um mandado pra entrarmos na casa dele. Enviei dois PMs praí. Quero que venha pra cá assim que eles chegarem. Vamos pegar esse filho da puta.

7

Hugo conferiu a hora quando estacionaram em frente à residência de Miguel Rosso. 14h35. A casa era uma construção em alvenaria pintada de azul e ficava atrás do Parque de Exposições. A fachada simples pouco revelava, mas o gramado bem-cuidado e a cerca viva aparada em formato retangular o fizeram pensar que estavam no lugar errado.

— Não tá achando arrumada demais pra um fotógrafo que vive sozinho? — comentou.

Fiore desligou o carro e puxou o freio de mão.

— O cara só trabalha de tarde no jornal — revelou. — Pelo menos achou alguma coisa pra se entreter. Cortar a grama e aparar a cerca viva é melhor que ficar coçando o saco a manhã inteira.

Desembarcaram para esperar a chegada da PM.

O sol ardia.

Havia um homem com chapéu de palha capinando um canteiro de verduras no terreno do outro lado da rua. Ao notar a movimentação de policiais, ele largou a enxada e secou o suor da testa para disfarçar. Bebeu um pouco de água em uma garrafa descartável de Coca-Cola e depois se abaixou para arrancar uma erva daninha do chão. No fim, a curiosidade venceu e ele atravessou a rua.

Hugo e Fiore fingiram que não estavam vendo. Não queriam que a notícia se espalhasse pelo bairro, fazendo mais curiosos aparecerem. Eles se viraram e começaram a conversar, mas o homem de chapéu os interrompeu.

— Vieram prender o Miguel?

— O quê? — Fiore inclinou a cabeça, se fazendo de trouxa.

O homem fez um ruído com a garganta antes que um escarro de saliva voasse e pousasse no chão.

— Eu falei praquele animal que plantar esses capins loucura no quintal ia acabar dando problema — disse ele, limpando uma baba que ficou grudada na barba. — Ele não quis ouvir e agora tá encrencado.

— O que foi que ele plantou? — perguntou Fiore.

— Maconha, doutor. — O homem teve que traduzir. — O Miguel tem dois pés de maconha atrás da casa.

Fiore franziu as sobrancelhas.

— Tá bom! Vamos dar uma olhada. Agora dê o fora.

O homem fez um aceno e voltou para a horta. Pegou a enxada, mas logo se abancou em um toco de madeira para ficar xeretando.

— Viu só? — Fiore subiu na calçada. — Lembra quando falei que aquilo na fazenda era serviço de algum maconheiro sem noção?

— Lembro. Agora só falta achar o videogame — brincou Hugo.

— Aposto que tem um na sala.

Um barulho de motor desregulado que vinha do fim da rua revelou que a viatura de reforço da PM estava chegando.

Hugo e Fiore entraram no pátio junto com os militares, forçando o trinco para averiguar se a porta abriria. Estava trancada. Tocaram a campainha e ouviram um zunido. Tentaram outra vez. Nada. Um minuto mais tarde, o estrondo do chute de Fiore na porta fez uma vizinha meter a cabeça para fora da janela. Quando viu a polícia, ela voltou para dentro, mas ainda era possível perceber uma sombra espiando pela veneziana.

Hugo entrou primeiro. A casa estava limpa, arrumada e quase não tinha móveis. Reconheceu de imediato o silêncio que se fazia presente em quase todas as moradias dos bairros mais afastados do centro. Lembrou-se de que a casa na serra onde viveu na infância era bem parecida com aquela: poucos móveis, silenciosa e com um agradável cheiro de pinho que brotava dos banheiros.

— Tem alguém aí?! — gritou um policial militar, anunciando para quem quisesse ouvir que a casa fora invadida.

Obteve silêncio como resposta.

— Deem uma conferida — pediu Fiore.

Os dois militares avançaram com armas em punho.

Quase enroscando o tênis na barra do tapete, Hugo adentrou a sala para verificar os porta-retratos na estante. A primeira fotografia mostrava Miguel em frente a um letreiro colorido em Recife. Na segunda, ele estava no mirante da praia de Itapema. Na terceira, Miguel aparecia sentado à mesa de uma pizzaria local, com Anderson ao seu lado abraçado a uma mulher bonita de cabelo castanho.

— Essa é a Cristina?

Fiore chegou mais perto e pegou o porta-retratos. Ele catingava fumaça mesmo quando não estava fumando.

— É — confirmou. — É ela.

Hugo guardou o rosto na memória.

Depois foi para o corredor, encarando as maçanetas prateadas. Entrou em um dos quartos assim que os militares confirmaram que estava vazio. Acendeu a luz. O cômodo era amplo, tinha um guarda-roupa esfarelando serragem nas quinas e uma cama de casal tão bem-arrumada que ele pensou qual era o malabarismo que Miguel fazia para engomar os lençóis.

— O que estamos procurando? — Hugo fitou Fiore parado na porta do banheiro.

— Qualquer coisa estranha.

— O jeito como ele arruma a cama é estranho.

Fiore deu uma olhada.

— Abre o roupeiro — rosnou. — Vê se encontra uma sacola, ou as roupas sujas de sangue. Eu vou olhar o outro quarto.

Hugo abriu o guarda-roupa, e um cheiro forte de naftalina o fez virar o rosto. Esperou que o cheiro dissipasse antes de bisbilhotar ali dentro. Encontrou camisetas, calças, calções e uma mochila vazia. Procurou em todas as portas e revirou as gavetas. Subindo em uma banqueta, olhou em cima do móvel. Passou a mão no tampo. Ficou de joelhos para olhar embaixo da cama e fuçou na cômoda que suportava a tv. Não havia nada suspeito.

— Encontrou algo aí? — perguntou em voz alta.

Pelo barulho que Fiore fazia dava para imaginar que ele estava quebrando as coisas em vez de procurar.

— Nada — respondeu Fiore.

Foi para a cozinha, mas passou direto ao ver que os militares estavam fazendo buscas no local. Entrou na garagem. Caixas de papelão estavam empilhadas em um canto perto do portão, e ferramentas de jardinagem espalhavam-se sobre um balcão improvisado com o que tinha sido uma porta. Havia marcas de pegadas no piso empoeirado. Deu uma olhada rápida, mas o que realmente chamou sua atenção foi um fio de fumaça saindo da churrasqueira. Apoiou as mãos no balcão de mármore e enfiou a cabeça no buraco. Avistou algo fumegando, levemente aceso por uma ponta de brasa que queimava devagar. O cheiro parecia químico, sintético. Demorou para entender que aquele amontoado de carvão eram roupas.

— Achei! — alertou aos outros.

Os militares vieram.

— Que foi?

— Dá uma olhada.

O policial tirou o boné e olhou pelo buraco. Ficou enfiado ali alguns instantes, analisando o monte de carvão. O fio de fumaça contornava seu rosto e esvoaçava pelos fios de cabelo, mas ele não parecia se importar.

— Isso aí é uma calça jeans? — disse ele, desconfiado.

— Acho que sim — Hugo confirmou a suspeita dele.

Meio minuto depois Fiore apareceu, pedindo que abrissem espaço. Estava tão acostumado a conviver com fumaça que nem sequer reclamou.

— Foi tudo que encontraram? — perguntou.

— Foi. — Hugo trocou olhares com os policiais.

Houve um instante de silêncio.

— Alguém sabe me dizer a que horas o cara foi levado ao hospital? — Fiore voltou a questionar.

— Bem cedo. Ele foi um dos primeiros a ser avisado sobre as mortes.

— É que ainda tem fumaça saindo desse negócio — ponderou Fiore. — Talvez não tenha sido ele que tacou fogo.

Um dos militares pigarreou.

— Dependendo do tipo de tecido, a brasa pode ficar acesa por algumas horas — disse, como se entendesse do assunto. — Sei disso porque ano passado ajudamos num incêndio no centro. Mesmo depois de apagado, as roupas que foram queimadas ficaram fumegando por um bom tempo. Deve ser alguma porcaria que usam no tecido.

Sem dizer mais nada, Fiore encarou as caixas de papelão no canto.

Hugo constatou que o silêncio dele se devia ao fato de que aquela única pista não seria suficiente para que pudessem manter Miguel sob custódia. Estavam fazendo uma varredura em um mar de possibilidades, e tudo que tinham encontrado eram umas conchinhas sem graça que nenhum juiz da comarca iria querer como lembrança da viagem.

— Apaguem o fogo e coloquem tudo num saco — pediu Fiore aos policiais. — Talvez ainda dê pra encontrar resíduos de sangue.

De cabeça baixa, caminhou pela cozinha.

Hugo o seguiu.

O barulho do motor da geladeira era tudo que se ouvia.

— Tem que ter mais alguma coisa — disse Fiore. Estava intrigado. — Quem ligou denunciando falou sobre uma sacola. Temos que achar.

— Vou dar outra olhada no quarto — disse Hugo.

— E eu vou ligar pra delegacia. Tô nem aí se é o último dia do Jonas. Precisamos de ajuda aqui. — Fiore pegou o celular do bolso, mas se enrolou na hora de digitar a senha de desbloqueio. — Quero que alguém suba e dê uma olhada no forro.

Hugo assentiu.

— Falando nisso... — disse, mas foi interrompido pelo toque do celular.

Fiore fez um sinal e aproximou o aparelho do rosto para ver quem estava telefonando. Abaixou a cabeça e saiu para atender.

Observando a cozinha, a única coisa que Hugo encontrou fora do lugar foi um copo esquecido em cima da mesa. Pelas portas da prateleira que os policiais tinham deixado abertas, pôde ver a cor dos pratos e até a marca de açúcar que Miguel costumava comprar. Não achou que descobriria alguma coisa ali. Estava entrando no corredor para conferir o banheiro quando o motor da geladeira desligou em um tranco. Olhou para trás. Sentiu o bafo gelado no peito quando abriu a porta da geladeira. *Aurora.* Era o que estava escrito na embalagem vermelha de leite integral. Desfrutou do frescor por mais alguns instantes, então abriu o freezer. Recuou, sentindo o gosto amargo do vômito cutucar o fundo da garganta.

— Encontrei! — gritou.

Fiore voltou para dentro com o celular ainda na orelha.

— Puta que o pariu. — Os olhos de Fiore pareciam duas bolas de vidro amarronzadas. — Que merda é essa? — Engoliu em seco.

Hugo respirou fundo.

8

O vento morno da noite entrava pelas janelas, esvoaçando as cortinas e esgueirando-se até o banheiro. Saboreando a sensação da água fria na pele, Hugo contemplou o brilho da lua, desfigurado pelas imperfeições do vidro da janela basculante. Estava pensativo. Haviam feito um ótimo trabalho naquela tarde e, embora a identidade da segunda vítima na fazenda continuasse um mistério, pelo menos Miguel Rosso estava atrás das grades. Enquanto lavava o cabelo, imaginou que uma rápida conversa sobre o tempo extra que ele passaria na prisão, caso não quisesse colaborar, seria o suficiente para que contasse tudo o que sabia.

— Xeque-mate. Caso resolvido — sussurrou.

O dr. Hannibal Lecter teria ficado orgulhoso.

Apressou-se em terminar o banho quando a campanha de racionamento de água lhe veio à mente. O balaio transbordante de roupas sujas o fez cogitar a possibilidade de colocar a lavadora para funcionar. Desistiu meio minuto depois, quando lembrou que não tinha ido ao mercado comprar os seis itens que estavam anotados na sua lista de compras. Sabão em pó era um deles. Socou as roupas no cesto para que não parecesse tão cheio. A lavadora teria outra noite de folga.

Olhou para o bilhete que tinha enfiado no canto do espelho. "Amanhã, 9h15. Hospital Regional em Chapecó." Encarou o próprio reflexo em busca de pesadelos. Não queria remoer o passado. Não queria ter de reler a maldita enciclopédia. Ainda não. Na manhã seguinte, suas costas reencontrariam uma velha conhecida: a agulha. Isso era o bastante por um dia. Desviou os olhos para baixo. Os ossos de suas costelas, sempre tão aparentes na adolescência, estavam escondidos embaixo de uma camada de músculos e pele. Tinham-no obrigado a fazer bastante exercício físico durante os seis meses em que ficou confinado na Acadepol, em Florianópolis, treinando para ser investigador. Desde então, nada. Precisava voltar a se exercitar antes que os gomos do abdome se tornassem uma pança.

Ligou a televisão no SporTV e ficou assistindo à reprise de um jogo da Copa Libertadores enquanto escolhia o que iria vestir. A camiseta com o Darth Vader estampado, que usava para ficar em casa, parecia bem mais agradável do que a camiseta polo que usaria para ir à festa de despedida do Jonas. "Venha se enturmar com o pessoal. Vamos beber todas!!" Escolheu o Darth Vader.

Pegou o controle remoto e apontou para a TV.

— O juizão olhou e falou: *siga la pelota.* — Foram as últimas palavras que ouviu o narrador dizer quando desligou o aparelho.

Foi para a cozinha e parou em frente à geladeira. Estava com fome, mas a lembrança do coração humano congelado junto com as bandejas de bife e dos potes de feijão no freezer de Miguel ainda embrulhava seu estômago. Optou pelo jejum. Abriu uma garrafa de cerveja artesanal que ganhara do primo de um policial. A moça do hospital não havia dito que era proibido beber antes da biópsia. Além do mais, seriam apenas seiscentos mililitros. Um flerte que não ia acabar em casamento.

Um barulho alto de música invadiu o apartamento, vindo de algum abobado que passava na rua com o volume do carro no máximo.

Fechou a porta da sacada e assobiou para Magaiver.

— Quer ração? — perguntou quando o amigo surgiu debaixo do sofá.

É claro que ele queria.

Hugo encheu o pote e ficou o observando.

O acaso juntara Magaiver com a família Martins nove anos antes. Os cães têm um dom para encontrar pessoas que precisam deles, preenchendo um vazio que, às vezes, nem sabem que existe. Hugo cursava faculdade de Direito na época e sofria de paixonite crônica por Carol, a melhor amiga de Ana, sua irmã. O amor tem dessas coisas. Quando Carol apareceu com o filhote resgatado por uma ONG, pedindo que a família de Hugo cuidasse dele até que alguém se interessasse, ele não teve como negar. Depois de três meses sem interessados, o filhote acabou ficando. No final das contas, o esforço valeu a pena. Ter um cachorro foi melhor que o esperado, e Carol e Hugo acabaram namorando por quase dois anos depois daquilo.

Magaiver foi rolar no tapete quando terminou de comer.

Depois de guardar a ração, Hugo se deixou cair no sofá da sala e ficou encarando as paredes, em um instante memorável de tédio. Bebeu um copo de cerveja e depois outro, enquanto escutava a vizinha do apartamento de cima usando o aspirador de pó.

O celular apitou com uma notificação.

"Não vai vir? Olha o que tá perdendo."

A mensagem veio junto com uma foto de Jonas bebendo chope direto da torneira do barril. Ao fundo dava para ver Fiore com alguns policiais militares ao redor da churrasqueira.

"Não vai rolar. O dia foi tenso."

"Chope é relaxante kkkk", insistiu Jonas.

Hugo esfregou o rosto.

"Melhor, não. Amanhã tenho que pular cedo."

Antes que mudasse de ideia, ligou o notebook e buscou Miguel Rosso no Google. Queria conhecer melhor a pessoa com quem lidaria nos próximos dias. Estaria mais próximo de um assassino do que jamais estivera. Para um homem que passou a vida sob a proteção de comportamentos aprendidos, penetrar a fachada de um criminoso era uma coisa difícil de fazer.

Encontrou pequenos artigos sobre vários assuntos e uma coluna com dicas de filmes que era publicada quinzenalmente no jornal da cidade. Deu uma olhada rápida. Talvez alguma das indicações fosse útil. *Zoolander 2, Cinquenta tons mais escuros* e *Como se tornar o pior aluno da escola.* Concluiu que Miguel era uma pessoa normal, mas cujo gosto para filmes beirava a congestão intestinal. Acessou o *link* mrossofotos.blogspot. com, que o direcionou para um blogue com fotografias de paisagens e animais. Olhou a primeira e a segunda. Eram boas, mas Hugo relutou em continuar. Se Miguel tivesse o gosto fotográfico parecido com o de filmes, as demais seriam tão ruins quanto ser mastigado vivo por um tubarão.

Magaiver explodiu em latidos quando alguém bateu à porta.

— Meu Deus, Magaiver! — Hugo o pegou no colo e o levou para o quarto. — Sossega aí.

Deu uma ajeitada no cabelo e foi para porta. Não viu ninguém pelo olho mágico. Abriu e deu um passo para fora, procurando o engraçadinho.

As luzes do corredor estavam acesas, indicando que os sensores tinham captado o movimento de alguém. Quando deu meia-volta, pisou em um embrulho de papel pardo que jazia sobre o tapete de entrada. Tinha o formato de um livro e em uma das faces estava escrito "Hugo" à caneta, em uma letra tremida.

— Bento? — Não foi difícil se lembrar do embrulho amarelo-escuro que o velho carregava quando apareceu no apartamento naquela tarde.

Recolheu o embrulho do chão e o apalpou. Era um livro, avaliou. Levou para dentro e cortou o papel com um estilete. Removeu o papel pardo e descobriu que era um diário. As folhas do miolo tinham manchas de umidade, e na capa de couro estava escrito algo que ele tentou, mas não conseguiu pronunciar.

Outra vez seu celular tocou. O nome da sua irmã aparecia na tela. Pensou em recusar, mas não ousou.

— Eu não disse que ia ligar quando decidisse o que fazer?

— Disse — retrucou Ana —, mas já é noite e não vou ficar esperando. A mãe e o pai já perceberam que tem alguma coisa errada.

— Você contou pra eles?

— Óbvio que não, mas você sabe que não sou boa mentindo. Além do mais, eu não ia conseguir dormir sem falar contigo.

— Eu sei. — Hugo acalmou a voz.

— O que você vai fazer?

— Liguei no hospital e marquei consulta pra amanhã. Vão fazer a biópsia aqui mesmo — contou. — Antes que comece a perguntar, já te digo que só vou me preocupar quando sair o resultado.

— Tá bom — concordou Ana. — Vai me ligar quando ficar pronto?

— Vou.

— Promete?

— Prometo.

Voltou a atenção ao diário. Leu de novo a inscrição na capa, balbuciando cada sílaba como uma criança que aprendia a ler. Folheou a primeira página, mas a única coisa que conseguiu decifrar foi a data anotada no cabeçalho. Pegou o celular e digitou *Die Natur ist grausam* no Google Tradutor. O aplicativo sugeriu tradução do alemão. Selecionou a opção e leu o que significava: a natureza é cruel. Enrugou a testa, olhando para a frase e para as imagens no notebook, do blogue de Miguel Rosso.

9

As cadeiras de espera do Hospital Regional eram almofadadas, mas isso não as tornava menos desconfortáveis. Estar naquele lugar com cheiro de pessoas doentes levava os pensamentos de Hugo ao passado, a um lugar repleto de corredores de hospital que ele não queria revisitar. Entediado com o tempo perdido, pensou em mexer no celular, mas desistiu da ideia ao contabilizar que, dos outros trinta e poucos desafortunados que achatavam a bunda esperando o atendimento, mais de vinte estavam com o pescoço arcado encarando as telas luminosas, como uma legião de zumbis.

— Veio consultar? — O homem ao seu lado puxou conversa com ele.

— Exame — respondeu Hugo.

— Que tipo de exame?

Não interessa.

— De sangue — mentiu.

— Eu vim consultar — continuou o homem. — Tô com uma desgraça de dor de barriga desde ontem.

Hugo abriu um sorriso forçado, enfiando a mão no bolso. Preferiu se juntar à legião de zumbis do que ficar proseando sobre a doença do homem.

Enquanto deslizava pela *timeline* do Instagram olhando fotos de pessoas que fingiam estar felizes, os médicos e enfermeiros do hospital corriam para lá e para cá atendendo aos comandos do sistema interno de som.

— Hugo Martins — uma mulher com jaleco branco e rabo de cavalo chamou depois de alguns minutos. — Sua vez.

Hugo entrou no terceiro consultório e cumprimentou o médico que estava em pé ao lado de uma bancada de instrumentos. "Dr. Benites", era o que estava escrito no crachá. Antes que se acostumasse com a ideia de fazer o exame, a enfermeira solicitou a ele que vestisse uma roupa hospitalar verde-clara.

— Precisa mesmo? — Hugo analisou a peça.

— Normas do hospital.

Ele torceu o nariz.

— Onde fica o banheiro? — perguntou.

— Ali. — A enfermeira apontou para uma porta.

Tirou a calça jeans e a camiseta preta e as pendurou em um gancho ao lado do vaso sanitário. O conforto de vestir aquela espécie de vestido curto, que arejava as partes baixas, contrastava com o desconforto que sentia ao se olhar no espelho usando aquilo. Perguntou-se por que não o deitavam na maca para fazer o procedimento de uma vez, sem toda aquela firula. Analisou suas pernas peludas no espelho, rindo da própria desgraça. Saiu encabulado e sentou na maca, olhando para o carrinho de anestesia que estava com uma das gavetas aberta. Dentro, sob a forte luz fluorescente, brilhavam frascos de anestésicos e as temidas agulhas de mielograma.

— Já passou por isso antes, sr. Martins? — perguntou o dr. Benites enquanto calçava o par de luvas.

— Algumas vezes — respondeu Hugo, torcendo para que ele não fosse do tipo que gostava de conversar. De qualquer modo, não o ouviria. Estava ocupado demais resgatando o próprio orgulho, devastado pelo comprimento da roupa hospitalar.

Na bancada ao lado, a enfermeira ensopava um chumaço de algodão com uma solução fedorenta e amarronzada de iodo.

— Preciso que deite de costas pra mim — pediu o médico.

Hugo obedeceu, sentindo-o espalhar o antisséptico na coluna. A anestesia local veio em seguida, bem menos dolorida que o esperado. *Não foi tão ruim.*

Encheu os pulmões e respirou devagar. Talvez tivesse se livrado do trauma das agulhas em algum ponto dos últimos quinze anos.

— Agora quero que relaxe — alertou Benites, esticando-se para alcançar a bancada. — Vai sentir um leve desconforto.

Uma onda de calor fustigou-lhe o rosto enquanto um frio tão severo quanto o do inverno serrano se apoderava das suas pernas. Não moveu um músculo e manteve os olhos fechados em uma expressão plácida, como se esculpida em mármore, ao perceber que o procedimento estava em curso. Precisou se tornar adulto para entender que seu trauma infantil não vinha das agulhas, mas sim do maldito desconforto de ter a coluna perfurada.

Os minutos seguintes foram de puro terror desnecessário.

— Pronto! — O derradeiro consolo, que antigamente vinha na forma de pirulitos, dessa vez veio pelo som da voz do médico.

Depois de algum tempo, quando deixaram que se levantasse, Hugo foi ao banheiro trocar a roupa arejada pela calça jeans apertada. Estava um pouco tonto, com as pernas meio bambas, quase arrependido por ter dispensado o atestado médico com a indicação de que ficasse o resto do dia em repouso. Antes que fosse liberado, a enfermeira o instruiu a manter o curativo até o fim do dia, e avisou que o laboratório entraria em contato assim que o exame estivesse pronto.

— Obrigado — agradeceu ele.

Saiu do consultório olhando para o chão, desviando-se da faxineira que limpava gotas de sangue do corredor com um esfregão.

No estacionamento, fervendo a cabeça embaixo do sol, Fiore fumava escorado no carro, com as mangas da camisa social arregaçadas e os três primeiros botões abertos. Parecia um vendedor de jogo do bicho. Tinha estacionado em uma vaga exclusiva para funcionários, mas, como deixara a placa de identificação da polícia em cima do painel, não houve problemas.

— Cansou de esperar?

— Não. Imaginei que ia demorar. — Fiore deu uma longa tragada e jogou o cigarro no chão. — Deixa eu adivinhar. A fila estava enorme?

Hugo fez que sim.

— Depois todo mundo reclama do atendimento, mas ninguém fala dos que ficam entulhando a fila. — Fiore pisou na guimba. — Tá com tosse? Toma um chá de guaco, porra. Tem gente que procura médico até quando tá com caganeira. Quando eu tinha isso, minha mãe me fazia comer maisena. Funcionava que era uma beleza. Que mania o povo tem de ir no médico por qualquer bosta.

— CID 10 Z765.

— Quê?

— Classificação internacional de doenças. — Hugo começou a rir. — Pessoa fingindo estar doente.

— É isso mesmo. — Fiore entrou na viatura. — Mas e aí? Não vai contar por que veio ao hospital?

— Já falei. Coletar sangue pra exames de rotina.

Fiore enfiou a chave na ignição.

— Hum — resmungou. — É que geralmente o braço fica marcado ou colam um curativo onde enfiaram a agulha. — Observou as dobras dos braços de Hugo, sem marcas.

Quando um carro de saúde acessou o estacionamento sem respeitar o limite de velocidade, cortando a frente de outro veículo, Hugo olhou para fora. Ficou um tempo em silêncio. Girou a maçaneta para abrir o vidro e de pronto sentiu um cheiro de fritura pairando no ar, vindo do restaurante que ficava em frente ao hospital. Conferiu o horário, pensando que estavam atrasados para o compromisso que originalmente motivara a viagem.

— Que horas é o interrogatório do Miguel? — perguntou.

— Dez e meia. Estamos atrasados.

— Então o que acha de acelerar?

— Pra quê? O cara tá preso. Não vai a lugar nenhum. — Fiore bateu arranque, fazendo o motor roncar.

Cruzaram a cidade pelo trajeto mais curto, desviando do centro movimentado e saindo em uma avenida de mão dupla próxima a um frigorífico. Julgando que o atalho tinha poupado alguns minutos, Fiore parou em um posto para comprar cigarros e mijar. Quando voltou ao carro, continuou dirigindo até que avistaram a placa apontando que o Presídio Regional ficava à esquerda.

Às 11h13, eles entraram pelo portão da frente e se apresentaram aos agentes do DEAP. Hugo nunca tinha estado em uma cadeia pública, o mais próximo que tinha chegado de saber como elas funcionavam fora assistindo à série *Prison Break*.

O Presídio Regional de Chapecó tinha sido inaugurado recentemente e era um dos melhores do estado, mas estava longe de se parecer com Fox River. O presídio tinha duas alas, separadas por um único corredor. Na frente ficavam os escritórios e atrás, as celas com os presos que aguardavam julgamento. Hugo e Fiore mostraram seus documentos de identificação e foram levados por um baixinho até a antessala onde estava o diretor.

— Antes tarde do que nunca — resmungou aquele que todos chamavam de Cacique. Ele estava agitado e vestia uma camiseta polo escura com caspa nos ombros. — Pararam pra mijar?

Fiore acompanhou o olhar do diretor e viu que sua braguilha estava aberta. Ele rapidamente a fechou. O diretor fez sinal para que sentassem.

No canto da escrivaninha, um computador com imagens das câmeras mostrava Miguel Rosso sentado sozinho na sala de interrogatório. A imagem não era nítida, mas dava para perceber que ele estava encarando a câmera. Ele vestia o uniforme da unidade prisional e seu cabelo estava bagunçado.

— O filho da mãe tá nessa posição faz uns dez minutos — disse o diretor, batendo na tela com uma caneta. — O advogado dele disse que quer acompanhar o processo.

— Ele contratou advogado? — questionou Fiore.

— Um de porta de cadeia. Não viram no corredor?

— Não.

— Deve ter ido ao banheiro. — O diretor abriu a gaveta, mas fechou sem pegar nada. — Chegou cedo e ficou me aporrinhando até agora há pouco. O cara é chato demais.

— É advogado. O trabalho dele é ser um pé no saco. — Fiore enfiou a mão na maleta que tinha trazido e pegou uma pasta escura. — Podemos começar?

— Se a documentação estiver ok, Miguel Rosso é todo seu — disse o diretor, analisando a papelada.

Hugo endireitou o corpo quando olhou para a fotografia da fazenda que estava presa com um clipe na pasta. O sangue e a carne retalhada estavam fora de foco. Sentiu seus músculos tremerem, como os de um músico prestes a apresentar um concerto. Na imagem da cena de algum crime, o que menos importa é a qualidade do fotógrafo. É sempre a visão de outra pessoa que precisa ser retratada. Quando saíram para o interrogatório, encontraram-se com o advogado no corredor. O homem magro de cabelo grisalho protestou sobre o tempo que seu cliente estava trancado na sala.

— Se querem saber, recomendei que ele invoque o direito de não responder às perguntas — acrescentou.

Fiore o olhou de atravessado.

— Não fode.

Entraram na sala.

Miguel se ajeitou na cadeira quando percebeu a movimentação. Não estava algemado, e o uniforme laranja se destacava na sala branca. Os olhos afundados evidenciavam que a noite anterior não tinha sido boa, e a vermelhidão nas escleróticas mostrava que havia chorado recentemente.

Sentaram de frente para ele.

O advogado se abancou ao lado.

Quando um bipe comprido ressoou, indicando que o equipamento de gravação de voz tinha sido ligado, eles levantaram o olhar.

— São onze horas e dezenove minutos do dia 23 de fevereiro. Sou o delegado Álvaro Fiore e comigo está o investigador Hugo Martins. Também está presente o advogado do acusado, nome...?

— Doutor Alberto Campos — respondeu o advogado.

— Alberto Campos — repetiu Fiore, suprimindo o "doutor". Afinal, não demonstrava respeito pelo sujeito. — Vamos começar agora, sr. Rosso. Posso chamá-lo de Miguel?

Silêncio.

Fiore correu os olhos pelas anotações. Entre elas havia fotografias, o histórico do acusado e o relatório com a transcrição do depoimento que Hugo colhera no dia anterior. A quietude se manteve enquanto Fiore lia e fazia barulhos irritantes com o nariz.

Hugo cruzou os braços. Sabia que aquilo ia demorar.

— Tem umas coisas bem interessantes aqui, sabia? — Fiore encarou Miguel. — Pena que não gosto de enrolação, senão dava pra ficar o dia todo aqui. Veja quanta baboseira. — Mostrou uma lista de perguntas impressas em papel A4.

— Foi o senhor que redigiu? — perguntou o advogado, com desdém.

— Foi, mas é muito blá-blá-blá. — Bateu os dedos na mesa. — A boa notícia é que destaquei as mais importantes.

— Não importa. Ele não vai responder.

— Bem... Tenho que fazê-las de qualquer jeito. Pra ficar gravado — disse, abrindo um sorriso de cor de alcatrão. — Por que matou Anderson Vogel é a primeira. Depois, temos uma sobre a mulher enterrada na soja. E, por fim, onde tá a Cristina Weiss?

— Vai ter que me desculpar, mas essas perguntas são ridículas — contestou o advogado. — Meu cliente não tem como saber, visto que não estava no local do crime.

— Sabia que ia dizer isso.

Fiore, então, arrastou uma série de fotografias sobre o tampo da mesa, começando com a de Anderson pendurado na parede, depois a da mulher enterrada e por último a do coração no freezer.

— Ainda não é o bastante? — Pegou o celular do bolso. — Encontramos isso na memória do celular do seu cliente. — Apertou o play.

Hugo manteve a fisionomia serena. Não queria deixar que notassem o estresse nas suas linhas de expressão. Franziu a testa quando o som de alguém assobiando a introdução de *Wind of Change*, da banda alemã *Scorpions*, ecoou pelo alto-falante do aparelho. Um silvo de vinte segundos que valia mais do que vinte anos de rebolados e afins. O homem que assobiava era o mesmo que aparecia com os braços ensanguentados, usando uma faca de cozinha para abrir o peito de Anderson Vogel. A tela então ficou escura por meio segundo, em uma espécie de corte malfeito. Quando retornou, o homem estava queimando as digitais da mulher na lavoura.

— Gosta de assobiar? — Fiore engrossou a voz, mas não o bastante para soar rude. — Estava querendo comer a mulher do cara e decidiu tirá-lo da jogada? — Inclinou-se para frente e pegou uma foto de Cristina. — Até entendo querer dar uns amassos nela, mas precisava matar o cara?

Miguel pôs a mão no rosto. Seus ombros se moveram, mas ele continuou de boca fechada. Do jeito que os culpados ficam de boca fechada. Um estratégico privilégio legal.

— Não vou permitir que essa palhaçada continue. — O advogado interrompeu o interrogatório. Ele tinha o olhar fixo e a mandíbula determinados, o que indicava que não era de se assustar com facilidade.

Fiore levantou, irritado demais para ficar na posição em que estava, apalpando o bolso da calça para encontrar a carteira de cigarros.

— Já te disse que odeio câmeras? — Ele olhou para Hugo e apontou os cantos superiores da parede. — Elas tornam tudo difícil. Não fosse essa encrenca eu poderia fazer isso à moda antiga. Cagar esse bosta a laço até que abrisse a boca — disse. Pegou um cigarro e cheirou a ponta dele. — Quer saber? É melhor tu assumir daqui. Não tô a fim de parar na corregedoria depois de velho.

Hugo manteve a calma, mesmo tendo sido pego de surpresa. Hora ou outra precisaria começar a fazer aquele tipo de coisa. Conhecia policiais que interrogaram criminosos durante toda a carreira, e todos sempre diziam a mesma coisa: não se pode aprender a ver através de um bom mentiroso. Era hora de provar a teoria.

Puxou a pasta com as anotações, mesmo que não fosse precisar dela. Tinha lido tudo na noite anterior, antes de cair no sono. *O que poderia dar errado?* Respirou. Tê-la por perto era mais como uma defesa em caso de necessidade. Ficou meio minuto pensando em como começar. Seus batimentos aceleraram, mas ele não podia demonstrar fraqueza, pois bons mentirosos gostavam de investigadores medíocres. A técnica de Fiore de chegar atirando tinha funcionado muito mal, por isso decidiu aliviar.

— Antes de começar, quero que saiba que não tô aqui pra te julgar — disse, guardando as fotos na pasta. — Entendo sua escolha pelo silêncio, mas se pretende nos convencer de que é inocente, precisamos que explique como esse vídeo foi parar na memória do seu celular e quem colocou um coração humano na sua geladeira.

Miguel olhou para o advogado.

— Sugiro que não responda — aconselhou o engravatado.

Hugo balançou a cabeça. Não tirariam nada de Miguel com aquele pé no saco abrindo a matraca a cada investida.

Fiore bufou.

— Se não vai falar, me deixa contar como eu acho que aconteceu. — Os sapatos de Fiore fizeram barulho quando ele voltou para perto da mesa. Seu pescoço estava vermelho. — Me parece bem evidente que você queria comer a mulher dele, isso se já não trepavam de vez em quando. — Parou e esfregou o queixo. — E isso ainda explica o sumiço dela. Ela tá envolvida — avaliou. Era evidente que Fiore estava caçoando do acusado. Inventara uma hipótese qualquer para tentar tirar Miguel da sua silenciosa zona de conforto. — Eu até vejo vocês dois bolando um plano. Pensaram em fugir juntos? Viver de amor na Bahia? Que romântico! Pena que o plano era ruim. Cheio de pontas soltas.

— É melhor pararmos por aqui. — O advogado levantou, olhando para a porta como se clamasse por intervenção.

— Pelo amor de Deus, fecha essa matraca só um minuto! — Gotículas da saliva de Fiore voaram pelo ar.

O advogado recuou, engasgando como uma bexiga furada.

De braços cruzados, espantado com a abordagem, Hugo calculou que Fiore estaria mais encrencado que o próprio acusado quando o interrogatório terminasse. O Ministério Público adorava investigar abuso de poder policial. No entanto, o teatro paranoico pareceu fazer efeito, pois Miguel começou a se movimentar na cadeira e a olhar para seu advogado. Precisavam fazê-lo falar. Uma palavra levaria a uma frase, e a partir daí as coisas ficariam mais fáceis.

— Continuando... Agora estamos na noite do crime. Primeiro você liga pra polícia, alertando sobre uma invasão na fazenda. Uma bela jogada. Quando a PM chega, não encontra problema, pois não há nada de errado. — Fiore gesticulava, seguindo a ideia mirabolante. — Quando os policiais vão embora, você age, imaginando que não iria levantar nenhuma suspeita, por ter telefonado antes. Matar Anderson, era esse o plano. Todo o resto foi só pra desviar o foco. — Mexeu nos documentos. — Aqui também diz que você ligou pra fazenda de madrugada, mas não há registro da ligação nos celulares. Bingo! Isso confirma que você é um puto mentiroso.

A arapuca estava armada. Era só esperar.

O advogado continuou paralisado nos dez segundos seguintes.

A tensão que pairava na sala era constrangedora.

— Armaram pra mim. — Miguel caiu como um pato. — Tenho certeza de que armaram pra mim.

Hugo e Fiore se entreolharam.

— Como é?

— Não posso explicar como o coração e as roupas foram parar na minha casa, nem como esse vídeo apareceu ou como o registro das ligações desapareceu. Só sei que armaram pra mim. — Ele abaixou a cabeça.

— É o que todos dizem quando estão fodidos.

A fisionomia de Miguel tornou-se enevoada.

— Se isso ajuda, naquela noite liguei no telefone fixo da fazenda quando o Anderson não atendeu o celular. Peçam o histórico na operadora. Vão ver que tô falando a verdade.

— Isso ainda não livra teu couro — disse Fiore. — Pode ter telefonado e falado qualquer baboseira.

Houve um longo silêncio, daqueles que antecedem uma revelação que demanda análise. Miguel piscou. Seus olhos estavam marejados e ele parecia estar tendo um colapso nervoso.

— Tem mais uma coisa — acrescentou.

10

Faltavam vinte minutos para as 15h, fazia 29°C. Hugo lembrou que o aplicativo do Climatempo havia previsto temperaturas amenas. Com a viatura estacionada na rua asfaltada de um loteamento repleto de terrenos baldios, ele olhou para a casa de jardim estreito e janelas de madeira. Algo naquelas venezianas o fez pensar na velha casa dos avós. Talvez a cor da tinta, ou as cagadas de passarinho impregnadas na madeira, secas pelo sol. Memórias fragmentadas da infância. Do avô lhe ensinando a pescar no riacho que corria no fim do potreiro. Da avó amarrando o rabo da vaca com uma corda para que não atrapalhasse a ordenha.

— Tem certeza de que o endereço é esse? — perguntou.

— Tá vendo outra casa amarela? — Fiore franziu o cenho. Não estava contente. — Vamos cair fora. O pai da guria é o vice-prefeito. Imagina a confusão que vai dar se o cara tiver inventado essa história.

Hugo soltou o cinto de segurança. Não iria negligenciar uma evidência só porque o pai da testemunha era político. Quando começou a trabalhar na delegacia, aprendeu que a regra número um para quem queria ter uma carreira era alisar os políticos. Sabia que não tinha autoridade para fazer Fiore entrar na casa, mas também sabia que ele não iria impedi-lo.

— Qual é?! Você viu que tinha brasa na churrasqueira — assoalhou. — E se alguém tiver invadido enquanto o Miguel estava no hospital?

— Caralho, Hugo. Ele deve ter tacado fogo pra se livrar das provas. — Fiore não largava o osso. — E você ouviu o PM dizendo que aquele tipo de tecido fica queimando por horas.

Hugo suspirou, convencendo-se de que seria preciso provas concretas para argumentar com a mula do delegado.

— Tá querendo dizer que ele teve o cuidado de queimar as roupas, mas esqueceu o coração no freezer? — indagou. — Jura? Você sabe que isso não encaixa.

Um barulho chamou a atenção dos dois. Viram uma bola de borracha quicando próximo do meio-fio. Era a mesma que tinha voado por cima de um muro e acertado o capô da viatura. Estranharam, mas não levou mais do que dez segundos para que uma criança com roupa de goleiro surgisse. O menino torceu o pescoço para bisbilhotar, mas voltou para o campo imaginário quando outra criança o chamou detrás do muro.

Uma nuvem que havia surgido do nada passou diante do sol, diminuindo a temperatura do asfalto em cinco graus, mas Hugo pareceu não ligar. Ele manteve a expressão séria, esperando a resposta de Fiore.

— Tá bom. Vamos falar com a guria — assentiu Fiore, mesmo que o timbre da sua voz dissesse o contrário. — Mas tenho certeza de que isso não vai dar em nada.

Mula.

Atravessaram a rua até uma casa grande e bonita, típica de famílias que enriqueceram depois que algum membro virou político. Ao lado do portão de entrada, havia uma fileira de orquídeas com borboletas de plástico se agitando em volta. Passaram reto por elas, percebendo que alguém estava espiando por trás da cortina enquanto se aproximavam pelo gramado.

Quando bateram à porta, quem atendeu foi uma mulher que aparentava ter uns quarenta e poucos anos. Embora a beleza dela não estivesse desbotada, dava para perceber que fora recauchutada por aplicações de botox. Ainda não se parecia com aquelas mulheres de classe alta cujos músculos, paralisados pela toxina botulínica, não permitiam demonstrar seu sentimento, mas estava no caminho.

— Posso ajudar? — indagou ela com estranheza, olhando para a viatura estacionada.

— Boa tarde, senhora — cumprimentou Fiore. — Estamos conduzindo uma investigação e precisamos falar com sua filha.

A mulher endireitou as costas.

— Minha filha? Aconteceu alguma coisa?

— É o que precisamos descobrir.

* * *

Hugo respirou fundo, analisando as duas mulheres sentadas a sua frente. A garota tinha cabelos loiros presos em um rabo de cavalo casual. Seu rosto tinha vestígios de maquiagem. Ao lado, a mãe estava com as veias do pescoço saltadas.

— Então é isso que você vai fazer na casa das suas amigas?!

— É isso, sim, mãe! — respondeu a garota, acima do tom. — Que foi? Resolveu se preocupar agora? Vive cagando pra mim e agora tá toda nervosa? Eu tenho dezessete anos, amo o Miguel e não me importo com o que vocês pensam.

O constrangimento pairou na sala de decoração *vintage*.

— Vê se te enxerga, guria. Aquele desgraçado deve ter uns dez anos a mais que você — disse a mãe, quase gritando. — Tu não arruma nem a cama quando levanta e vem me falar de amor? A tua sorte é que a polícia tá aqui, senão o chinelo ia cantar. Mas vai preparando o lombo pra quando teu pai chegar.

Hugo olhou para Fiore, que fumava ao lado da porta.

A história do relacionamento entre Miguel Rosso com a filha do vice-prefeito havia surgido durante o interrogatório no presídio. Pressionado pelo advogado, Miguel tinha tentado fugir dos fatos no início, dizendo que mal a conhecia. No fim, quando Hugo encontrou uma forma de fechar o cerco, Miguel decidiu abrir o jogo e concordou que contar sobre seu envolvimento com uma menor de idade seria melhor do que responder por duplo homicídio.

— Senhora, eu entendo sua frustração, mas preciso que resolvam isso em outro momento. — Hugo colocou panos quentes na discussão. — O importante agora é saber se sua filha estava com ele naquela noite. Depois, caso queira denunciá-lo por estupro, eu mesmo preencho o boletim.

— Estupro? — a garota interviu. — Ele não me estuprou. Eu saí com ele porque quis.

A mulher balançou a cabeça.

— Meu Jesus. Essa guria sempre teve tudo o que quis e olha com quem foi se meter. — Fixou o olhar na filha, como se ponderasse se tinha valido a pena o esforço da criação.

Hugo colocou as mãos no rosto. Aquela seria sua segunda dose diária de gente insuportável. De manhã, o advogado, e agora aquela mulher. Imaginou um médico prescrevendo a seguinte receita para ele: "Tomar um pé no saco de 12 em 12 horas". Suas bolas não aguentariam.

Parado na soleira, Fiore maneou a cabeça com uma expressão mal-humorada. Deu uma última tragada no cigarro e o fez voar pelo gramado do quintal.

— Podemos conversar a sós com sua filha? — perguntou ele, soltando a fumaça pelo nariz. — Estamos investigando um crime e não temos tempo pra drama familiar.

— Mas não mesmo! — exclamou a mulher. — Vou ficar pra ouvir o que essa desgraça vai dizer.

— Quer ficar? — insistiu Fiore.

— Quero.

— Então que tal sossegar o facho e deixar ela falar?

A mulher cruzou os braços, fechou a cara em uma carranca e se calou feito uma estátua de barro.

Hugo pegou o bloco de notas do bolso. Não que precisasse fazer anotações, mas ao menos não teria que encarar a jovenzinha enquanto ela respondia às perguntas sobre seu relacionamento com Miguel, o que tornaria a conversa menos desagradável.

— Bem, o que preciso é uma confirmação do que Miguel nos contou mais cedo — explicou Hugo. — Por isso, vou começar perguntando se você esteve com ele na última quarta-feira?

A garota se ajeitou no sofá e apoiou o braço no descanso. Então, lembrando-se de que tinha um chiclete na boca, começou a mascar fazendo o barulho de uma vaca ruminando.

— Estive — respondeu com voz firme.

— Passaram a noite juntos? — Hugo temeu que a pergunta pudesse ter duplo sentido. Com o rabo de olho, viu o maxilar da mãe se movendo e as veias se estufando nas têmporas.

Fez-se silêncio. Um vácuo sugou as palavras.

Fiore deu uma tossida. O cigarro serviu para alguma coisa.

— O Miguel me pegou às nove e meia — revelou a garota. Tinha entendido a essência da indagação. — Ficamos juntos até a hora que ligaram avisando que o amigo dele tinha morrido.

Hugo retardou a pergunta seguinte para analisar se ela conseguia manter a fisionomia. Examinou-a, tentando formar uma ideia rápida antes de continuar.

— Então foi você que o levou para o hospital?

— Foi.

Ele fingiu tomar nota e batucou a caneta no papel. Levantou os olhos. A garota não parecia estar mentindo. *O filho da mãe é inocente.*

— Consegue lembrar se o Miguel estava agindo normalmente naquela semana? — continuou. — Se falou algo diferente ou se teve algum comportamento fora do normal?

A garota mordeu o lábio, mirando um ponto fixo no alto. Sacudiu a cabeça de um lado para o outro.

— Pra mim parecia o mesmo de sempre — respondeu. Seu rosto não mostrava nada diferente do que a boca havia dito. — Assistimos filme, comemos pizza e fomos dormir. Ele até estava animado com o novo *layout* que ia colocar no blogue.

— Então você estava junto quando ele recebeu o vídeo? — Hugo decidiu usar a gravação para adicionar confiança ao relato.

— Vi. Eram duas pessoas dormindo.

— Anderson e a esposa?

— Não dava pra ver o rosto.

Outra anotação fingida.

— E depois?

— Depois o Miguel ligou pra fazenda, mas o amigo dele só atendeu na segunda ou terceira tentativa.

— Só quando telefonaram no fixo — ponderou Hugo.

A garota assentiu.

Gotas de suor porejavam na testa de Hugo. No fundo, acreditava que a garota poderia trazer à tona alguma novidade, mas ela não revelou coisa alguma além do que a polícia sabia. Guardou o bloco de notas e olhou na direção da porta quando o celular de Fiore começou a tocar.

Fiore demorou alguns instantes para perceber que era o seu. Apalpou o celular no bolso e atendeu, saindo para o gramado. Em meio minuto retornou, com a fisionomia preocupada.

— Era do IML — disse. — Temos problemas.

11

Uma enorme bandeira de Santa Catarina tremulava no mastro em frente ao Instituto Geral de Perícias.

— Já esteve num necrotério? — perguntou Fiore.

— Só na academia — respondeu Hugo.

Era 23 de fevereiro, um fim de tarde úmido de sexta-feira.

— É como nos filmes de terror, só que os presuntos são de verdade. — Fiore desligou a viatura e se inclinou para frente para olhar a fachada do prédio.

Há anos as paredes não viam uma lata de tinta.

— Não deve ser tão ruim.

— Pra mim é — disse Fiore, antes de desembarcar. — Dias atrás, ouvi um policial contando que consegue se desligar toda vez que entra aí. Comigo não funciona assim. Sempre que vejo aquelas geladeiras fico uma semana imaginando a minha própria autópsia.

— Obrigado pela descrição. Ajudou bastante.

Entraram pela porta da frente, avistando um homem magro com cara de poucos amigos que usava a copiadora atrás do balcão de atendimento. Vestia camisa social engomada, com a barra enfiada dentro da calça larga, que ameaçava cair a qualquer segundo. Olhando para baixo, Hugo não deixou de perceber que o cinto de couro dele tinha um novo buraco para a fivela, provavelmente feito com um prego. A contenção do desastre. Uma combinação tão perfeita quanto a parceria entre Gerdau e Havaianas.

Seguiram até o fim do corredor sem encontrar vivalma. Ao descerem as escadas para o andar inferior, ouviram o som baixo de um rádio. Nada como o sertanejo universitário para tornar o ambiente menos mórbido e colocar os fantasmas para dançar, ao mesmo tempo que exorcizava aqueles que tinham um gosto musical mais refinado. Talvez isso explicasse o motivo de as necropsias acontecerem em uma sala no porão. Ali, ninguém nunca descobriria que os legistas ouviam música enquanto cortavam corpos ao meio.

Necrotério. *"E de você não quero me lembrar de nada, nada, nada, nada, nada..."* Fazia sentido.

Hugo cobriu o nariz com a mão ao entrar. Logo associou o aroma distinto de formol com as suas internações hospitalares. Não era divertido, mas às vezes não dava para evitar. Vestiu o avental cirúrgico, colocou uma touca e cobriu o tênis com protetores descartáveis. Não que tivesse mania de limpeza, só não queria levar para o assoalho de casa algo que havia escorrido de um corpo.

O dia estava tão quente quanto uma fornalha, mas, dentro da sala, a temperatura parecia vinte graus mais baixa. O suor no corpo de Hugo logo começou a gelar sua pele. Olhou rapidamente em volta e concluiu que o requinte do necrotério não passava nem perto das produções hollywoodianas. Piso de cerâmica, mesas de aço inoxidável e unidades de refrigeração embutidas na parede, onde eram acomodados os "presuntos". Ao lado de uma prateleira, nos fundos, um estagiário de jaleco ajudava a dra. Lívia a colocar instrumentos em uma bandeja.

— Preparando os materiais de tortura? — perguntou Fiore. Dava para perceber que ele não estava confortável.

Percebendo a presença dos policiais, o estagiário se apressou em desligar o rádio.

— Olá, delegado. — Lívia olhou para ele por sobre o ombro. Seus cabelos estavam escondidos embaixo da touca. — É isso aí.

— Espero que mantenha essas coisas no armário se um dia o corpo do velho Fiore vier parar no seu porão — acrescentou ele. — Já te contei que tenho pesadelos toda vez que entro aqui?

— É mesmo? — Lívia abriu um meio sorriso, levando a bandeja para perto da bancada. — Então não vai dormir por uma semana depois de dar uma olhada nisso.

Parcialmente cobertos de lençóis, dois cadáveres jaziam nas mesas. Presas com barbante ao dedão do pé de cada um, havia etiquetas de identificação com o nome dos falecidos. Algo rotineiro, não fosse o fato de, na etiqueta do corpo à esquerda, estar escrito "não identificada".

Foi o estagiário que puxou o lençol com um movimento rápido do braço, como um garçom que ergue a tampa de uma travessa, revelando a mulher encontrada na plantação de soja. O corpo tinha sido lavado, e o peito foi aberto em um corte serrilhado que expunha os órgãos, como em uma aula prática de anatomia. Hugo estremeceu ante o rosto pálido que já não mostrava a mesma boca semiaberta de antes. Mais para baixo, pousados ao lado das coxas desnudas, a imagem pouco ortodoxa dos dedos queimados, que ele não conseguia deixar de olhar.

— Se serve de consolo, ela estava morta quando fizeram isso — contou Lívia.

Um estranho alívio tomou conta de Hugo. Não possuía qualquer ligação emocional com a vítima, nem sequer sabia quem era, mas descobrir que aquilo tinha ocorrido após a morte dela tirou um fardo das suas costas. Lembrou-se de um cartaz do corpo humano pendurado na sala de biologia do seu antigo colégio. Ricas ou pobres, todas as pessoas são apenas um amontoado de vísceras trancado em um baú de carne e osso.

— Não só consola como nos dá uma noção de que o assassino entende pouco de investigação — disse ele.

Lívia torceu o nariz, pronta para ouvir a teoria.

Fiore também estava atento.

— Pra mim é óbvio que os dedos foram queimados pra eliminar as digitais — explicou Hugo.

— Concordo — assentiu Lívia.

— Mesmo o Brasil não tendo banco de digitais.

— Certo. E isso prova que...?

Coçando a ponta do queixo, Hugo pensou que aquilo podia provar muita coisa, mas também coisa nenhuma.

— Que aquele desgraçado assiste a muito filme. — Fiore se intrometeu.

Lívia sorriu, chegando mais perto do corpo.

— Descobriram como ela morreu? — indagou Hugo.

— Quase certeza de que foi estrangulada, embora a luz negra tenha revelado manchas nos seios dela.

— Manchas?

— É. Talvez seja sangue que espirrou do corte no abdome e alguém limpou — explicou. — Pedi alguns exames, mas sabe como é.

— Selo Brasil de agilidade.

— Mais ou menos isso.

Hugo percebeu que o coração tinha sido recolocado na caixa torácica da vítima.

— Esse era o que estava na cama? — disse, apontando para ele.

— Era — assentiu Lívia. — Confirmamos que era dela.

Por um momento, a sala ficou silenciosa. Um silêncio tão pesado que chegaram a sentir falta do sertanejo espanta-fantasmas.

— Ouvi no noticiário que vocês prenderam um suspeito. — Lívia foi até a escrivaninha de canto e voltou com algo nas mãos.

Hugo olhou para Fiore, esperando ouvi-lo dizer que o testemunho da garota o tinha convencido de que Miguel não era o assassino.

— Prendemos — respondeu Fiore —, mas talvez não seja o cara.

Outro instante sem que ninguém abrisse a boca.

— Aqui. Pega. — Lívia entregou o que tinha ido buscar. — Deem uma olhada.

Eram fotografias. A primeira mostrava um boi abatido, caído sobre uma porção de feno salpicada de sangue. Dava para ver diversas marcas de perfuração em todo o couro escuro do animal. Uma imagem sem beleza, mas ainda assim mais digerível do que a lembrança dos cadáveres.

— Oito golpes de uma lâmina de pelo menos trinta centímetros — explicou Lívia. — Agora reparem no estrago da cabeça. Esse touro recebeu uma pancada tão violenta, que o crânio ficou esmagado e um dos chifres partiu ao meio. — Encarou os policiais, certificando-se de que prestavam atenção no que dizia. — Para um perito é fácil notar que esse ataque aconteceu com o animal caído, pois os ferimentos estão todos do mesmo lado.

Hugo tentou identificar algum detalhe que explicasse a motivação de Lívia. Era mais fácil se concentrar em um pedaço de papel colorido do que confrontar os corpos sobre as mesas.

— Isso deveria dizer alguma coisa? — Ele alisou o queixo.

— Deveria, mas, antes, vejam a próxima.

A segunda imagem era de outro animal, caído no piso de cimento sujo de esterco da estrebaria.

— Essa é uma vaca. Percebem a diferença?

Parado ao lado dela como um poste, o olhar inábil de Fiore demonstrava que ele estava perdido.

— Não tem nenhum ferimento — respondeu Hugo.

— Apenas uma perfuração no pescoço. Uma morte limpa. — Lívia removeu o lençol que cobria o segundo corpo.

Hugo sentiu um frio de congelar os ossos quando a lâmpada fluorescente iluminou os olhos castanhos de Anderson Vogel.

Ele estava de lado, para que os ferimentos nas costas ficassem visíveis. O corte do púbis ao esterno estava aberto e o coração continuava faltando. Disfarçadamente, Hugo varreu com os olhos toda a extensão da bancada, procurando o órgão congelado que tinham encontrado no freezer de Miguel. Sabia que tinha sido enviado ao IML no dia da descoberta, junto com o saco de roupas queimadas. Perguntou-se o motivo de o coração não ter sido colocado de volta no lugar, como fizeram com o da mulher. Soltou um longo suspiro, sua cabeça girava com perguntas.

— Viram a semelhança? — perguntou Lívia.

— Quantas facadas ele levou? — Hugo analisou a descoloração na pele, com amplas porções de tecido mais escuras que o normal.

— Cinco. Todas nas costas. Como estava pendurado, não deu pra ver antes que o removêssemos.

— Ferimentos *post mortem*?

— É. Também havia um pouco de sangue não humano salpicado na pele dele. É possível que tenham usado a mesma faca que usaram nos animais.

Fiore se empertigou.

— Pera aí — disse ele. — Eu tô bêbado, ou tu tá comparando o homem com o touro?

— Se fica mais fácil entender. — Lívia torceu o nariz. — Na verdade, tô comparando a diferença de tratamento que o assassino despendeu nos corpos.

— Nos outros animais também teve esse padrão?

— Em alguns — respondeu Lívia. — Mas ainda assim é um padrão. Talvez alguma diretriz de comportamento. Ou são dois assassinos.

— Pura besteira. Deve ser só um veado enrustido que gosta de trucidar machos. Além do mais, essa balela não ajuda a encontrá-lo.

Hugo e Lívia trocaram um olhar impaciente. Era incrível como Fiore sempre tirava um palpite indevido de sua cartola mental.

Hugo pousou o dedo indicador sobre os lábios. Queria dar suporte à teoria de Lívia. Ela estava fazendo o melhor possível dentro das precariedades que o sistema impunha.

— Na verdade, ajuda — disse ele. — O perfil tá traçado. Quantos veados maconheiros que gostam de jogar videogame e de ver filmes vivem nessa cidade? — Sua voz era séria.

— Vai à merda! Tô aqui tentando desenhar uma possibilidade e tu vem com palhaçada? — Fiore o olhou atravessado.

Hugo sorriu.

— Então, diga, que possibilidade você desenhou?

— Que o filho da puta estava na fazenda quando a polícia foi até lá. E que o nosso amigo aí disse que foi um mal-entendido porque alguém estava ameaçando a esposa no quarto.

— É possível — assentiu Hugo. — Mas ainda não explica como o corpo da mulher apareceu na cena.

— Isso nós só vamos descobrir quando a esposa der as caras.

— Continua achando que ela não tá envolvida?

— É uma mulher, Hugo. Não ia ter força pra fazer aquilo.

Lívia interrompeu os dois.

— Já que falaram sobre isso... — Ela fez sinal para que o estagiário buscasse algo nos refrigeradores. — Tem uma coisa que precisam saber sobre o coração que me enviaram ontem.

Em um movimento mecânico, Hugo olhou direto para o peito aberto de Anderson Vogel, o jornalista de poucos amigos que naquele momento não passava de um baú vazio, despojado de batimentos cardíacos, cujos sentimentos tinham literalmente sido colocados no freezer.

— Descobriu alguma coisa? — perguntou Fiore.

— Descobri. — Ela recuou para que a bandeja pudesse ser colocada sobre a mesa. — A tipagem sanguínea confirmou que o coração é dele. — Apontou para o finado. — Mas não é tudo. — Esticou-se para pegar uma pinça cirúrgica. Arrumou as costas e enfiou a ponta de metal na aorta. Pescou algo. — Vejam. — Colocou sobre a bancada uma pequena embalagem plástica, com um pedaço de papel protegido dentro dela. Tirou as luvas para manuseá-lo. Desdobrou o plástico e desenrolou o bilhetinho.

A julgar pela dificuldade de enxergar o que estava escrito, alguém havia investido tempo digitando aquilo em um computador e feito a impressão em fonte tamanho seis. Hugo chegou mais perto, vincando a testa em um escuro V ao tentar distinguir as letras. Os pelos do seu braço eriçaram. Olhou para Lívia esperando que ela dissesse qualquer coisa.

— *"A natureza é cruel"* — disse ela. — É um trecho de *Mein Kampf.*

— *Mein* quem? — Fiore sacudiu a cabeça.

— *Minha luta.* Um livro escrito por Hitler.

— O nazista? — perguntou Fiore, espantado.

— Você conhece outro? — Lívia lançou um olhar irônico.

— E tu já leu essa bosta?

— Li.

12

Cristina Weiss ouviu um barulho distante, como um rangido vindo de algum lugar fora do seu alcance. Lutava para abrir os olhos, presa em um mundo entre o sono e a vigília. Quando conseguiu despertar, pensou que estava deitada em um colchão de palha, pois ao se mexer ouviu o barulho de algo seco sendo amassado. A cabeça doía com o cheiro de mofo. Nada fazia sentido.

Apesar da pouca claridade, via focos de luz se movendo como vaga-lumes, bem na sua frente. Tentou ficar em pé, mas seus músculos não davam o impulso necessário. Por um instante, não conseguiu se mexer. Na segunda tentativa, percebeu que estava amarrada.

Seu coração disparou, bombeando mais sangue para o cérebro.

A dor ficou ainda pior.

— Socorro! — gritou com a voz trêmula. Não conseguia raciocinar, e a boca seca não ajudava na pronúncia.

Ergueu o pescoço e sentiu o mundo girar ao seu redor. Estava tonta e com bastante sede. Alguém devia tê-la dopado. A última vez que se lembrava de ter tido tal sensação foi ainda na infância, durante uma visita a um parque de diversões que tinha se instalado em sua cidade. "Crazy Dance", era o que estava escrito com letras coloridas no brinquedo que escolhera andar.

"Pode esquecer, menina. Você não vai andar sozinha nesse negócio", sua mãe a segurara pela mão.

"Deixa que eu vou com ela", seu avô piscara, sorrindo.

Sempre foi mais próxima do avô do que da mãe, mas não sabia dizer por quê. Queria poder voltar no tempo.

Sentiu outra pontada e o amargo da bile subindo no fundo da garganta. Tinha que segurar. Não queria vomitar no colchão em que estava deitada. Respirou fundo, repetindo o movimento até a ânsia ir embora.

Por um instante não conseguiu enxergar nada além de sombras. Virou a cabeça ao ver uma silhueta perto da parede. Forçou a vista e encarou um par de olhos dentro de uma bandeja que uma mulher de túnica vermelha segurava na mão direita. Ficou inquieta. *Lúcia.* Embora não conhecesse todos os santos católicos, sabia que era a imagem emoldurada de Santa Lúcia. Perguntou-se por que ela estaria ali, naquele lugar com cheiro de mofo, encarando-a daquele jeito.

Barulhos vinham de cima. Passos, rangidos de madeira. Teve a impressão de ouvir o som baixo de um rádio. Outra vez olhou ao redor, dando-se conta de que estava em um porão de terra bruta com porta maciça e sem janelas.

— Socorro! — gritou de novo. — Tem alguém aí?!

Não havia nada que pudesse fazer senão gritar.

Tremeu dos pés à cabeça ao não ouvir resposta. Teve vontade de chorar, mas conseguiu afastar a primeira onda de pânico. Ela se considerava forte. Mais forte do que a maioria das mulheres que conhecia. Poucas suportariam o que ela suportava todo dia. Ao menos, era isso que costumava dizer para si sempre que seu mundo estava prestes a desmoronar. E estava desmoronando. De novo.

Respirou devagar.

Sabia que estava sozinha e que as chances de ser ouvida por algum bom samaritano eram pequenas. Concluiu que continuar gritando só serviria para alertar seu captor de que ela havia despertado. Decidiu ficar calada, assim teria mais tempo para se soltar.

Fechando os olhos, Cristina lutou contra a dor latejante. Usando os flashes aleatórios que voejavam em sua mente, tentou juntar as peças. A tarde quente, a visita inesperada, a sugestão de abrir uma garrafa de vinho. Se ao menos sua cabeça parasse de doer. Lembrou-se da pilha de anotações ao lado do notebook em que Anderson escrevia antes de dormir, do telefone tocando de madrugada, do marido descendo para atender e... *Anderson?* Ele vinha mesmo agindo estranho nas últimas semanas, principalmente depois da discussão que tiveram no restaurante. Ela insinuou que ele estava olhando para outra mulher. Ele a mandou calar a boca. *Pense, Cristina.* Precisava dar um jeito de lembrar o que tinha acontecido depois do telefonema de madrugada. Tudo estava tão embaralhado. Pensou... Pensou... E nada. Nada se encaixava depois daquilo.

Abriu os olhos, com o desespero tomando forma. Tentava manter a calma, mas lágrimas escorriam pelo seu rosto. Embora não fosse tarefa fácil, ia sair daquele lugar. Se não saísse, ao menos tentaria. Era uma guerreira na vida. Precisava ser uma guerreira naquele momento. Forçou os braços, tentando passá-los por baixo das nádegas. Ter os pulsos amarrados na frente era menos ruim que os ter amarrados nas costas. Tentou, mas a *silver tape* impedia o movimento. Não podia desistir. Continuou fazendo movimentos circulares, torcendo para que a amarra cedesse ao menos um pouco. Não cedeu.

Respirou, mas não tão devagar quanto antes.

Com os olhos marejados, pensou por que estavam fazendo aquilo com ela. Vivia há pouco tempo na cidade, não tinha inimigos e não conseguia pensar em ninguém com quem tivera qualquer tipo de desentendimento — além do marido. É verdade que uma vez tinha reclamado com um vizinho de propriedade sobre os cães estarem invadindo seu galinheiro, mas ele pareceu ter aceitado a reclamação com naturalidade. Tinha até se oferecido para ajudar a reforçar as telas do galinheiro, assim os cachorros não conseguiriam mais atazanar as galinhas. Não, aquilo não podia ser coisa dele. Ele era cortês, cumprimentava-a na rua e tinha família.

Seus batimentos aceleraram. O pânico estava tomando conta dela. *Pense, Cristina.*

De repente, tudo pareceu congelar. As cores mudaram de tom e o som da sua respiração tomou outra proporção. *Será que alguém descobriu meu segredo? Será que anteciparam meu plano?* Não. Não era possível. Ninguém mais sabia daquela história. *Mas e se descobriram?* Não suportou pensar na hipótese. Debateu-se e voltou a gritar. A esperança era seu combustível. *Vou conseguir. Vou conseguir.* Continuou lutando contra as amarras até ficar exausta.

Aos poucos, seus gritos se tornaram murmúrios e, depois de alguns minutos, apenas soluços quebrando o silêncio na penumbra do porão.

13

A chuva projetava listras no para-brisa e fazia tremelicar o letreiro no outro lado da rua. O bar para onde Hugo ia ficava em um edifício de fachada azulada. "Confraria da Cerveja" era o que estava escrito no letreiro em que o V simulava um copo derramando espuma.

Era fim de uma tarde de sexta-feira e uma ventania curvava as árvores da praça central. Esticando o braço fora do carro, ele abriu o guarda-chuva e atravessou a rua, mas antes que chegasse ao canteiro central sentiu as meias ensopadas. Apressou o passo e entrou no estabelecimento que, apesar do aguaceiro, mantinha as portas abertas. Animou-se ao ver uma plaqueta que prometia o segundo chope grátis nas segundas e terças, até lembrar que estava três dias atrasado. Havia somente uma mesa ocupada no fundo por dois jovens com camisetas polo e músculos salientes que desenhavam contornos no tecido. Bebiam Budweiser enquanto esperavam que alguma mulher aparecesse. Hugo podia estar enganado, mas seu instinto o alertou de que aqueles bombadões eram do tipo que achava que suas cantadas eram harpas de encantamento feminino. De modo geral, caras como aqueles sempre saíam bêbados e precisavam lavar as mãos depois de fazer "sexo" antes de dormir.

Fechou o guarda-chuva e se aproximou do balcão.

— E aí, major? O que me diz dessa chuvarada? — cumprimentou o dono do bar. — Fim de semana é quando dá pra ganhar uns trocados, aí o tempo fica desse jeito.

— Faz parte. Ontem mesmo ouvi um agricultor reclamando da seca. Ele deve estar achando bom. — Não estava a fim de muita conversa. — É difícil agradar todo mundo.

O homem assentiu, pegou a toalha listrada do ombro e limpou o balcão.

— Você é o novo policial, não é? — emendou. — Esses dias o Fiore passou aqui e falou de você.

Hugo ficou sem jeito. Sabia onde aquele papo ia terminar.

— Falou bem ou mal? — indagou.

— Bem.

O estrondo de um trovão o fez olhar para fora. A chuva havia engrossado tanto que mal dava para ver o carro estacionado. Com o rabo de olho, viu os bombadões o encarando e depois se encolherem para cochichar.

— Conhece aqueles dois? — perguntou.

— Trabalham num escritório de contabilidade — respondeu o dono do bar. — Eles têm essa panca de playboy, mas são gente fina.

Hugo deu outra olhada. Queria poder escutar o que cochichavam.

— Me vê um chope pequeno — pediu.

O homem foi até a máquina, serviu uma caneca com pouca espuma e entregou para Hugo, que a levou aos lábios, sentindo o líquido dourado escorrer boca adentro. Como era bom não precisar se preocupar com diários ou gente morta por pelo menos quinze minutos.

Respirou fundo, enchendo os pulmões com o ar úmido da chuva.

— Mas e aí? — O homem voltou a falar. — Já tem pistas de quem matou o jornalista?

A pergunta fez Hugo se questionar por que todos sempre tinham a necessidade de falar sobre aquele assunto. Vizinhos, amigos e pessoas desconhecidas com quem cruzava na rua. Com raras exceções, todos se aproximavam jogando uma isca amigável para que, no fim, começassem a perguntar sobre o crime.

— Estamos investigando — respondeu com voz seca.

O homem percebeu o tom ríspido.

— Só perguntei por que essa história tá se espalhando bem depressa — explicou ele. — Hoje vendi duas águas para uma repórter com uniforme da Globo. Com certeza não era daqui. Tu vai ver se essa porcaria não vai acabar aparecendo no *Jornal Nacional.*

Hugo piscou, disfarçando a surpresa. O cheiro de carniça tinha se espalhado depressa. Um crime como aquele era do tipo que fazia as varejeiras se agitarem não apenas regionalmente, mas por todo o país. Qualquer sujeito que assistisse à história do jornalista trucidado e pendurado na parede gastaria alguns segundos imaginando a cena que estava por baixo da imagem borrada na televisão.

Para os brasileiros, assassinatos em geral são crimes de pouca importância. Um pai que levou um tiro durante um assalto em Manaus, um músico peneirado à bala por policiais no Rio de Janeiro, ou uma mãe matogrossense que acordou com a notícia de que o filho viciado levou meia dúzia de facadas. Em todos os casos, com exceção do último — pela lógica nacional, a vida do viciado vale menos —, a reação é sempre efusiva, mas tão curta quanto um coice de porco. Mortes de pessoas costumam ocupar muito tempo dos telejornais por um dia ou dois, mas depois caem no esquecimento e ficam enterradas no limbo, da mesma maneira que as vítimas ficam enterradas no cemitério.

Olhou para fora. Sabia que a chegada da grande mídia dificultaria a investigação, colocando o delegado e a central estadual de polícia contra a parede. Jornalistas tinham o poder de arruinar qualquer situação lançando boatos. Não estavam muito interessados nas provas. Queriam uma boa história e nada mais, algo sobre o que as pessoas pudessem conversar no café da manhã. Era por isso que os ataques terroristas na França tinham mais cobertura do que os da Nigéria. Ninguém quer saber a história dos nigerianos. Tomou outro gole de chope, deixando a caneca pela metade. Sabia que uma força-tarefa seria montada se não conseguissem avançar com a investigação nos próximos dias.

— Tenho que ir. Aceita cartão? — perguntou.

— Débito ou crédito?

— Débito. E desconta mais seis *longnecks* — acrescentou.

O medidor de temperatura do freezer pulou de -2,1˚C para 0,7˚C quando o homem o abriu para pegar as cervejas.

— Tá na mão, major.

— Obrigado.

Hugo saiu na calçada com o guarda-chuva em uma mão e a sacola plástica com as cervejas na outra. As raposas das redes de televisão fariam um belo estrago em uma cidade cujo ápice criminal era um homicídio a cada três meses. Era questão de tempo até que tudo degringolasse. Parou embaixo da marquise na esperança de que a tempestade diminuísse. Ficou ali por dois minutos, observando a água vazar pela torneira aberta do céu. Quando cansou de esperar, preparou-se para atravessar a rua correndo. Pegou embalo, mas desistiu ao ver a placa iluminada da livraria que ficava na mesma quadra. Caminhou por baixo dos toldos e parou na vitrine.

— *Mein Kampf* — balbuciou. Lembrou-se do que Lívia havia dito sobre o livro ter sido escrito pelo próprio Adolf Hitler. Não um livro de crônicas ou de memórias, mas um no qual o líder nazista expressava todas as baboseiras que incrustavam sua mente.

Sentiu-se trouxa por pensar que o encontraria ali. *Quem iria querer comprar?* Embora soubesse que o Sul do Brasil era o lugar com a maior concentração de neonazistas do país, não imaginava que eles fossem estúpidos o bastante para comprar a bíblia do nazismo em uma livraria da cidade. Deu meia-volta e levou um susto ao chocar-se com alguém que andava encolhido dentro de um casaco escuro com capuz.

Quase derrubou as cervejas.

— Hugo?! O que tá fazendo aqui?

— Eu é que te pergunto — disse. Seus batimentos voltavam lentamente ao normal. — Seu voo não era hoje?

— Era, mas remarquei pra domingo — contou Jonas. Tinha um cigarro aceso nos lábios, usava botas de couro e as barras da calça estavam sujas. — Sabe como é o aeroporto. Quando dá uma garoa, eles cancelam tudo.

Hugo tinha ouvido falar do problema.

— Cara, desde quando você fuma? — Uma comichão o fez perguntar isso. Não se lembrava de tê-lo visto por aí soltando fumaça como uma chaminé.

— Desde sempre. — Jonas segurou a mina de ouro dos oncologistas entre os dedos. — Nunca me viu fumando?

— Não.

— Fruto de má companhia, diz meu pai. — Ele riu, soltando fumaça pela boca. — Não tá a fim de ir tomar um chope em Chapecó? Eu tô indo pra lá daqui a pouco, naquele barzinho onde a mulherada se reúne. Sexta-feira, sabe como é? Aproveitar os últimos dias no Velho Oeste.

— Não vai rolar. Eu estava no bar até agora. — Hugo mostrou as cervejas na sacola. — Vou beber em casa enquanto dou outra olhada numas coisas novas que surgiram.

Jonas ergueu a sobrancelha, como se tivesse levado um beliscão.

— Coisas novas? — Ele parecia interessado.

— Algo inesperado. Com sorte, isso vai nos tirar do atoleiro.

— Então as coisas não estão indo bem? — ponderou o ex-colega. — Parece que me livrei de uma bomba.

— Sorte a sua.

Chegaram mais perto da parede quando uma rajada de vento fez a chuva respingar embaixo do toldo.

— Ando meio desligado por causa do lance da mudança, mas isso me faz pensar que a prisão do fotógrafo não deu em nada — acrescentou Jonas. — Quero dizer, você lembra o que foi encontrado na casa. Você estava lá. É difícil acreditar que ele não esteja envolvido.

Hugo hesitou em responder. Não sabia por quê.

— Pois é. Aquilo se tornou um baita tiro no escuro. Estamos esperando dados telefônicos, mas uma testemunha já livrou a pele dele. Como eu disse, estamos num atoleiro, mas pelo menos os pneus continuam girando.

— Vai se acostumando. É assim que funciona. Mas o Fiore é macaco velho. Vocês vão acabar descobrindo a verdade.

Hugo acenou positivamente.

— Tem alguma ideia do que pode ter acontecido? — perguntou.

— Pensei em algumas coisas, mas também é só tiro no escuro.

— Diz aí. Quem sabe você não acerta na mosca.

Jonas torceu os lábios.

— Na próxima vez que encontrar o Fiore, pergunta sobre os Filhos da Cinza — revelou.

— Filhos da Cinza? — Hugo levantou as sobrancelhas.

— É. Ele vai saber do que se trata. — Jonas olhou o relógio. — Tenho que ir.

Trocaram um aperto de mãos.

— Boa viagem domingo.

— Só se parar de chover.

14

O som da campainha ressoou no corredor.

Hugo esperou um instante e olhou para a fresta escura embaixo da porta de Bento. Nenhum movimento ou barulho que indicasse que havia alguém em casa. Enfiou o dedo no botão outra vez, mas a resposta não foi diferente. Não tinha costume de reparar nas pessoas, mas talvez o velho fosse surdo e tirasse o aparelho auditivo antes de deitar. Conferiu o relógio. Passava um pouco das 18h30, mas isso não queria dizer nada. Velhos tinham o costume de dormir cedo. Lembrou-se do avô, que às sete da noite estava roncando para poder acordar antes do sol e ficar tomando chimarrão até a hora de ir para a roça.

Deu meia-volta e entrou no elevador. Quando chegou ao seu apartamento, colocou as *longnecks* na geladeira e brincou com Magaiver. A coleira azul sobre a mesa da cozinha indicava que a mulher da limpeza tinha levado o cachorro para passear. Sentiu-se mal por não estar dando a devida atenção ao amigo.

— Quer um osso? — Foi buscar um nó de couro no armário.

Ossinhos para cães eram quase tão úteis quanto *smartphones* para filhos de pais ausentes. Ligue a televisão, dê um celular e deixe a natureza ensinar os pestinhas.

Magaiver pegou o brinquedo e correu para baixo da mesa.

Hugo tomou um banho demorado e, antes de se vestir, descolou do canto do espelho o bilhete em que estava anotado o nome do hospital e o horário do exame que havia feito.

Lá fora, a tempestade não dava trégua.

Foi para a sala e ligou a TV, só para ter companhia. Sentou no sofá e abriu uma cerveja enquanto encarava o diário sobre a mesinha de centro. Naquele fim de tarde, no necrotério, Fiore tinha pedido a ele que ficasse focado durante o fim de semana e que desse um jeito de descobrir por que um velho lhe dera um diário em alemão com a mesma frase que encontraram no coração de uma vítima de assassinato.

— Joga a porra toda na internet. — Foi o que Fiore disse. — É só digitar que o computador traduz.

É só digitar...

Ligou o notebook e acessou o tradutor, mas desistiu no meio da segunda frase, depois de digitar a mesma palavra três vezes antes de acertar a grafia. Se falar alemão era complicado, digitar uma frase em alemão em uma velocidade aceitável também não era tarefa fácil. Concluiu que aquele fim de semana seria tão longo quanto esperança de pobre.

Abriu uma nova aba e digitou o termo "assassinato jornalista Santa Catarina". Rolando a página, encontrou várias matérias em sites pequenos, a maioria copiada e colada na íntegra, sem indicação de fonte. Nada de relevante, a não ser uma reportagem com uma foto de um jornal de circulação estadual. Voltou à página de busca e digitou "Filhos da Cinza". Nenhum resultado.

Um raio clareou a cidade, fazendo a energia piscar, mas a bateria manteve o notebook ligado. Em instantes, um X vermelho apareceu no indicador de rede. A conexão com a internet havia sido perdida. Hugo levantou e foi para a cozinha buscar outra cerveja enquanto o *modem* reiniciava. Pela janela viu a grande quantidade de água caindo no telhado dos vizinhos, a qual as calhas entupidas mal escoavam. Abriu a cerveja e bebeu um gole, sentindo a garganta gelar. Dias antes tinha ouvido uma entrevista com o fiscal sanitário municipal, que tinha deixado clara sua preocupação com a falta de ajuda da população quando o assunto era água parada. "Não deixem caixas-d'água descobertas, coloquem areia nos vasos e limpem as calhas pelo menos uma vez por mês." Depois de pensar a respeito, Hugo percebeu que ninguém fazia nada daquilo. Todos estavam cagando para os mosquitos da dengue.

Voltou à sala, guiado pelo toque do celular.

— Já? — ironizou ao atender. — Achei que ia dar uma vantagem.

— Não enche o saco agora, Hugo. Tô com uma dor de cabeça dos infernos — rebateu Fiore. — Enfiei uma dipirona goela abaixo, mas sei que só vai passar quando eu perguntar se você conversou com aquele velho.

— Tentei. Ninguém atendeu.

— Foi no apartamento certo?

— Fui.

— Devia ter metido o pé na porta.

Hugo balançou a cabeça e sentou em frente ao notebook. A matéria com a foto de Anderson Vogel estava aberta na tela.

— Não vou derrubar a porta do cara. Amanhã eu tento de novo — disse. — Aliás, por que você tem que ser sempre tão pau no cu?

— Porque é minha especialidade — resmungou Fiore. Ele ficou em silêncio por uns segundos. — Vai me contar como tá a tradução?

— Devagar. Vai ser mais difícil do que imaginei.

— Então por que não liga pra doutora de uma vez? Ela fala alemão e se ofereceu pra ajudar.

Não ia ligar para Lívia e assinar seu atestado de incompetência. Não queria que ela pensasse que era um paspalho.

— Vou pensar.

— Tá bom. Faça o que achar melhor. — Fiore estava prestes a desligar. — Qualquer novidade me liga.

— Espera. Preciso perguntar uma coisa — disse Hugo depressa. — O que você sabe sobre os Filhos da Cinza?

Fiore ficou em silêncio um instante.

— Quem te falou sobre isso?

— O Jonas.

— E eu pensando que nunca mais ia ouvir falar daqueles bostas — resmungou Fiore. — Eles eram um bando de maconheiros que se instalaram numa propriedade no interior do município na metade dos anos 1980. Queriam montar um tipo de comunidade, mas, como era de esperar, não deu muito certo.

— Faz ideia de por que o Jonas comentou sobre eles?

— Faço, mas preciso de um tempo pra pensar. Tenho que fazer umas ligações, ver se as coisas se encaixam. Amanhã conversamos na delegacia. Por enquanto, foca no diário. — Desligou.

Hugo estranhou a resposta e olhou pela janela antes de voltar ao Google Tradutor. Iria focar no diário. De repente, sentiu saudade da sua casa no Rio Grande do Sul, do rangido que as janelas faziam quando ventava. Tinha quase trinta anos e morrer sozinho não fazia parte do seu projeto de vida. Pegou o diário e folheou. É só digitar que o computador traduz. Aquilo parecia trabalhoso demais para alguém que tinha travado em um *"Dämmerung"* que aparecera na segunda frase. Bebericou a cerveja, procurando o contato que Lívia tinha passado. Digitou uma mensagem curta e ficou encarando o botão verde de envio.

15

Fazia calor e o barzinho ao relento, com música ao vivo, estava lotado de gente se espremendo nas mesas para conseguir ficar mais perto dos cantores. Noites de sexta eram sempre um bom momento para reunir os amigos que não trabalhavam no sábado e aqueles que não ligavam para o expediente. Na calçada em frente ao bar, pedestres caminhavam despreocupados, olhando vitrines com preços fora da realidade e fazendo filas para comprar um sorvete italiano que estava custando o dobro do que custava no ano anterior. "Inflação anual de 2,95%", diziam os economistas do governo e os especialistas em entretenimento popular e comédia stand-up.

Uma cantada de pneus no asfalto fez com que todos desviassem a atenção quando um bobalhão com transtorno histriônico passou pela rua acelerando o carro como se quisesse levantar voo.

Lívia respirou fundo. Estava cada vez mais difícil aguentar aquele circo. Nos últimos meses, tudo que ela queria era passar seu tempo livre eliminando a fila de leitura e a lista de séries da Netflix, assistindo a *Friends* pela quarta vez e criando coragem para se libertar do cabresto social que a mantinha presa pelo simples fato de não parecer um bicho do mato. *Talvez um dia*. Por ora, precisava se manter concentrada para acompanhar as duas amigas conversando sobre política.

— Guria, eu não acho que seja tão simples assim escolher um candidato — disse uma delas.

— Tipo jogar par ou ímpar? — acrescentou a outra.

— Pronto! É isso. Tem gente que escolhe em quem votar jogando par ou ímpar com o espelho.

As duas riram.

Lívia abriu um sorriso fingido e olhou para a mesa vizinha, onde um magrelo despejava um sachê de ketchup em uma porção de batatas fritas. Desviou os olhos. Nem ali ela conseguia se livrar. Quando se trabalha com cadáveres, tudo que tem a cor vermelha causa alguma reação. Subitamente, o corpo trucidado de Anderson e os animais abatidos pipocaram na memória. Olhou para seu hambúrguer ao *ponto*. *Restos de animais mortos.* Largou a comida e bebeu um gole de caipirinha.

Uma salva de palmas acanhada ecoou quando os dois músicos encerraram a apresentação de outra música sertaneja. O cantor da esquerda, que vestia calça apertada e camiseta polo, se esticou por cima do violão para pegar uma garrafa d'água sobre a caixa de som. Bebeu um gole e depois perguntou à plateia se tinha algum pedido especial.

— Toca Raul — gritou um cabeludo com pose de filósofo.

O músico abriu um sorriso e dedilhou o violão.

— *"É pena que você pense que eu sou seu escravo."* — E parou de súbito, mudando a nota para um sertanejo universitário.

O público se agitou. Quanto pior, melhor.

Lívia pôs a caipirinha de lado e olhou para o céu. Uma nuvem escura cobria parte da lua. Era certo que a chuva viria. Arrastou a cadeira para trás, preparando-se para levantar.

— Lívia, você tá bem mesmo? — perguntou uma das amigas, pela terceira vez. — Quase não abriu a boca desde que chegamos.

Abri pra comer hambúrguer.

— Tô bem. Só cansada. Hoje foi um dia daqueles — respondeu Lívia com voz calma, querendo disfarçar. Agradeceu ao fato de que pelo menos a regra de não falar sobre trabalho estava funcionando. — Preciso ir ao banheiro.

Caminhou pelo piso sujo, desviando de uma mesa onde funcionários uniformizados de uma empresa de impressão faziam uma confraternização. Quando passou por eles, algum espertinho soltou um assobio e todos caíram na gargalhada. Ela balançou a cabeça e sentiu o rosto ficar avermelhado. Apressando o passo, acessou o interior do bar e foi direto ao banheiro.

Havia uma mulher choramingando e mexendo no celular, sentada na poltrona floreada da antessala. Lívia pensou em ser gentil, mas não era boa com pessoas. Abaixou a cabeça e procurou um espelho para conferir a maquiagem e o estado do cabelo. Tinha vontade de cortá-lo. Tirar o excesso e deixar que o calor no pescoço fosse embora junto com os fios. Amarrou-o em um rabo de cavalo bem preso e abriu a bolsa para conferir o celular.

Havia duas chamadas perdidas. A primeira, cujo prefixo era 011, a fez imaginar que, pela terceira vez na semana, tinha sido sorteada para receber o benefício de uma promoção especial da sua operadora. E a segunda era do ex-namorado, provavelmente telefonando durante outra crise existencial de fim de semana. Descartou as notificações e abriu o WhatsApp para ler a mensagem de um número estranho que recebera 26 minutos antes.

"Oi. Tudo bem?"

Ao analisar a foto do contato, ela arqueou as sobrancelhas. Hugo Martins estava com a mesma silhueta de quando o vira pela primeira vez: postura ereta por baixo da camiseta da polícia e fisionomia de cachorro abandonado, com olhos assustados, castanhos e medrosos.

"Oi. Tudo bem, e aí?", respondeu.

Esperou meio minuto, mas as duas marcas de mensagem entregue não ficaram azuis. Guardou as coisas dentro da bolsa e voltou para a mesa, para as amigas, para a música animada e para o hambúrguer ao ponto. Ficou aliviada ao perceber que o garçom o tinha recolhido. Sentou, sabendo que precisava emendar algum assunto se não quisesse que perguntassem de novo se estava bem.

— Tem uma guria chorando no banheiro — disse.

— Uma loira de vestidinho azul?

— É.

— Ela estava na mesa com aquele cara. — A amiga apontou para um homem disfarçadamente. — Devem ter encrencado.

Lívia sequer desviou o olhar. Estava pouco interessada em amores alheios ou em quem tinha brigado com quem. A vida tinha ensinado que amores como o de Monica e Chandler eram algo que só fazia sentido na televisão. Forçou os lábios em um sorriso e encolheu os ombros, se afundando na cadeira. De volta ao circo social.

— Alguém tá a fim de ir no shopping domingo? — perguntou uma das amigas de repente.

— Eu vou — respondeu a outra.

Olharam para Lívia.

— Tenho que dar uma olhada nas escalas. Acho que vou estar de plantão — mentiu, pensando no que dizer em seguida. O celular vibrando na bolsa soou como um presente.

Pegou o aparelho.

Era Hugo.

"Tudo bem. Ainda tentando traduzir o diário", dizia a mensagem.

Lívia então lembrou que tinha oferecido ajuda, mas não imaginava que precisaria mesmo fazê-lo. Torceu o pescoço, mirando o magrelo da mesa ao lado e sua porção de batata.

"Quase terminando?", digitou ela.

"Tá brincando? Tô na *primeira página* ainda."

"Hahaha! Precisa de ajuda?"

Esperou um instante enquanto Hugo digitava e parava de digitar e começava de novo. Um ato típico de quem não sabia o que escrever.

"Só se não estiver ocupada."

Aguçou os ouvidos e escutou as amigas combinando de ir ao shopping. Já tinha sido excluída do bolinho. Não as culpava. Sabia que estava agindo de maneira estranha desde que chegara ao bar. Talvez o problema fosse a música ou o hambúrguer. Talvez o ketchup ou a lembrança do corpo da fazenda. Ou talvez não.

"Me envia sua localização."

Em instantes o mapa surgiu no aplicativo.

Ela conferiu o relógio, calculando o tempo que levaria para chegar. Se não encontrasse muitos caminhões entupindo a estrada, talvez conseguisse chegar antes da tempestade. Mergulhou a mão na bolsa e pegou a chave do carro que comprara depois de formar-se na pós-graduação.

— Gurias, me desculpem, mas preciso ir — disse ela, torcendo o nariz e mostrando de relance o celular. — Problemas no trabalho.

— Tá bem. Só confere se vai estar de plantão no domingo e avisa.

— Pode deixar.

Pagou a conta e saiu. Um raio cortou o horizonte. De cabeça baixa, olhando para o celular, foi depressa para o estacionamento. Descuidada, sentiu o sangue gelar quando o motorista de um Opala preto pisou no freio e derrapou na brita para não a atropelar. Alguns curiosos no bar torceram o pescoço para futricar o que tinha acontecido. Ela abriu um sorriso envergonhado ao perceber que o motorista abria o vidro e gesticulava para ela.

— Lívia?

— Jonas? — Lívia apertou os olhos para ver se era ele mesmo. — Você não tinha viajado?

Jonas sorriu e olhou para cima.

— Não com essa chuva.

16

A chuva martelava nas janelas do oitavo andar quando Hugo largou o celular e começou a arrumar o apartamento. Não costumava receber visitas. Aliás, se o velho Bento fosse removido da contagem, essa seria a primeira. Semanas antes, os colegas da delegacia até tinham tentado fazer com que ele colocasse a churrasqueira da sacada para funcionar, mas tudo ficou só na promessa. A verdade é que não sabia acender o carvão nem temperar a carne. O legítimo gauchão de apartamento.

Nos dois minutos seguintes ele tirou a camiseta molhada do encosto do sofá e esticou melhor o tapete da sala que Magaiver tinha amontoado. Na cozinha, jogou a *longneck* vazia no lixo e guardou os talheres que estavam no escorredor.

Depois do lapso organizacional, encarou o notebook e digitou mais meio parágrafo no tradutor para dar a impressão de que estava trabalhando. Até aquele momento, não tinha conseguido tirar informação alguma do diário. Continuou acertando as letras, olhando de vez em quando para o relógio no canto inferior da tela. Estava com tempo. Abriu um site de notícias procurando por atualizações da imprensa sobre o crime. O dono do bar havia dito que repórteres estavam pela cidade, então não custava dar outra espiada para ver se a notícia tinha se espalhado.

Não havia encontrado nada nos principais sites, embora as primeiras notícias sobre a corrida presidencial daquele ano o tenham enojado.

Voltou à cozinha e pegou outra cerveja. Parou na janela enquanto bebia, observando o intenso aguaceiro que levava o lixo das calçadas até o meio-fio e os bueiros. Embora a cidade fosse pequena, a densidade demográfica de porcalhões era bem parecida com a de qualquer outro lugar. Bebeu mais um gole de cerveja, imaginando em qual riacho todo aquele lixo iria parar. Lembrou-se de algo que aconteceu quando tinha oito anos, durante uma gincana no colégio, quando sua turma recolheu quase noventa quilos de lixo da margem de um rio.

O tempo melhora as pessoas. Baboseira.

Sentou-se no sofá e estendeu os pés na mesinha de centro, olhando para fora. Gostava de ver a chuva caindo, refrescando o ar e limpando todas as coisas passadas.

Quarenta minutos depois, seu celular tocou.

O nome de Lívia aparecia no visor.

— Alô. — Ele levantou em um salto.

— Oi. — A voz feminina veio junto com o barulho da chuva. — Tô aqui embaixo. Qual é o apartamento?

— Oitocentos e dois. Quer que eu... — Antes que terminasse a pergunta, o interfone tocou.

Abriu a porta e foi esperar no corredor. Quando Lívia chegou, ele ficou sem saber o que dizer.

— Meu Deus, que chuvarada é essa? — Foi ela quem falou primeiro.

A boa e infalível meteorologia iniciando mais um diálogo.

— Pois é. Eu estava começando a achar que você não viria — disse ele em tom de brincadeira, mas quis dizer isso mesmo. Tinha começado a se preocupar no mesmo instante em que ela concordou em ajudar. — Entre! Vou pegar uma toalha.

Quando Lívia entrou, Magaiver latiu e colocou o focinho para funcionar. Cheirou seu tênis molhado e a barra da calça, mas correu para baixo do sofá quando ela se abaixou querendo fazer carinho.

— Não dá bola. Ele é assim mesmo quando vê alguém pela primeira vez. Daqui a pouco tá deitado no teu colo — comentou Hugo enquanto ia ao quarto buscar uma toalha. Escolheu a melhor que tinha na gaveta e voltou depressa.

Encontrou Lívia escorada na escrivaninha, olhando para o note-book. Ela tinha um buraquinho na testa que não seria visível se usasse um pouco mais de maquiagem e cabelos que, com certeza, ficariam mais claros depois de secos. Estavam presos em um rabo de cavalo que escorria pelos ombros e por cima da camiseta de marca, colada na curva dos seios.

— Não vai dizer que estava usando o Google Tradutor? — indagou quando percebeu que ele estava de volta.

— Tem ideia melhor? — Hugo entregou a toalha. Estava totalmente atraído por ela. — Porque isso foi o melhor em que pude pensar.

— É. Eu teria feito o mesmo. — Ela se secou. — Mas acho que vai ser mais rápido se eu traduzir e você digitar.

— A ideia é boa, desde que eu não tenha que digitar nada em alemão. — Hugo sorriu. — Tem umas palavras aí que vou te contar. — Enrolou a língua para pronunciar *"Dämmerung"*.

— *"Dämmerung"* significa crepúsculo, mas dependendo do contexto pode significar madrugada — disse ela.

Hugo levantou as sobrancelhas. Quando pronunciada corretamente, a palavra nem sequer parecia a mesma.

— Eu conheço bastante gente que fala inglês, mas alemão você é a primeira — comentou ele. — Onde aprendeu?

— Berlim — respondeu ela. — Morei uns anos lá quando fiz especialização. Coisa dos meus pais. Eles achavam que as faculdades daqui não eram boas o bastante.

Hugo passou a cogitar razões que explicassem por que uma médica com especialização na Alemanha tinha escolhido prestar concurso para trabalhar com cadáveres no interior de Santa Catarina. Nada plausível veio à mente. Estava a ponto de perguntar, mas não conseguiu. Não era íntimo dela o suficiente. Embora não parecesse do tipo almofadinha, ele imaginou que ela descendesse de uma família rica, pela maneira com que se referia aos pais. Muitas perguntas sem resposta. Colocou a mão no queixo e aceitou que aquelas dúvidas o atormentariam por um bom tempo.

Ficaram em silêncio quando Lívia pegou o diário na escrivaninha e folheou as primeiras páginas. Estava concentrada, a testa enrugada e os lábios se movendo.

O estrondo de um trovão rasgou o ar naquele instante e as marteladas da chuva nas janelas ficaram mais altas. Uma rajada de vento passou assobiando pela fresta na porta da sacada e fez o recibo da conta de luz, que estava na mesinha, voar para longe.

— Que hora fui escolher pra pedir ajuda. — Hugo se abaixou.

— Não tem problema — disse ela. Algo tinha aguçado sua atenção. — Você disse que a pessoa que escreveu isso mora aqui no prédio?

— Não sei se foi quem escreveu, mas foi quem deixou em cima do meu tapete. Até tentei bater no apartamento dele hoje mais cedo, mas ninguém atendeu.

Lívia coçou a testa.

— É que isso não parece um diário. Bem, o começo parece, mas o final tá mais para um amontoado de anotações. — Por um momento encarou o vazio. Depois foi sentar no sofá. — Dá uma olhada. Por acaso quem te deu isso é detetive ou policial?

— Como é?! Não. Foi um senhorzinho de uns noventa anos. Talvez tenha sido no passado, mas agora mal consegue andar.

Lívia coçou a bochecha. Seus olhos cresceram quando viu o que estava escrito na capa.

— A natureza é cruel. — Demorou alguns segundos antes que a ficha caísse. — Não era o que estava escrito naquele bilhete...?

— Era — respondeu Hugo antes que ela terminasse a frase. — Desculpe não ter falado disso antes. — Caminhou até a escrivaninha, desconectou o notebook do carregador e se sentou no sofá, ao lado dela. — Precisa de alguma coisa antes de começar?

Lívia fez que não.

17

O brilho ofuscado da lua parecia uma mancha na janela, castigada pelo vento uivante em forma de temporal.

— Pera aí. — Hugo estava com o notebook sobre as coxas. — Tá dizendo que ele fugiu com a família pro Brasil e trouxe junto uma prisioneira do campo onde era comandante?

— É o que ele deu a entender. — Os olhos grandes de Lívia não desviavam do texto. Iam de uma ponta à outra da página, ao passo que as linhas se tornavam parágrafos. — Escuta essa parte: "É preciso deixar claro que não havia sentimento algum entre eles além do mais puro desprezo. Ele, porque via nela apenas divertimento. E ela, por razões tão evidentes que qualquer explicação seria desafiar a inteligência de quem está lendo. Helena era como um oásis de água envenenada. E o comandante era alguém perdido no deserto. Sabia que não podia beber daquela água, mas não conseguia resistir".

— Perdido no deserto? — Hugo encrespou-se. — O cara era um psicopata. Simples assim.

Lívia concordou. Somente um psicopata teria capacidade de fazer algo parecido. *Psicopatia*. Esse era o diagnóstico. Ela ajeitou-se no sofá e virou a página.

— "Em 11 de abril de 1945, quatro dias antes da libertação de Bergen-Belsen, o comandante enviou soldados da SS ao pavilhão para que tirassem Helena de lá. Sabia que os Aliados iriam invadir o país em pouco tempo." — Parou de ler quando o estrondo de um trovão fez tremer a porta da sacada. A tempestade não dava trégua. — "Dizem que o pai dela tentou impedir e foi executado com um tiro na cabeça lá mesmo, na frente de todos. Essa parte ainda é obscura para mim, pois, anos depois, durante minhas pesquisas, encontrei o nome dele na lista dos sobreviventes que foram levados à Suécia pela Cruz Vermelha. Torço para que seja verdade e que tenha conseguido viver seus últimos dias em paz."

Com a fisionomia de curiosidade sincera, Hugo encarou o cursor piscando na tela do notebook. Não conseguiu digitar toda a tradução da última parte, pois Lívia tinha começado a falar mais depressa depois da pausa. Chegou a pensar em pedir a ela que repetisse o final, mas decidiu não interromper. Queria saber o resto da história e, além do mais, teriam bastante tempo para colocar aquilo no papel.

— "Minha família fugiu da Hungria no início de 1939, sete meses depois que o cônsul brasileiro em Budapeste, um senhor chamado Mário Moreira da Silva, recusou a concessão dos nossos vistos. Nessa jornada, tivemos a ajuda do proprietário da fábrica de sapatos onde meu pai trabalhava. Ele nos colocou num caminhão, atrás de uma montanha de caixas, e nos levou até a costa da Iugoslávia. Lá, embarcamos num cargueiro com destino a São Paulo. De alguma forma, chegamos ao Novo Mundo sem que ninguém nos denunciasse. Até hoje, não me sai da cabeça que aquele homem tinha comprado o silêncio do capitão do navio. Naquela época, não era difícil encontrar pessoas que arriscassem a própria pele para ajudar os outros, mas a verdade é que havia muitas mais que sentiam imenso prazer em fazer o oposto." — Lívia mirou de soslaio as mãos de Hugo paradas sobre o teclado, mas não parou a leitura. — "Passamos três semanas em São Paulo, vivendo numa pensão que pagamos com o dinheiro da venda das poucas joias de minha mãe. No começo foi difícil. Não entendíamos o que as pessoas falavam e ninguém se mostrava disposto a ajudar. As coisas começaram a melhorar quando um jornalista nos encontrou. Ele nos deu uma pequena quantia para que contássemos nossa história e depois conseguiu um emprego para meu pai numa sapataria que pertencia a um parente dele, em Blumenau. Viajamos de caminhão para Santa Catarina na semana seguinte. E foi lá que vi Helena pela primeira vez." — Outra vez, Lívia desviou o olhar. — Cansou de digitar?

Hugo hesitou, pego de surpresa. Ela parecia tão concentrada no texto que pensou que não notaria a falta do barulho feito pelas teclas.

— Me perdi na parte que atiraram no pai dela. — Torceu os lábios, como se dizendo que não conseguiu acompanhar. — Se quiser, podemos voltar aonde parei.

— Não. Tudo bem. — Lívia abriu um meio sorriso e tossiu. — Antes, vamos ver como isso termina.

Hugo fez que sim. Olhou o vão da porta da cozinha, onde Magaiver estava deitado. As cervejas que tinha deixado no freezer congelariam se não fossem tiradas de lá em algum momento dos próximos quinze minutos.

— Quer beber algo? — perguntou.

— Pode ser água.

— Comprei cerveja.

— Água tá bom — respondeu ela.

Foi para a cozinha e encheu um copo d'água antes de tirar as cervejas do congelador. Entregou-o para Lívia e colocou a *longneck* coberta de uma camada fina de gelo sobre a mesinha de centro.

Lívia bebeu um gole e voltou ao texto.

— "Em maio de 1945, seis anos depois de chegarmos à América, a vida começou a entrar nos trilhos. Em meio às notícias de que os soviéticos tinham invadido Berlim e de que Hitler cometera suicídio num dos seus bunkers, meu pai abriu sua própria sapataria e eu comecei a trabalhar na propriedade de um italiano que enriquecera comprando e vendendo gado. Ganhava alguns trocados por semana limpando os estábulos e mantendo as baias abastecidas com pasto fresco. Era um serviço árduo e mal remunerado, mas, como sempre aprendi que trabalhar não é feio, fazia sem reclamar.

"Em fevereiro de 1946, no trajeto diário que eu fazia entre a minha casa e a fazenda do italiano, vi um caminhão e duas charretes na frente de um casarão que tinha passado os últimos meses à venda. Enquanto homens corpulentos carregavam móveis para dentro, vi na janela do segundo andar uma moça franzina vestida com casaco e xale, olhando para o jardim. Era bonita e tinha quase a mesma idade que eu, mas estávamos a um mundo de distância. Um dos carregadores me disparou um xingamento, dizendo que eu estava atrapalhando, então abaixei a cabeça e segui meu caminho. Passei boa parte do dia pensando naquela moça, enquanto espalhava feno e limpava a sujeira das vacas.

"Fiquei sabendo no dia seguinte, por meio de um boato que correu na cidade, que o casarão tinha sido comprado por um condecorado duque austríaco cuja história ninguém conhecia. E que ele tinha se mudado para o Brasil com a esposa e os filhos. Logo pensei que a moça fosse filha do duque, e mantive aquela ideia por algum tempo, até que nos encontramos numa situação pouco agradável semanas depois."

Hugo enrugou a testa quando Magaiver latiu para um vizinho, que chegou no corredor balançando as chaves.

Fitou o diário.

Era difícil acreditar que tinha sido escrito por Bento, mas mais difícil era entender por que ele tinha deixado aquilo em cima do seu tapete. Uma história sobre vidas cruzadas, nada que tivesse ligação com o crime, a não ser a inscrição da capa.

Implacável coincidência?

Talvez.

Analisou a quantidade de páginas e percebeu que não estavam nem na metade. E ainda havia o trecho escrito recentemente: um amontoado de anotações ao qual Lívia se referira antes de começarem. Suspirou, torcendo para que as respostas estivessem em alguma das páginas restantes, esperando para serem traduzidas.

— "Era noite e fazia tanto frio que ninguém se arriscava a estar na rua se não por necessidade." — Lívia tossiu de novo. — "Eu tinha acabado de sair da fazenda, depois de ajudar o capataz no parto de uma vaca, quando ouvi gritos abafados vindos de uma rua erma na saída da cidade. Confesso que cheguei a fingir que não tinha escutado, por puro medo de arrumar encrenca, mas algo em mim me fez olhar para o lado. Um homem de meia-idade tentava tirar proveito de uma mulher. Paralisei. Sabia que podia ajudá-la, mas não tinha certeza de como. Eu estava com medo. Minhas pernas ficaram pesadas e comecei a suar frio. Antes que pudesse fazer qualquer coisa, o homem se virou, pôs-se de pé e desatou a correr na direção oposta de onde eu estava. De pronto imaginei que minha presença o havia espantado, mas eu estava enganado.

"Aproximei-me e só então percebi que era a moça da janela. Ela ainda lacrimejava e pediu a mim que não me aproximasse. Obedeci. Não queria assustá-la ainda mais. Disse que estava ali para ajudar, mas ela não acreditou. Tinha no rosto a expressão de quem não confiava em mais ninguém além de si mesma. Contei que trabalhava numa fazenda e que estava na rua àquela hora porque uma vaca tivera problemas no parto. 'O bezerro estava virado', foi o que eu disse. Então ela foi se acalmando e por fim me contou como o homem a tinha carregado até aquele beco e como entrou em desespero quando ele perguntou se ela era alemã. 'Sou judia', ela disse, mostrando para ele o número que tinha tatuado no braço. Contou-me que o homem se retraiu e correu, e que ela chegou a pensar que ele também fosse judeu. Ela disse que estava na rua porque tentara fugir e não queria voltar nunca mais ao casarão. Ajudei-a a se levantar e fomos para a casa dos meus pais. Demos-lhe o que comer e, naquela noite, ao pé do fogão, ela nos contou sua história.

"Contou-nos que era polonesa e sua família fora levada ao campo de concentração em 1943. Anos depois, descobri que tinha vivido parte da juventude no gueto de Varsóvia, embora sempre que eu tentasse tocar no assunto ela se fechasse. Segurando o choro, ela revelou a verdadeira identidade do duque austríaco e o que ele tinha feito com ela quando chegou em Bergen-Belsen. Contou detalhes que faziam nosso estômago embrulhar e disse que sua mãe e sua irmã morreram na câmara de gás, como punição por ela ter pedido socorro numa das vezes em que o comandante a levou ao escritório para estuprá-la. Sempre tive curiosidade de perguntar sobre seu pai, mas me faltava coragem. E ela também nunca falou a respeito.

"Numa noite de conversa, quando todos tinham ido para a cama, Helena me segredou que às vezes o comandante levava o filho mais velho ao campo para que ele também a estuprasse e chegou a engravidar de um deles, quando um médico a obrigou a beber um líquido abortivo. Nas semanas seguintes, sempre que conversávamos, eu ficava me sentindo culpado, me perguntando por que tínhamos conseguido escapar daquilo e a família dela, não."

O queixo de Lívia estava no chão.

— Inacreditável. — Ela bebeu outro gole de água, deixando leves marcas de batom no copo. — Dá pra escrever um livro com isso.

Hugo concordou, entrelaçando os dedos atrás da cabeça.

— Talvez a ideia fosse essa. — Algo voltou à sua mente. Levantou apressado e pegou o celular na escrivaninha. Havia uma chamada perdida de Fiore, mas ele descartou a notificação. Desbloqueou a tela e foi direto ao gravador de voz. Abriu um dos arquivos, avançou a gravação e escorou os cotovelos nas coxas para que seu ouvido ficasse mais perto do aparelho. — Esse é Miguel Rosso, o amigo do jornalista morto que telefonou para ele na noite do crime — explicou.

Lívia só observava.

Ele apertou o *play*.

— *Ele vinha se encontrando com alguém nas últimas semanas.*

— *Uma mulher?*

— *Não sei. Mas não é esse tipo de encontro que você tá imaginando. Só sei que ele andava estranho. Passava muito tempo trancado em casa escrevendo. Dizia que não estava conseguindo dormir. Semana passada, eu o vi na cidade conversando com alguém dentro do carro.*

— *Você reconheceu a pessoa? Sabe sobre o que ele escrevia?*

— *Não. Eu até perguntei dias depois, mas ele mudou de assunto.*

Hugo olhou para Lívia depois de pausar o áudio.

— O que acha? — indagou.

— Não sei. Talvez — respondeu ela sem convicção. — Quem sabe tenha algo aqui sobre isso. — Mostrou que ainda havia páginas a ler.

Hugo guardou o celular quando ela retomou a leitura.

— "Embora Helena tenha contado detalhes sobre a viagem de navio que ela e a família do comandante fizeram até Buenos Aires, não soube dizer como conseguiram fugir da Alemanha em meio ao caos do continente. Obtive essa resposta anos mais tarde, quando revelou que se recordava de uma conversa do comandante sobre uma célula do Partido Nazista na América do Sul. Depois disso, não pude deixar de pensar que essa mesma célula foi a responsável pela chegada do médico nazista Josef Mengele ao Brasil, em 1949.

"Helena ficou quase três meses na nossa casa. No começo dormia no depósito, mas depois meu pai conseguiu levar todo o estoque de couro para a sapataria e transformamos aquele cômodo num quarto de verdade. O dito duque, que não era duque, passou bastante tempo procurando por ela, espalhando a notícia de que sua filha tinha desaparecido. Alertou as autoridades e pagou lacaios para que, juntos com seu filho, batessem de porta em porta na cidade, mas nós a mantivemos segura. Então, num dia nada diferente de qualquer outro, eles resolveram seguir em frente com suas vidas, fingindo que ela nunca tinha existido.

"Eu e Helena fugimos de Blumenau em junho de 1946, e nos casamos no ano seguinte. Nunca mais ouvimos falar do comandante ou do seu filho. Tivemos os nossos próprios, além de netos, bisnetos e uma vida bem melhor do que qualquer um de nós teria esperado na adolescência. Nosso amor durou 71 anos e foi interrompido por uma doença que talvez seja a que mais separou amores em toda a história. Às vezes, durante a noite, consigo senti-la ao meu lado, respirando baixo e esticando os pés para aquecer os meus. Apesar das dores do passado, ela foi sem dúvida a melhor pessoa que conheci. É por isso que escrevo neste caderno as memórias do nosso amor, antes que minha perda de memória as torne cada vez menos reais."

Ao fim da página, no canto inferior e antes que o texto com caligrafia diferente começasse, estava a assinatura do autor.

Klaus Weiss.

— Klaus? — Lívia leu o nome com os olhos semicerrados. — O nome do vizinho que te deixou isso não é outro?

— É Bento — confirmou Hugo. Sentiu o estômago revirar. — Mas Weiss é o sobrenome da esposa desaparecida do jornalista. Cristina Weiss. E a família dela é de Blumenau.

Um raio clareou a sala.

Depois de um momento de silêncio, Magaiver saiu de debaixo do sofá e foi fungar a fresta da porta do apartamento. Havia alguém no corredor, a julgar pelo barulho de sola de borracha na cerâmica. Cinco segundos depois a campainha tocou e os latidos começaram.

Hugo se levantou e pegou o cachorro no colo, fazendo carinho na cabeça do amigo para que ele sossegasse.

Lívia também levantou.

— Onde fica o banheiro? — perguntou ela.

— Ali. — Hugo apontou para ele e foi destrancar a porta.

Deparou-se com um rapaz alto que, apesar do tempo abafado, vestia uma jaqueta de moletom. Embora estivesse usando um boné, dava para ver o rosto cansado e os olhos vermelhos embaixo da aba.

— Boa noite. O senhor é Hugo Martins? — O timbre educado contrastava com a aparência desleixada.

— Sou. — Hugo colocou Magaiver no chão, desconfiado da abordagem. — Do que precisa?

— Tô procurando meu bisavô, e um vizinho disse que você é um dos poucos que dá atenção pra ele. Como ele gosta de conversar, mas ninguém dá trela, imaginei que pudesse estar no seu apartamento — explicou o rapaz. — É o Bento. Você deve conhecer.

Hugo coçou o queixo.

— Conheço. Ele esteve aqui, mas não hoje.

— Hum — respondeu o rapaz, juntando os lábios em uma expressão de desgosto. — Minha mãe pediu pra trazer os remédios dele e ver como ele tá, mas não o encontrei. Deve ter perdido a hora papeando com alguém de novo.

Hugo pensou em falar a respeito do diário e que também tinha procurado pelo velho mais cedo, mas decidiu manter a boca fechada. Não balançou a cabeça, esperando que o garoto se despedisse ou dissesse mais alguma coisa.

— Vou continuar procurando. Alguém deve ter visto ele.

— Se precisar de algo, sabe onde moro — acrescentou Hugo.

O rapaz então se empertigou.

— Aceito um copo d'água, se não for incômodo. Tenho medo de elevador e cansei de subir e descer escadas.

Hugo abriu um sorriso amarelado e conferiu se Lívia tinha voltado. Não tinha. Foi para a cozinha, abriu a prateleira e observou o líquido incolor escorrendo da torneira para o copo. Do nada sentiu uma descarga de adrenalina e os batimentos acelerarem, como uma bola de pingue-pongue quicando no cimento. Largou tudo e voltou depressa para a sala. A porta continuava aberta, inerte apesar do vendaval que soprava lá de fora, mas não havia mais ninguém no corredor. E nem diário na mesinha de centro.

18

Estava escuro e não havia vento.

Vestido com o uniforme da polícia, Hugo caminhava pela vasta plantação de soja, as folhas raspando nas pernas. Para onde quer que olhasse, via a uma distância igual à de lugar nenhum. O silêncio era atordoante e o verde, infinito. Seguiu em frente, parando apenas ao ouvir um pedido de socorro. Ergueu a cabeça, mas não viu ninguém. Andou mais um pouco, até que um braço com tatuagens quase sem cor brotou das plantas e agarrou seus pés. Os dedos queimados o puxavam para baixo, para dentro de um buraco que ficava maior e maior. Hugo sabia que aquele braço estava morto, mas não conseguia se livrar dele. Puxava com força, agarrava as raízes que saíam da terra, mas só afundava mais. Com os músculos dormentes, quando sua boca e seu nariz estavam prestes a ser tragados pelas profundezas, o toque do despertador do celular o acordou às 7h30 de sábado.

Abriu os olhos e sentiu o cheiro do amaciante impregnado no lençol que lhe cobria metade do rosto. O suor que porejava na testa contrastava com o alívio de ter despertado na segurança da sua cama. Em toda a sua vida, jamais imaginara que um dia traria para casa os fantasmas do trabalho.

Para quem dormia o sono dos culpados, até que tinha conseguido descansar bem. Pela fresta da porta, viu as luzes da sala acesas e Magaiver dormindo de barriga para cima no sofá. Levantou em um salto e foi ao banheiro com a cabeça começando a doer. Enfiou um comprimido na boca, que só desceu goela abaixo depois de beber água direto na torneira. Lavou o rosto amassado e se olhou no espelho, pensando como era possível passar tanto tempo no sol e ainda assim ser tão branco. Tirou as remelas dos olhos e voltou ao quarto.

No tempo em que se vestia e respondia às mensagens de Lívia, Hugo prestava atenção no rádio ligado, torcendo para não ouvir algum furo de reportagem sobre o desastre que tinha sido a noite anterior. Estava apreensivo, mas um alívio momentâneo tomou conta dele depois de escutar apenas algumas músicas e dois blocos de horóscopo.

Na noite anterior, depois de ter solicitado à PM uma busca nos arredores do prédio, Hugo desceu ao apartamento de Bento e descobriu que ele não estava lá. Por meio dos vizinhos, ficou sabendo que ele tinha se mudado na mesma época em que Anderson e Cristina chegaram à cidade. Meia hora depois, quando Fiore chegou, os dois foram ao posto da avenida para conferir a gravação das câmeras de segurança do local, imaginando que ao menos descobririam para que lado o ladrão tinha fugido. Não deu em nada. As imagens eram tão ruins e a chuva, tamanha, que tudo que enxergaram foram vultos e borrões. Concentraram-se em investigar a vida do velho, deixando que os policiais militares se responsabilizassem pelo resto.

Quando esticou o braço para desligar o rádio, o locutor comentava que os virginianos deveriam se precaver, devido à influência da lua naquela semana. *Fumam, bebem, e têm vidas de merda, mas o problema é a lua em Áries.*

Saiu do quarto e viu que as nuvens pesadas da tempestade tinham sido sopradas para outro lugar, deixando o céu encoberto com um tom azul-acinzentado. Com o estômago roncando, mas sem opção de café da manhã na geladeira, brincou um pouco com Magaiver e conferiu a ração antes de ir para a delegacia.

Fiore estava escorado no balcão de atendimento do setor de trânsito quando Hugo entrou pelo acesso de funcionários. Fiore flertava com uma estudante de direito que começara como estagiária há poucos dias e mal sabia que, no pacote de serviços, além das horas cumprindo a grade curricular e fazendo o serviço dos outros, também precisaria lidar com velhos babões que achavam que toda mulher poderia ser conquistada com cantadas chulas.

— Bom dia. — Hugo os interrompeu, realizando sua boa ação diária. Pôde perceber a gratidão no rosto da garota. — Sabe se fizeram café? Preciso de uma xícara pra acordar.

— Não sei, mas tem chimarrão. — Fiore desencostou do balcão. — Venha. Preciso te mostrar uma coisa.

Foram ao escritório.

Fiore sentou e ficou um tempo sem dizer nada, como se a bomba de chimarrão na sua frente fosse um microfone com defeito.

— Como passou a noite? — perguntou de improviso.

Hugo estranhou a abordagem, cogitando se teria causado problemas com sua patacoada noturna.

— Depende — respondeu.

— Me diga que, pelo menos, deu um pega na doutora pra compensar — disse Fiore, inclinado na cadeira.

— Lembra quando te perguntei sobre ser um pau no cu? — Hugo enrugou a testa. Era difícil levá-lo a sério. — Era disso que eu tava falando.

— Relaxa. Tô só brincando. — Fiore pegou um envelope caramelo. — Toma. Dá uma olhada nisso.

Hugo removeu o clipe que mantinha o envelope fechado e retirou as coisas de dentro. De imediato percebeu que eram fotografias antigas, em preto e branco. Começou a analisá-las. A primeira mostrava homens de cabelos longos trabalhando em estufas. Na segunda, jovens mulheres sorridentes lavavam roupas à beira de um riacho. A terceira trazia as mesmas pessoas, dessa vez sentadas no gramado ao redor de uma fogueira. Havia fotos de quartos comunitários, de animais presos nos currais, de mulheres rindo enquanto faziam caretas e de um homem barbado fazendo pregações no que parecia ser um altar dentro de um celeiro.

— Os Filhos da Cinza?

— É — confirmou Fiore.

Hugo continuava olhando a foto do pregador.

— Esse era o líder espiritual deles, o chamavam de Farol — explicou Fiore. — Na época, correu um comentário de que era discípulo de Jim Jones e que tinha ajudado a envenenar as pessoas de Jonestown em 1978, mas era só boato. A polícia investigou e não deu em nada.

— Conheço a história — disse Hugo.

— Eles eram em uns trinta membros, talvez mais — continuou Fiore. — Vinham de todo canto, chegando aos poucos na rodoviária. Uma semana chegava um; na outra, mais dois. Alguém ia buscá-los e os levava para o Templo do Arco-Íris, que era como chamavam o chiqueiro em que viviam. Isso foi em 1985, se não me falha a memória. Quando começaram a chegar, tu deve imaginar a confusão na cidade. Gente reclamando com o prefeito, reunião na igreja, moradores afirmando que eles faziam sacrifícios humanos. Depois de um tempo, todos perceberam que eles não incomodavam ninguém e pararam de encher o saco. — Alisou o queixo, pensativo. — As coisas mudaram no final de 1987, quando um vizinho da propriedade deles procurou as autoridades dizendo que os membros do culto tinham roubado suas vacas. A polícia se reuniu naquela noite e chamou reforço de fora, ninguém queria entrar lá sozinho. Quando foram ao templo, não encontraram ninguém. As construções tinham sido queimadas e havia uma dúzia de animais mortos no gramado ao redor de uma fogueira.

— Como na fazenda?

— É. Tipo aquilo.

— Um ritual?

— Pode chamar do que quiser, mas aposto que estavam chapados quando fizeram aquilo. Eu era policial naquela época. Eles eram completamente malucos, mas não faziam nenhum sacrifício humano. O esquema lá era outro — contou. — Eu sei que o que aquele bando de sem serventia plantava nas estufas não era só alface e tomate.

Hugo deu outra olhada nas fotos.

— Nunca mais ouviu falar deles?

— Nunca.

— Acha que podem ter voltado?

— Isso foi há trinta anos, Hugo. Do jeito que levavam a vida, todos já devem ter morrido de overdose — disse Fiore. — De qualquer forma, fiquei encucado quando você me perguntou sobre eles. Fiz algumas ligações e, hoje cedo, antes de vir pra cá, voltei ao local onde eles viviam. Tudo continua igual. Abandonado. Os documentos da propriedade ainda estão no nome de uma congregação religiosa com sede nos Estados Unidos que nem existe mais. A prefeitura vai acabar tomando posse cedo ou tarde.

Hugo abaixou a cabeça.

— Vamos ficar atentos, mas agora deixa eu te mostrar outra coisa. — Fiore abriu a gaveta e pegou outro envelope. — Novidades sobre a prisão do Miguel Rosso. O advogado dele juntou um histórico de ligações ao processo e o juiz concedeu liminar — explicou. — Vão soltá-lo hoje à tarde. Parece que aquele bosta estava dizendo a verdade.

— Desvio de foco. — Hugo nem tocou no envelope. A inocência de Miguel era algo que ele esperava. — Alguém tentou incriminá-lo para que desviássemos o foco. E é possível que os animais da fazenda tenham sido mortos pelo mesmo motivo. — Escorou os cotovelos no encosto da cadeira. Eles estavam chegando a um beco sem saída.

Primeiro, porque os rumores eram abundantes, mas as testemunhas, raras. Ninguém que morava nas proximidades da propriedade tinha visto qualquer coisa relevante. E ainda havia os relatos das pessoas entrevistadas que faziam a índole de Anderson Vogel planar entre o Batman e o Coringa, dependendo de quem fosse questionado.

Segundo, porque não conheciam as motivações.

E terceiro, porque a única pessoa presente no momento do crime que não estava morta continuava desaparecida.

— Alguma ideia do que fazemos agora? — perguntou Hugo. Sabia que ainda restavam questionamentos em relação ao diário, mas queria compartilhar o peso das decisões para não se sentir um idiota no caso de as coisas voltarem a dar errado. — Talvez devêssemos ligar pros familiares da Cristina. Descobrir se conhecem o Klaus Weiss do diário.

— Já liguei. O cara do diário e o teu vizinho são a mesma pessoa — disse Fiore, sem rodeios, coçando a enorme cicatriz na testa. — A família disse que ele ficou paranoico e começou a se apresentar com outro nome depois que a esposa morreu. Ainda acha que o nazista tá atrás dele.

— Feridas antigas têm sombras longas — ponderou Hugo. Queria perguntar qual era a história daquela cicatriz, mas temia que o assunto ativasse algum gatilho indesejado em Fiore.

— É. E parece que foi a Cristina que o convenceu a mudar pra cá. Entraram em acordo na família e ela se tornou a responsável legal por ele. Eram bem próximos, pelo que deu pra notar. — Fiore entregou a cuia para Hugo antes de abrir a gaveta para pegar uma carteira de cigarros. — Aproveitei e encaminhei uma solicitação à Secretaria de Segurança Pública para saber se eles têm informações sobre esse chucrute desgraçado que viveu no estado. Descobrir se os descendentes dele ainda moram por aqui. Vão me dar retorno na segunda.

Houve um instante de silêncio.

— Então Bento e Cristina são mesmo parentes?

— Porra, Hugo! Precisa perguntar?!

Enquanto enchia a cuia com água quente, Hugo se lembrou de algo que não fazia sentido. Pensou em falar, mas antes de abrir a boca matutou um instante, esperando entender o significado da pergunta que gritava na sua mente.

— É que eu e ele nos encontramos no dia do crime, quando a notícia tinha se espalhado. Ele foi ao meu apartamento com o diário embaixo do braço, mas nem sequer tocou no assunto — comentou. — Se ela era parente dele, por que não falou nada?

— Sei lá. Não me ouviu dizer que o velho tem um parafuso a menos? — Fiore catou o isqueiro para acender o cigarro. — Além do mais, hoje cedo um guarda noturno ligou na central dizendo que o viu embarcar num carro ontem à noite.

— Anotou a placa?

— Não. Nem desconfiou que pudesse ser uma pista — contou. — Pedi à PM que checasse as câmeras de trânsito, mas não encontraram nada. É como se o motorista soubesse onde elas estavam instaladas. Ele foi esperto o bastante para desviar delas. — Tragou o cigarro com força. — O que acha de darmos uma conferida no apartamento do velho de novo? Quem sabe descobrimos alguma coisa.

Já era mesmo hora de dar o fora, antes que a catinga de fumaça ganhasse força.

— Temos um mandado?

— Não, mas hoje é sábado e ontem não teve futebol por causa da chuva. — Fiore ficou em pé e conferiu o coldre. — Tô precisando chutar alguma coisa.

— Vai derrubar a porta?

— Só se ele não atender.

19

O número do apartamento de Bento estava gravado em uma plaquinha em cima do olho mágico, bem perto de onde Hugo encostou a orelha para descobrir se tinha alguém em casa.

— Vamos derrubar de uma vez — sugeriu Fiore. — Vai que o velho tá morto ou teve um ataque.

Um flash de luz solitário iluminava o corredor estreito.

— Merda! Devíamos ter pedido um mandado. — Não gostava da parte de ter que arrombar, mas queria dar um jeito de entrar no apartamento. — Se isso der problema, vou dizer que foi ideia sua.

Era o que Fiore precisava ouvir.

— Tá bom. — Ajeitou o corpo e recuou um passo para pegar impulso. — Agora chega pra lá.

Um barulho seco ecoou no corredor e lascas da madeira voaram.

A primeira coisa que Hugo percebeu quando entrou foi que a planta do apartamento era a mesma do seu. Sala, cozinha e dois quartos. O que os diferenciavam era a perfeita organização e a mobília antiquada, e o que o tornava singular era uma televisão moderna na estante cheia de marcas do tempo. Duvidou que Bento soubesse fazer algo mais do que apertar o botão vermelho do controle para ligar e desligar.

Deu mais dois passos até o meio da sala, preparado para uma enxurrada de sensações e imagens do que poderiam encontrar ali, mas poucas vieram. Respirou fundo, aliviado de não estar sozinho. Parou na frente de um aparador com porta-retratos e um vaso de flores murchas que exalava no cômodo. Esperou que as projeções da sua imaginação fossem ativadas por algo que visse ou que sentisse o cheiro, mas nada aconteceu. Em seguida, inclinou-se para olhar de perto as fotografias de Bento com pessoas que ele supôs serem amigos e familiares. Nada que saltasse aos olhos. Mas duas delas chamaram sua atenção: uma em preto e branco, que mostrava um casal jovem em frente a uma casa em construção, e a outra de Bento atrás de um bolo de aniversário, com Cristina e Anderson ao seu lado.

— Meu Jesus Cristo, quanta lenha que dá pra fazer com essas velharias. — Fiore vinha atrás de Hugo com o cigarro nos lábios, sem se importar com o fato de estar empesteando o lugar. — Sabe se o velho era colecionador? — Mostrou uma peça antiga que encontrou.

Hugo fez que não.

Dando meia-volta, passou atrás do sofá coberto com uma capa xadrez e foi conferir a sacada. Precisava coletar as informações que o apartamento pudesse dar, buscar pistas do que havia acontecido. Encontrou um canário amarelo quase sem água, preso em uma gaiola protegida do sol. Odiava coisas como aquela. Se os animais acreditassem em Deus, o ser humano seria o demônio. Não pensou duas vezes, removeu o arame que mantinha a portinhola fechada, abriu a gaiola e deu tapas na armação para que o pássaro fosse embora.

Seu celular vibrou em seu bolso. Era a irmã. Recusou a chamada. Mais tarde mandaria uma mensagem dizendo que estava tudo bem.

Voltou para dentro e foi à cozinha, o coração de qualquer casa, mesmo de uma onde o dono morasse sozinho. De imediato teve a impressão de estar entrando em um mostruário de loja, tudo era limpo e bem organizado.

Estamos perdendo tempo aqui.

Talvez Bento só estivesse querendo passar um tempo fora de casa, longe dos porta-retratos com fotos da família, que certamente tinham se tornado um doloroso estorvo depois do crime. Ou talvez só estivesse tentando ficar longe das notícias que entupiam os jornais.

Andou devagar até a porta do banheiro no corredor, começando a se sentir mais como um intruso do que como um policial. Não encontrou nada além do piso respingado de urina, de um vaso sanitário com água amarela clamando por uma descarga, da toalha seca e bem dobrada e dos utensílios de dente enfileirados na ordem de uso. Abriu o armário espelhado, procurando alguma pista, e se viu diante de uma variedade de cartelas de medicamentos cujos nomes mal conseguia pronunciar. Logo lhe ocorreu que as pessoas costumavam levar medicamentos consigo quando passavam um tempo fora.

— Alguma coisa aí? — gritou Fiore da sala.

— Não. Tudo em ordem.

— Tá sentindo esse cheiro?

— Só se for do teu cigarro — respondeu Hugo.

Seguiu para o quarto principal, duvidando que houvesse muito para ver. Colocou um pé dentro, mas decidiu recuar.

— Vem dar uma olhada nisso — chamou.

Fiore juntou-se a ele.

A decoração do quarto era simples, mas de bom gosto. A cama estava arrumada e a cortina clara de algodão não impedia que a claridade de fora penetrasse. Hugo entrou primeiro e foi checar o conteúdo de uma gaveta aberta na cômoda. Havia roupas remexidas, misturadas com outras bem dobradas, como se alguém tivesse bagunçado e tentado arrumar, mas mudado de ideia no meio do caminho. No guarda-roupa, mais peças desorganizadas empurradas para o fundo.

— O que acha? — Fiore chegou mais perto.

— Que procuraram o diário aqui antes de ir ao meu apartamento. — Hugo apontou com o queixo para uma pequena estante no canto oposto, repleta de livros fora do lugar.

— Será que o moleque tinha a chave?

— Devia ter, senão como ia entrar sem arrombar?

— Sei lá. A bandidagem tem suas técnicas.

Atravessaram o quarto.

Hugo correu os olhos pela estante. Havia gibis antigos de faroeste e livros novos com histórias que não agradariam a maioria dos leitores de noventa anos. Sentou na cama e abriu a gaveta da mesa de cabeceira. Fosse lá quem tivesse invadido devia ter deixado algo para trás. Seus olhos esbugalharam com o que encontrou lá dentro.

— *Mein Kampf?* — disse, em voz baixa.

Pegou o livro nas mãos e analisou a capa. Parecia que nunca fora lido, pois não tinha nenhuma dobra. Um suspiro quase inaudível percorreu o quarto, seguido por um silêncio tão intenso que parecia sugar todo o ar.

— O que é isso? — perguntou Fiore.

Hugo ergueu o braço para mostrar, mas um som de passos vindo de fora interrompeu o movimento. Ficou alerta, como uma lebre encurralada que ouve o cachorro do caçador farejar em volta da toca. Olhou para Fiore, que estava apontando a pistola para o vão da porta.

Uma sombra se aproximava no corredor.

Vestindo farda caramelo e boné, um homem alto e magro parou na soleira com um revólver calibre 32 apontado para o peito de Hugo. Por um instante, foi como se tudo estivesse congelado.

Houve uma troca de olhares.

— Puta que o pariu, Silva. Quase te dei um tiro. — Fiore abaixou a pistola. Estava sério, com os músculos do rosto tensionados. — O que diabos estão fazendo aqui?

O cabo da PM ficou sem expressão.

— Alguém ligou denunciando um arrombamento — explicou ele. — Viemos verificar.

Com a denúncia crepitando na central de polícia, a informação não demoraria a chegar aos ouvidos do promotor.

Hugo mirou Fiore com o rabo de olho como se dissesse "Eu avisei".

Era hora de dar uma folga e encerrar a semana.

20

Era noite e a claridade dos postes resplandecia nos desníveis da calçada quando Pâmela Jardim Viana cruzou a avenida com seu tênis Nike. Gostava de correr, mas odiava a sensação do suor na pele e o som da própria respiração ofegante. Olhou para o relógio esportivo de pulso que controlava seus batimentos.

20h06.

152bpm.

Não era seu costume fazer exercícios depois do pôr do sol, mas tinha passado parte daquele sábado no escritório do advogado proporcionando a ele uma tarde de sexo para que reduzisse os custos do processo que movia contra o ex-marido. Não que o ato em si valesse tanto dinheiro, mas o fato de ter trepado com um advogado casado e com índole de bom sujeito era uma boa carta para se ter na manga. *Quem janta com o demônio precisa de um prato fundo.* Estava enfurecida, tão decidida a fazer o que fosse necessário, que coisas como aquela passavam pela sua mente o tempo todo.

Secou o suor da testa, remoendo os xingamentos que o ex-marido havia disparado naquela manhã:

— Tu é mesmo uma vagabunda e tua hora tá chegando. No fim, só o que vai sobrar de você é a fama de puta.

Se ao menos tivesse gravado, poderia usar isso contra ele.

Tratou de se acalmar. Não podia deixar o nervosismo que sentia transparecer.

Ergueu o queixo e corrigiu a postura ao passar perto de um grupo de adolescentes que bebiam cerveja barata e ouviam música alta escorados em um carro. Os olhares que atraía para seu corpo faziam o esforço valer a pena. E essa era a principal razão pela qual corria três vezes por semana. Imaginava-se no lugar deles, projetando imagens de si mesma através dos olhos deles: o cabelo loiro esvoaçando, os seios perfeitos balançando dentro do top decotado e o contorno das pernas torneadas na calça de lycra. *Desejo e inveja.* Era isso que os outros sentiam quando a viam. Pelo menos pensava que sim.

Apressou o passo, deixando a claridade da avenida para trás, em direção ao Parque do Lago, um conglomerado arbóreo com uma pista circular em que corredores de fim de semana se exercitavam. Corria rápido, sem mesmo olhar para trás, banhada na escuridão que só era interrompida quando passava embaixo de algum poste com a luz tremeluzente, instalado na rua a cada trinta metros.

Pâmela tinha 27 anos e gerenciava uma página de maquiagem no Instagram que fazia mais sucesso entre homens do que entre mulheres. Criava conteúdo diariamente, gabando-se de cada curtida nas fotos em que seus seios de Jessica Rabbit sempre ganhavam mais destaque do que o rosto.

Oito anos antes, a poucos dias de completar dezenove, tinha feito a primeira grande loucura da vida. Saiu da casa dos pais, que tentaram lhe aconselhar o contrário, e mudou para Porto Alegre com objetivo de se casar com um jogador de futebol que tinha conhecido em um aplicativo de relacionamentos. Essas histórias que todos conhecem: um garoto da favela ganha muito dinheiro e encontra um chaveirinho loiro que nunca lhe daria moral se não fosse rico. No começo, as coisas pareciam bem, mas ao longo do tempo a aventura não deu certo e o plano de amor vitalício acabou falindo antes da assinatura do contrato. Meses depois, ela teve que voltar para sua cidade, no interior, com o rabo entre as pernas, como um cachorro que caiu do caminhão de mudança.

Ela não ficou abatida. Dizia que era daquelas mulheres que faziam caipirinha com os limões que a vida oferecia.

Seis meses depois de dar com os burros na água em Porto Alegre e voltar ao fim do mundo, Pâmela conheceu um empresário que acumulava divórcios. Ele tinha quase cinquenta anos e, aos olhos da população, era a fome se juntando à vontade de comer. A garota e o cifrão. O empresário com um troféu para mostrar aos amigos. Foi "amor" à primeira vista. Encontraram-se diversas vezes e, depois de um tempo, casaram-se com toda pompa que o dinheiro pode comprar. No entanto, o encanto do romance novelesco tinha prazo de validade. Um cartão de crédito com limite de quatro dígitos não era o que ela estava procurando. Assim como ele não gostava de ter que polir os chifres quase toda semana. No fim das contas, tudo o que sobrou da relação foi um filho, uma batalha judicial de divórcio e um curso intensivo de xingamentos.

20h14.

157bpm.

Quando chegou à subida íngreme que dava acesso ao parque, Pâmela diminuiu o ritmo para recuperar o fôlego, em uma espécie de caminhada rápida. Olhou para trás e viu a rua deserta que se estendia em uma mancha preta mal iluminada pela luz amarela dos postes. Tudo estava silencioso e a única movimentação era a dela mesma.

Concentrada na música que tocava nos fones de ouvido do seu iPhone, correu quatro quilômetros na trilha das árvores, cruzando duas vezes com um casal que nem ergueu os olhos para ela. A sensação do vento gelando a pele suada ficava mais intensa ao passo que corria. Quando completou o sexto quilômetro, o aplicativo que usava para medir a distância percorrida apitou, e ela parou com as mãos no joelho. Estava exausta.

Escorou-se em uma árvore de galhos baixos e usou a câmera frontal do celular para ajeitar o cabelo. Seu rosto estava vermelho, mas dois minutos de descanso bastaram para que ela tirasse uma selfie e postasse no Instagram.

#NoPainNoGain.

No tempo em que ficou esperando as curtidas surgirem, Pâmela sentou em um galho caído ao lado da trilha de cascalho. Desviou um olhar inocente para as estrelas por entre os galhos que refletiam no lago e, segundos depois, ao voltar ao celular, as curtidas estavam em vinte e três. Fez uma aposta consigo mesma de que, se tivesse menos de quinhentas curtidas quando chegasse em casa, transaria de novo com o advogado na reunião de segunda.

Levantou e plugou o fone de ouvido, mas, antes que pudesse colocar o Spotify para tocar no modo aleatório, ouviu um barulho de folhas sendo amassadas em algum ponto atrás de si. Tentou identificar de onde vinha. Não viu nada, mas não ficou preocupada. Sabia que jovens se encontravam ali para dar uns amassos longe dos curiosos da cidade. Ela mesma já tinha feito isso na época do colégio. Ficou em pé, calculando que faltava menos de um quilômetro de trilha para que estivesse de volta à claridade da rua. Deu meia dúzia de passos e escutou o barulho outra vez. Mais alto. Mais perto. Olhou por sobre o ombro e viu alguém de agasalho esportivo com capuz preto troteando no seu encalço.

De repente, pensou que não era uma boa ideia estar sozinha em um parque mal iluminado quase às nove da noite.

Tentou manter a calma.

É claro que não podia saber se a pessoa atrás dela era um assassino, um estuprador ou só alguém se exercitando. E de todos os seus medos, o de ser estuprada era o maior. Respirou fundo, tentando controlar seus batimentos. Então se lembrou do ex-marido e de como ele dizia que um dia a faria sumir.

"Tua hora tá chegando. Só o que vai sobrar é a fama de puta."

Seu sangue ferveu. *Teria ele coragem para colocar as ameaças em prática? Com certeza não.* Relaxou. *Mas ele pagaria alguém. Algum capacho de jaqueta preta com capuz que faria o serviço em troca de dinheiro.* Tentou combater o pavor, sussurrando que tudo ficaria bem. Tentou apressar o passo, mas seu corpo avançava devagar, seus músculos da coxa estavam exaustos. Faltavam seiscentos metros para alcançar a rua. Concentrou-se. O que eram seiscentos metros quando comparados aos seis quilômetros que tinha corrido? Ganhou confiança. Acelerou o ritmo, seus calcanhares quase raspavam um no outro a cada passo. Quando avistou a enorme placa de acesso ao parque, sentiu um solavanco e perdeu o equilíbrio. Suas pernas se enrolaram envoltas no tecido de lycra empapado de suor e atingiram o cascalho, fazendo-a rolar para frente.

Ficou de bruços no chão, a roupa suja de terra úmida e os cotovelos arranhados sangrando. Lutou para continuar. Precisava chegar à segurança da rua, mas a dor do tombo a fez permanecer imóvel, olhando para o sangue nas mãos machucadas e para o celular caído alguns metros à frente.

Lágrimas de medo escorreram pelo seu rosto quando alguém se inclinou em cima dela. Com um grito engasgado, ergueu os braços para se defender.

— Calma! Não vou te machucar — disse a pessoa com agasalho esportivo e capuz. — Como você tá? Quer que eu chame alguém?

Pâmela virou o rosto, o medo indo embora junto com as gotas de suor. *É só alguém fazendo exercício.* Sentiu-se segura. Quis ficar em pé, mas o cascalho enfiado nos cortes não a deixava usar as mãos como apoio.

— Meu tornozelo tá doendo — disse, enquanto analisava os traços do rosto embaixo do capuz. — Acho que quebrou.

— Não quebrou. Foi só o susto. Consegue levantar?

Fez que não.

— Tá bom. Segura no meu ombro. Talvez doa um pouco, mas tem que ficar de pé. — A pessoa se abaixou e passou os braços por baixo dos dela. — Um, dois, três...

Pâmela soltou um gemido quando foi colocada em pé. Olhou para baixo e viu que estava inteira. Foi pulando em uma perna só até o celular, mas como não conseguia firmar o tornozelo no chão a tarefa ficou difícil. Esticou o braço, esperando ajuda.

— Consegue pegar pra mim? — pediu.

— Claro.

Pulando para trás, dando espaço para a pessoa recolher o celular, Pâmela franziu o cenho ao analisar que, em vez de entregar o aparelho, o encapuzado ficou olhando para a tela como se nunca tivesse visto aquilo.

— Pode devolver? Preciso ir. Meu filho tá esperando.

A pessoa sorriu.

— Não, não, não. Como pensa que vai sair daqui com o tornozelo desse jeito? — indagou, atirando o iPhone no lago.

Uma rã saltou na margem quando o celular acertou a água.

Os olhos de Pâmela cresceram.

— O que você tá fazendo?! — O medo voltou à sua voz.

Tentou firmar o pé para se afastar quando o estranho se aproximou, mas tudo que conseguiu foi recuar alguns metros. Caiu e ele cresceu para cima dela. Ela começou a gritar e a se debater como um animal raivoso. Ele a esmurrou no rosto duas vezes. Na segunda, um dente saltou da boca. As mãos de pele macia e quente, mas fortes e rígidas, amarraram os pulsos de Pâmela com fita. E a dor no tornozelo beirou o insuportável quando ele o dobrou para que os pés fossem amarrados também. Pâmela começou a chorar. Um choro de desespero. Um fio de sangue escorreu do seu nariz. Gritou com toda a força, mas não havia ninguém no parque para ouvir. Peixes saltavam no lago e insetos voavam aos montes ao redor do poste iluminado não muito longe dali.

— Por favor. Me deixa ir — implorou.

Nenhuma resposta.

Então foi puxada com violência e arrastada para o meio das árvores, deixando na trilha de cascalho marcas muito discretas para que qualquer um que as visse soubesse o que tinha acontecido.

21

— Quarenta e oito — chamou o açougueiro, limpando as mãos engorduradas no avental manchado.

Ninguém se apresentou.

— Ei, amigo! — Alguém cutucou o cliente avoado. — É sua vez.

A fila do açougue do supermercado, aos domingos de manhã, sempre era uma fonte de informação tão eficaz quanto um salão de beleza em véspera de casamento. Embora a previsão do tempo prometesse nuvens escuras e mais chuva, dezenas de pessoas se enfileiravam em busca de carne para churrasco. De fato, contavam-se algumas boas fofocas vez ou outra, mas na maior parte do tempo as conversas revoavam entre discussões futebolísticas e bostejos sobre política.

Uns dez metros longe dali, onde o cheiro de carne fresca não era tão pungente, Hugo encarava o próprio reflexo na porta de vidro da seção dos congelados. Dentro do seu carrinho havia o mesmo de sempre: pacotes de miojo, pizzas e algumas latas de refrigerante. *A alegria dos médicos.* Sabia que aquilo não fazia bem para a sua saúde, mas não queria perder tempo cozinhando arroz e temperando salada todo dia. Além do mais, estava a uma ligação do hospital para confirmar que sua leucemia tinha voltado. E era esperto o bastante para saber que dessa vez suas chances de vencer seriam pequenas. Não queria pensar. Só queria viver normalmente enquanto o telefone não tocasse. Por isso, recusava as chamadas da irmã e não ligava de volta. Queria ser normal. Olhou para a fila do açougue. Precisava de carne. Carne de verdade. E de legumes. Legumes de verdade. Não podia passar o resto dos seus dias comendo porcarias. Era hora de tomar uma decisão. Inclinou-se dentro do freezer, sentindo o ar refrescante na pele, e pegou duas caixas de *nuggets* e um pacote de ervilhas. Carne e legume.

"Time is money. Oh, yeah!" Lembrou-se do personagem Super Sam soltando o conhecido bordão em um dos episódios de *Chapolin*. Ao menos seus problemas não tinham afetado seu senso de humor.

Vagueou pelos corredores, tentando recordar algo que estivesse anotado na lista de compras que esquecera grudada na geladeira, mas nada pipocou na mente. No corredor das bebidas, topou com um vizinho de prédio, que reconheceu pela careca lustrosa. Era o mesmo que havia alertado sobre Bento ser um velho porre. Ele estava virado de costas, comprando cerveja junto da namorada, uma morena baixinha.

— Quer dizer que hoje vai ter churrasco? — perguntou Hugo, meio encabulado.

O vizinho se virou, surpreso.

— Ah, cara. — Estendeu a mão. — Desculpa. Não tinha te visto. Hoje é domingo, né? Tem que sair. Domingo sem churrasco não é domingo. — Mirou as compras no carrinho de Hugo. — E você? Não diga que vai comer pizza com Coca? — Sorriu.

A morena baixinha sorriu também.

— Ainda tô ajeitando umas coisas. Por enquanto é pizza e Coca mesmo — explicou Hugo.

Por um momento, tudo que se ouviu foi o ronco dos freezers mantendo as bebidas geladas. Aquele clima que todos conhecem, quando um assunto termina sem que ninguém consiga trazer nada de novo à tona. Então, o vizinho abriu a porta de vidro e se inclinou para pegar um fardo de cerveja.

— Teve notícias do velho? — A pergunta veio de supetão. — Ouvi dizer que tá desaparecido.

O ar gelado do freezer alcançou os braços de Hugo.

— Continuamos procurando. — Foi sucinto.

— Bah! Alguns dizem que ele é maluco — prosseguiu o vizinho. — Sei que a idade chega pra todo mundo, mas não quero viver sozinho daquele jeito quando estiver com noventa anos.

— Acha que vai chegar aos noventa? — caçoou a namorada.

Ambos riram.

Hugo também riu, sem muito bom humor, mas logo escondeu os dentes. Não podia deixar o *timing* passar. Queria aproveitar a ocasião.

— Faz ideia de onde o Bento possa estar? — Sabia que aquele não era o nome do velho, mas não conseguia chamá-lo de outra forma.

O vizinho deu de ombros.

— Sei lá. Talvez esteja procurando a neta.

Aquilo era novo.

— Então sabe quem é a neta dele?

— Moramos no mesmo prédio, cara. Claro que sei. Ela ia lá às vezes. Muito gente boa. — Olhou de novo para as pizzas no carrinho de Hugo. — Ei, por que não vem almoçar lá em casa? Comprei um espeto giratório naquela loja do lado da praça e hoje vou ver se funciona.

Hugo olhou o relógio de pulso, pesando o convite na balança. Em qualquer outra ocasião a recusa seria imediata, acompanhada de uma desculpa esfarrapada. Não dessa vez. Talvez almoçar com eles não fosse má ideia. Na pior das hipóteses, poderia tentar conseguir alguma informação nova sobre o paradeiro de Bento.

— Não sei, cara. Vou atrapalhar o almoço de vocês.

— Capaz! Só vamos fazer um picadinho, beber umas e ouvir música — disse ele. — Vamos lá. Vai ser legal.

— Tem mais algum convidado? — perguntou. Queria ter certeza de onde estava se metendo.

— Não. Só nós.

Animou-se. No mínimo teria mais dois amigos para chorar em seu velório quando descobrissem que ele tinha morrido.

— Preciso levar algo?

— Nada. Já comprei tudo. — Ergueu o fardo de cerveja. — E vai ter pão de alho também.

— Opa! Chego às onze e meia. — Riu.

Trocaram outro aperto de mãos, e a baixinha se arreganhou toda quando Hugo deu meia-volta. De repente, ele se lembrou de um dia em que tinha esbarrado com ela no elevador. Na ocasião, o sorrisinho e o arreganho foram bem parecidos. Talvez fosse apenas simpatia. Ou talvez não. No curto caminho até a saída, perguntou-se se tinha sido uma boa ideia aceitar o convite. *Tarde demais.* Cumprimentou a mulher do caixa, pagou as compras com dinheiro e deixou as moedas do troco na latinha de uma ONG que resgatava animais de rua.

— Tenha um bom dia, senhor.

— Você também — murmurou e saiu para o estacionamento, com as sacolinhas nas mãos.

Entrou no carro e dirigiu, olhando por cima do volante para as ruas pouco movimentadas. O silêncio era quebrado periodicamente por Magaiver, que estava no banco do lado com a cabeça fora da janela e as orelhas soprando ao vento, latindo toda vez que via alguém andando na calçada.

Daquele ponto da avenida, com o sol encoberto brilhando pela lateral, o centro da cidade mais parecia uma caixa de lápis de cor. Prédios altos e coloridos dividiam o espaço com casas decadentes construídas em terrenos cujos proprietários idosos ainda não tinham caído na lábia de algum corretor de imóveis. Uma casa velha por dois apartamentos novíssimos? Não havia muito o que avaliar, ainda mais com os parentes pressionando. Negócio fechado. Quando abriam os olhos, se viam trancados entre quatro paredes, como pássaros em cativeiro. Suas antigas hortas agora eram garagens, e os canteiros de flores tinham virado parquinhos pisoteados por crianças. Ao acionar o controle do portão da garagem e manobrar o carro, Hugo ficou pensando se sua vaga não teria sido o canteiro dos sonhos de alguém que agora esperava a morte em um dos andares acima.

Largou Magaiver e deixou que ele corresse na garagem. Eram 9h51. Ainda tinha tempo. Desembarcou e abriu a porta traseira, mas, antes que pudesse pegar as compras, seu celular vibrou no bolso. Fiore.

— Até no domingo? — disse, atendendo.

— Que foi? — indagou Fiore. — Vai dizer que aprendeu a fazer fogo e convidou alguém para um churrasco?

— Na verdade, me convidaram.

— Quem?

— Te interessa?

— Oloco! Tá nervoso? — ironizou Fiore.

Hugo pegou as sacolas e assobiou para Magaiver.

— Vou almoçar no careca do terceiro andar — contou. — O cara mora no prédio há bem mais tempo do que eu. Talvez dê pra descobrir algo sobre o desaparecimento do Bento.

Houve um instante de silêncio.

— Tá bom! Conta outra. — Fiore emendou uma gargalhada, daquelas que prenunciam baboseira. — Sei que só vai lá pra ficar olhando o rabão da mulher dele.

Alisando a testa, Hugo não teve como não ensaiar um riso. Talvez fosse a espontaneidade do delegado o que os tornava tão diferentes. Fiore costumava agir sem muito cálculo, sempre seguro do que falava ou fazia, apesar dos pesares. Não perdia o sono se preocupando com seus atos. Hugo era diferente. Passava noites acordado, avaliando opções e considerando consequências. Se a vida fosse uma equação matemática, Fiore estaria fodido. *Não era.* O fodido da história era outro.

Quando Magaiver se aproximou, depois de ter feito xixi no pneu, Hugo caminhou para a saída. Para chamar o elevador, segurou o celular com o ombro.

— Vem cá... Ligou só pra encher meu saco? — Voltou a falar. — Já disse que se precisar eu vou junto contigo ao promotor. Quer que eu assine um testemunho?

— Não é isso — disse Fiore. Fez uma pausa com a duração de uma tragada de cigarro. — Te liguei porque a central recebeu uma chamada meia hora atrás sobre uma mulher que não voltou pra casa à noite. Parece que saiu pra correr no lago e sumiu.

— E isso é um problema? — perguntou Hugo.

— Talvez seja.

— Mas semana passada você disse que não era. Que mulher que passa a noite fora só deve estar dando pra outro. — Ele não podia perder a chance de cutucar as contradições de Fiore.

Outro silêncio, outra tragada.

Um apito avisou que o elevador tinha chegado, mas Hugo não entrou, temendo perder o sinal.

— Aquilo foi outra história. E ela devia estar mesmo dando pra alguém, porque ninguém tocou no assunto no outro dia — defendeu-se Fiore. Não perdia uma. — Mas esse caso é mais complicado. Tá em casa?

— Tô. — Hugo encarou o chão, suspirando com uma expressão de desgosto. Sabia que seu almoço tinha ido por água abaixo.

— Tô passando aí.

22

Enquanto esperavam o interfone, Fiore abriu a braguilha e esvaziou a bexiga na lateral do muro.

— Ai, meu Deus. Eu ainda sou bom nisso.

Hugo olhou para a rua, torcendo para que ninguém visse a cena e se perguntando por que Fiore sempre fazia questão de ser tão podre.

— Nisso o quê?

— Escrever com mijo — emendou Fiore, quase molhando a calça quando alguém surgiu no jardim.

A senhorinha minúscula que abriu o portão se apresentou como vizinha e os conduziu pela escada até a casa dos Viana, que ficava no alto do terreno. Era uma casa grande e luxuosa. Grande demais para uma família de três pessoas. Construída em um bairro afastado do centro, tinha dois pisos e uma arquitetura refinada que fazia qualquer um imaginar que tinha sido paga pelo empresário marido de Pâmela.

Chegando à sala de estar, encontraram uma mulher encolhida no sofá, com uma manta xadrez sobre os ombros. Tinha cinquenta e poucos anos e cabelos pretos que pareciam não ver uma escova há dias. Mantinha as mãos sobre as coxas, imóvel como um manequim, incapaz de fazer qualquer coisa que não fosse olhar para o chão.

— Bom dia, Teresa — disse Fiore com voz calma quando ela os viu. Conheciam-se desde a infância, embora ela tivesse mudado bastante. Tingira o cabelo, usava camisa com gola aberta e pulseiras. — Tudo bem contigo?

Erguendo o olhar mortiço atrás dos óculos de grau, a mulher o encarou. Seus olhos pareciam duas bolitas esfrangalhadas.

— Minha filha saiu pra correr ontem e não voltou, Álvaro — disse, com o rosto pálido. Sua versão zumbi. Uma simples menção à filha e sua fisionomia murchou ainda mais. — O que acha?

Fez-se silêncio.

Fiore se encolheu, procurando as palavras certas.

— Desculpe por ter perguntado. Força do hábito.

Ela sinalizou que sentassem.

Varrendo o cômodo com os olhos enquanto colocava as almofadas de lado, Hugo percebeu dois quadros estranhos pendurados na parede. Eram tão velhos que tiveram tempo de parecer arcaicos e modernos novamente, como calças com boca de sino. Tirou o bloco de notas do bolso e encarou a televisão à sua frente. Estava quebrada. Linhas tortas formavam um desenho estranho na tela de led que parecia ter sido atingida por um objeto duro. Ia comentar a respeito quando Fiore começou a falar outra vez.

— Antes de tudo, quero que saiba que estamos empenhados nisso — disse. — Por isso, precisamos fazer algumas perguntas.

— Eu já respondi um monte, Álvaro. — Teresa pegou um copo d'água na mesinha e bebeu. — Os policiais que vieram aqui antes disseram que iam dar uma olhada no lago, mas que não podiam criar um alerta porque ela só ficou fora de casa uma noite.

— Eu sei como as coisas funcionam, Teresa, mas agora quero que se acalme. Eu e o Hugo vamos encontrá-la.

— Acha que ela tá bem?

Aquela sem dúvida era uma das primeiras perguntas que qualquer mãe fazia. *Meu filho tá bem?* Hugo fitou Fiore com o rabo de olho. Nenhum deles sabia a resposta. Não podiam prometer que alguém estava em segurança até que realmente estivesse.

— Tenho certeza de que sim — ele a tranquilizou —, mas preciso que nos conte quando foi a última vez que a viu.

A mulher retorceu o rosto.

— Foi ontem à noite. Por volta das oito — respondeu sem hesitar. Queria mostrar que estava pronta para ajudar. — Ela passou toda a tarde fora. Quando voltou, vestiu outra roupa e disse que ia ao Parque do Lago. Ela corre três vezes por semana. Gosta de correr.

— E não deu mais notícia desde então?

— Não. Tentei ligar, mas o celular tá desligado.

— Hum. Sabe onde ela passou a tarde?

— No escritório do advogado.

Hugo arqueou a sobrancelha, esperando que Fiore perguntasse mais sobre a história do advogado, mas nada aconteceu. Aquilo ficou dando voltas em sua mente. Então ele mesmo questionou.

— Advogado?

— É — confirmou a mulher. — A Pâmela tá se divorciando.

Imaginando que Fiore soubesse desse detalhe, Hugo fixou o olhar na televisão quebrada enquanto Fiore continuava a rodada de perguntas sobre como estava sendo o processo de divórcio e se Pâmela tinha agido de maneira estranha no dia anterior.

— Senhora... — Hugo interrompeu Fiore sem encargo. — Pode nos dizer se o marido da sua filha esteve aqui recentemente?

Fiore fez cara feia pela interrupção.

— Esteve. — A mulher percebeu o olhar de Fiore. — Foi ele quem quebrou a televisão ontem de manhã, quando veio buscar o menino. A Pâmela disse que não ia deixá-lo ir, aí ele surtou e jogou o controle. Disse que tudo isso era dele. Estava fora de si. Ameaçou ela.

— Ameaçou?

— Chamou de vagabunda. E disse também que a hora dela estava chegando.

— E por que não ligaram pra polícia? — Hugo estranhou.

A pergunta fez Teresa desabar. Foi como se uma semente de culpa tivesse brotado, ocupando espaço e fazendo lágrimas escorrerem. Ela apoiou o braço no encosto do sofá e ficou lamentando que as coisas não estavam indo bem entre os dois nas últimas semanas.

Hugo sabia que devia sentir pena dela. E sentia, de certa maneira. Só não era o tipo de pena que o faria afagar outra pessoa. Teresa era uma mãe que achava que a filha estava em perigo. E esse motivo era suficiente para explicar o desespero dela. É verdade que Pâmela não tinha muito apreço pelos fundamentos familiares. Mas também é verdade que sua fama ganhara força em cochichos de salões de beleza e em filas de açougues. *Mente vazia, oficina do diabo.* Nem sempre a sede de aventura dos filhos é culpa dos pais.

— Imagino o que esteja passando, senhora, mas preciso que mantenha a calma — prosseguiu Hugo. Virou-se para Fiore em busca de ajuda, mas ele não disse nada. Já não parecia tão confiante quanto no momento em que dissera ser amigo de infância de Teresa. — Pode nos dizer se essa é a primeira vez que sua filha passa a noite fora de casa? Se ela estava saindo com alguém? — emendou as primeiras coisas que vieram à mente.

Fiore disparou seu olhar na direção dele. Queria dizer alguma coisa. A vizinha também o encarou.

— Ela é adulta, investigador. E solteira. Às vezes passa a noite com os homens com quem tá saindo. — Teresa choramingou. — Mas dessa vez é diferente.

— Diferente como?

A mulher grunhiu qualquer coisa em resposta e deixou que o investigador interpretasse do jeito dele.

— Diferente como, senhora? — insistiu. Sabia que bastava ir mais fundo para que os segredos surgissem.

— Não sei. Diferente. — Teresa fez um gesto. Era difícil encontrar a linha tênue entre o desespero e a esperança. — Eu ligo e o celular tá desligado, mas ontem ela postou uma foto na internet enquanto estava no lago. Então como agora tá desligado?

Hugo olhou para a folha quase intacta do seu bloco de notas. Nele, havia anotado somente o horário em que Pâmela fora vista pela última vez. Finalmente tinha tirado algo importante de Teresa.

— Posso ver a foto?

— Tá no celular do menino — disse ela, olhando para a escadaria que dava no segundo andar. Seus olhos continuavam úmidos. — Sobe e chama ele pra mim, por favor? — pediu para a vizinha.

A senhorinha assentiu e esticou os joelhos para levantar, mas Hugo foi mais veloz.

— Se importa se eu subir e falar com ele?

— Sozinho? — Teresa tirou os óculos.

Naquele instante, Hugo sentiu algo que já tinha sentido, a aptidão daquele olhar avermelhado em atingi-lo.

— Talvez ele saiba de algo que não contou. — Fiore deu uma força. — Às vezes, não sabemos o que procuramos até encontrar.

— Tudo bem. Ele tá lá em cima.

Hugo só precisou dar cinco passos para chegar ao pé da escada envernizada. Olhou para cima, para o lustre de vidro preso em um estuque esbranquiçado. Mais do que checar a postagem de Pâmela, queria ouvir o que o menino tinha a dizer. Não que se identificasse com a situação. Longe disso. Seu pai e sua mãe tinham um casamento feliz, até onde sabia. A vivência vinha de outro lugar: da casa de um amigo que frequentava na infância. De como os pais dele explodiam tão depressa quanto álcool tocado pelo fogo quando se encontravam. Algumas pessoas têm o dom de tornar a vida dos outros um verdadeiro inferno.

Cruzou o corredor e foi até a porta que julgava ser a certa. Abriu. Cortinados *blackout* deixavam o quarto inundado na escuridão. Acionou o interruptor e uma lâmpada brilhou no teto. Não era o quarto que procurava, mas ficou bisbilhotando mesmo assim, ouvindo com nitidez através da parede o Pica-Pau falando no cômodo vizinho.

Aquele era o quarto de Pâmela Jardim Viana. Só podia ser. Fresco, inodoro e bem-arrumado, como o resto da casa. A cama feita indicava que ela não havia passado a noite ali. Sobre a mesa de cabeceira estava a foto dela com um menino. Ao lado, outra foto mais antiga. Uma amiga, Hugo pensou. Do tempo em que Pâmela não usava maquiagem e dava menos importância para o foco da câmera. Duas fotografias. Duas versões diferentes da mesma pessoa. Decidiu entrar para conhecer melhor as manias da mulher que estavam procurando.

Na primeira passada de olhos, viu uma enorme quantidade de maquiagem na espelheira: esmaltes e batons de todas as cores, pós compactos e uma infinidade de pincéis. Deslizando a porta do guarda-roupa embutido, um perfume adocicado flutuou para fora. Saias curtas e calças jeans de grife brigavam por espaço com caixas de sapato empilhadas na parte de baixo. Não precisou abrir as gavetas. Tinha visto o que precisava. Saiu e apagou a luz.

Seguiu a voz do Pica-Pau pelo corredor até o outro quarto, onde encontrou um menino deitado no tapete, encarando a televisão fixada na parede. "Em todos esses anos nessa indústria vital, essa é a primeira vez que isso me acontece", dizia o personagem. Deu duas batidas.

— Posso entrar?

— Pode. — O garoto olhou brevemente para Hugo e logo voltou à TV. — Só cuida pra não pisar no Pikachu.

Hugo desviou do boneco amarelo no chão e sentou na cama.

O quarto era típico de uma criança nascida em berço esplêndido: muitos brinquedos novos e sem uso, móveis branquinhos e uma estante repleta de livros de colorir. Uma escrivaninha no canto cheia de materiais escolares e o guarda-roupa do quarto tomado de adesivos.

— Gosta do Pica-Pau? — Quis quebrar o gelo citando o desenho.

— Prefiro o Zé Jacaré.

Hugo sorriu. Seria mais difícil fazê-lo falar. Gostou de como ele preferia desenhos animados antigos em vez de canais infantis do YouTube.

— O Zé Jacaré também é um dos meus preferidos — mentiu, preparando o terreno para o que importava. — Eu estava conversando com a sua avó agora pouco...

— Ela não é minha vó — disse depressa o garoto.

Hugo percebeu a encrenca.

— Não é a mãe da sua mãe?

— É. Mas não é minha vó.

— Entendi. — Outro sorriso. Crianças emburradas costumam encerrar vínculos bem depressa. *Você não é mais meu amigo. Você não é mais minha avó.* — De qualquer forma, ela me disse que você tem uma foto da sua mãe no celular.

— Tenho. — Esticou o braço embaixo da cama e pegou o aparelho. Mexeu por um instante e o estendeu para Hugo.

O Instagram estava aberto. Um perfil sem foto que seguia outros onze perfis e era seguido por cinco. Se Hugo soubesse, poderia ter procurado a postagem no seu próprio aparelho.

— Ela sempre tira fotos quando vai correr, mas quem me deu o celular foi meu pai — acrescentou o garoto. — É pra caçar Pokémon. Já caçou Pokémon?

— Não. Nunca tentei. — Hugo não entendeu bem o que ele disse. Estava concentrado na foto de Pâmela.

— É legal. Gosto de achar os da primeira geração. — Olhou o boneco no chão. Hugo concluiu que devia se tratar de um dos bichinhos de que ele falava. — Mas são difíceis de achar agora que lançaram as novas.

— Legal. Vou tentar um dia desses.

A postagem de Pâmela datava do dia anterior, tinha 208 comentários e incontáveis curtidas. Mostrava-a sorridente ao lado de uma árvore. Dando *zoom* no lago ao fundo, Hugo notou que não havia mais ninguém ali. Inútil. Aquilo só confirmava que ela tinha chegado ao parque. Devolveu o celular. Era hora de conversar sobre coisas mais importantes do que Pokémon.

— Sua mãe falou contigo ontem, antes de sair?

— Eu não estava em casa. Meu pai veio me buscar de manhã. Disse que se eu fosse com ele a gente ia no shopping à noite. Minha mãe não queria me deixar ir, mas eu queria. Então ele me levou.

— Seu pai parece legal. — Hugo pegou o boneco amarelo caído e o colocou em pé, dando a impressão de que se importava.

— Ele é. — O garoto fez uma pausa. Às vezes, a resposta verdadeira está na pausa, naqueles segundos de silêncio, e não na palavra dita. — Mas prometeu me levar no shopping em Chapecó ontem e não levou. Alguém ligou. Ele disse que precisava fazer algo importante. Saiu, voltou só de noitão e não me levou.

Hugo catou o bloco de notas no bolso e escreveu embaixo da anotação anterior, separando-as com um traço comprido. Tinham agora o primeiro suspeito: o marido. Sempre o marido.

— Seus pais brigam muito? — continuou.

— Muito. Eles tentam ser amigos quando tô perto, mas às vezes escuto os gritos aqui do quarto.

— Ouviu gritos ontem?

— Ouvi. Não gosto quando eles gritam. — A vozinha fina denotava desgosto. — Eles não gritavam antes. Começaram quando minha vó se mudou pra cá. Não minha vó… — Tentou remendar, mas deixou a encrenca pra lá. — E começaram a gritar mais quando meu pai descobriu que o homem que morreu vinha aqui em casa sempre que ele ia trabalhar.

A frase abocanhou a atenção de Hugo. Ele tinha sido arrastado para dentro do quebra-cabeça, e agora estava totalmente envolvido.

— O homem que morreu? — perguntou.

— É. Meu pai me contou que o homem que morreu é o mesmo que vinha aqui em casa quando ele ia trabalhar. Minha mãe disse que eles eram amigos, mas meu pai não acreditou — contou. — Quando o homem vinha, ele e minha mãe se trancavam no quarto e ficavam lá um tempão fazendo barulho. Acho que eram amigos mesmo. Quando o Enzo vem aqui em casa, a gente também se tranca no quarto pra jogar videogame.

O queixo de Hugo estava no chão.

23

O porão cheirava a mofo e urina.

Agachada, abraçando os joelhos, Cristina encarou a escuridão. Estava exausta, tinha chutado a porta por quase uma hora sem que ela mostrasse qualquer sinal de que abriria. Mas isso não importava. Não iria desistir. Era uma guerreira na vida, aquela era sua meta e ela a perseguiria até o fim. *Chutar*. Esse era o plano. Chutar até que a porta cedesse ou que suas pernas quebrassem. Uma hora de esforço. Quinze minutos de descanso. Não tinha relógio — e mesmo que tivesse não conseguiria ver os ponteiros, mas calculava mentalmente o tempo em que julgava estar com energia renovada para tentar de novo. E chutava. E chutava. Uma hora, a porta teria que abrir.

Não sabia há quanto tempo estava presa naquele porão úmido. Dois dias? Três dias? Talvez mais. Pouco importava. Podia estar presa há uma semana que não faria diferença. A noção de dia e noite perde o sentido quando se fica no escuro tempo suficiente para que a diferença se torne imperceptível. Ali, o dia era uma noite escura, daquelas que o céu se esqueceu de pagar a conta de luz.

Apoiando-se para ficar em pé, usou as paredes como guia para chegar à torneira que encontrara durante o *tour* que fez por toda a extensão do seu cativeiro. Lavou o rosto e com as mãos em concha bebeu a água que vinha com gosto de barro. Podia estar morrendo de fome, mas de sede com certeza não morreria.

Quanto tempo uma pessoa pode ficar sem comer?

Queria viver. Faria qualquer coisa para continuar viva, mas não sabia como sair daquele porão.

Fechou os olhos e apertou os dentes. Lembrou-se do noticiário a que assistira certa vez sobre um psicopata americano que mantivera três mulheres presas no porão de casa por mais de dez anos, e sobre como uma das preocupações das vítimas era o bem-estar do seu algoz, pois temiam pela própria vida. "Ele era nossa única fonte de alimento e água. O único que sabia onde estávamos trancadas. E às vezes passava dias sem aparecer. Então, eu ficava torcendo para que não tivesse sido pego bêbado numa *blitz* de trânsito ou morrido em algum acidente."

Estremeceu.

Pense em outra coisa. Outra coisa!

Seguindo a parede, foi até o colchão de palha e pôs de lado as tiras de *silver tape* que tinha removido dos pulsos. Não queria descartá-las em um lugar onde depois seria difícil de encontrar. Imaginou que poderia usá-las para alguma coisa, embora ainda não soubesse o quê. Era melhor mantê-las por perto.

Deitou e ergueu as pernas para que o sangue circulasse.

No dia anterior — ao menos pensava que tinha sido no dia anterior —, depois de passar um longo tempo gritando e chorando feito bebê, Cristina tinha decidido que precisava se soltar se quisesse sair dali. Tudo que fizera até então tinha se mostrado inútil: suas cordas vocais estavam doloridas e sua voz, fraca, mesmo assim ninguém tinha aparecido nem para garantir que estava viva.

Será que querem me manter viva? É claro! Se me quisessem morta eu estaria em uma vala.

No silêncio petrificado, até mesmo o barulho dos passos e a música baixa que ouvia vez ou outra no andar de cima tinham desaparecido. Estava com os pulsos doloridos, machucados pelo excesso de fricção. Não conseguia enxergá-los, mas sabia que sangravam porque sentia a textura da pele cortada e um filete de sangue escorrendo. Suportando a dor, arrastou-se pelo chão, tateando as paredes de terra para encontrar uma ponta de pedra saliente. Isso era tudo de que precisava. Descobriu algumas sem o formato certo, mas boas o bastante para que raspassem as fitas até afrouxá-las.

Liberdade.

Sentiu uma injeção de ânimo quando seus braços ficaram livres, acelerando seus reflexos. Desenrolou as amarras dos tornozelos e avançou devagar, usando os braços como proteção, vasculhando cada centímetro do porão. Encontrou a porta logo de primeira e, durante a terceira expedição, achou a torneira e uma prateleira sem nada em cima. Lavou o rosto suado e bebeu água até ficar com vontade de vomitar.

Naquele mesmo dia, Cristina arrancou a tábua da prateleira e a usou para bater no trinco. Era difícil acertar o alvo no escuro, mas depois de algumas pancadas a direção ficou evidente. Chegou a quebrá-lo, mas a porta continuou fechada. *Porcaria! Porcaria!* Berrou, gritou e voltou para o colchão, encolhendo-se de novo até que seu cérebro traçou a estratégia dos chutes.

Uma hora de esforço. Quinze minutos de descanso.

Tinha feito a primeira pausa depois do terceiro ciclo, quando se deitou para dormir. Não que os pensamentos sobre o motivo da sua captura a deixassem em paz, mas a exaustão física superava a preocupação mental. Dormiu igual à Bela Adormecida até a hora em que a bexiga começou a dar sinais de estar cheia. Foi aí que começou a usar o canto oposto do porão para urinar, mas decidiu reduzir a quantidade de água que bebia quando o cheiro se espalhou.

No dia seguinte, durante o oitavo ciclo de chutes, ela perdeu as contas de quantas vezes tinha acertado a porta com a sola do pé. Sentindo os joelhos inchados, sentou e os envolveu com os braços, encarando a profunda escuridão. Se ao menos Anderson a tivesse deixado começar a academia quando fizeram a mudança, hoje estaria com os músculos fortes para colocar aquela porcaria abaixo. Ele não deixou. Era ciumento demais para permitir que a esposa desfilasse por aí usando calça de lycra apertada.

"Academia pra quê?", questionava ele sempre que tocavam no assunto. "Pra se mostrar pros machos da cidade?"

Odiava-o por aquilo. Aliás, odiava-o por tantas coisas que não conseguiria contar nos dedos das mãos.

Deitada no colchão com as pernas para cima, ela engoliu em seco ao ouvir passos no andar de cima. Fazia tempo que não ouvia. Não sabia se deveria ficar animada, mas pelo menos seu algoz não tinha sido pego em uma *blitz* ou morrido em um acidente.

Enxergou uma luz surgindo no vão embaixo da porta. Uma luz fraca, mas suficiente para que pudesse ver tudo que havia no porão. Nada que seu tato já não tivesse encontrado. Apenas o colchão, a torneira e uma tábua quebrada escorada na parede.

A tábua...

Correu para pegá-la, mas interrompeu o passo quando alguém balançou um molho de chaves. Voltando para a maciez do colchão, ouviu o som metálico da chave roçando o metal da fechadura. O trinco girou do lado de fora e a porta abriu, deixando a luz entrar. Uma sombra cruzou o umbral e olhou para ela. Ela quis gritar, mas a voz não saiu. Permaneceu calada, incapaz de se mover ou de fazer qualquer coisa que não fosse olhar para ele.

24

Frangos, porcos e frigoríficos. A maioria das pessoas imagina isso quando pensa no oeste catarinense. O Velho Oeste, como os moradores chamam. Não que a região se assemelhe ao *Wild West* americano, onde balas assobiavam nos *saloons* e feno rolava nas ruas. Talvez se assemelhe porque o feno representa da melhor maneira possível um lugar pouco movimentado. Oeste catarinense. Região de poucas balas e muito feno. Hugo não tinha tanta certeza disso. Ultimamente vinha pensando bastante nas extensas plantações e nos capões de mato fechado onde pessoas poderiam desaparecer sem deixar vestígios.

Dirigindo a viatura, cortou caminho por vias secundárias para chegar ao Parque do Lago. Queria dar uma boa olhada, procurar algo que estivesse esperando ser encontrado.

— Porra, Hugo. A PM esteve lá mais cedo e não encontrou nada — reclamou Fiore. Deu uma tossida e cuspiu pela janela. — E essa história do finado ter comido a Pâmela... Sei lá! Vem dizer que tu não comeria também? — indagou. — O cara aproveitou a chance. Quem a gente precisa grampear é o ex-marido. Certeza que tá envolvido.

— Eu quero dar outra olhada no lago — insistiu Hugo. — É coisa rápida. Você sabe como a PM procura as coisas.

Fiore concordou resmungando.

Pararam o carro perto do portão de acesso e entraram no parque a pé. Fazia calor. Nuvens encobriam o sol, mas a umidade estava de matar. Caminharam devagar, atentos aos rastros. Havia muitos. Alguns saíam da trilha principal em direção aos caminhos secundários que conduziam a charcos próximos da água. Hugo ia à frente. Fiore, alguns passos atrás. Procuravam a árvore da fotografia. Caule grosso, galhos baixos. O local exato onde Pâmela Viana tinha sido vista pela última vez. Deram uma volta inteira no parque para encontrar.

— Parece essa. — Fiore chegou perto.

Hugo pegou o celular e comparou as duas árvores.

Era ali. Uma árvore comum, que não revelava nenhum segredo. Fitou os galhos nos quais as folhas verdes se prendiam. Não viu nada que distinguisse aquela amoreira-preta de qualquer outra árvore, a não ser um entalhe no caule com iniciais dentro de um coração que aparentava estar ali há muito tempo.

Varreu os arredores com os olhos, e sua atenção foi atraída para algo branco enfiado na terra. Abaixou-se. Aquilo era um dente? Analisou. Boa coisa não devia ser. Entregou para Fiore.

Fiore enrugou a testa, enrolou o dente em um lenço e colocou no bolso.

Hugo aproximou-se do lago, onde folhas que batiam na altura das suas pernas ocultavam as poças de lama. Nada. Pegou o celular outra vez, discou o número que Teresa havia passado e apertou o botão verde. Não esperava que o celular de Pâmela começasse a tocar em algum lugar no meio das plantas, mas não custava tentar.

"Sua chamada está sendo encaminhada..."

Desligou.

Nunca tinha ido ali. Passava perto às vezes, olhando a vegetação protegida pela cerca de arame, mas nunca ousara entrar. Não queria ver pessoas saudáveis se exercitando para se sentir pressionado a fazer o mesmo. Preferia pizza com refrigerante. Avançou dois passos, conferindo as inúmeras pegadas na trilha de cascalho. Abaixou-se e colocou a mão na terra amarronzada. Se fosse médium, poderia receber um sinal do além, como Anthony Hopkins no filme *Presságios de um crime*. "Estou morta no fundo do lago." A voz de Pâmela viria acompanhada de uma reveladora visão: a visão de seus cabelos loiros ondulando na água cristalina. Besteira. Não era médium porcaria nenhuma. E a água do lago só não era mais marrom do que o cascalho.

— Quantas pessoas você acha que passam por aqui todos os dias? — perguntou depois de um tempo.

— Como é que eu vou saber?! — Fiore vasculhava a vegetação e respondeu sem se virar. — Tem gente que vem correr. Gente que vem caminhar. De noite, tem gente que vem trepar. Gente que fuma maconha. Puta que o pariu, Hugo. Tu faz cada pergunta.

Hugo torceu o nariz. De fato, o parque era grande o bastante para ter lugares silenciosos ao abrigo da luz, onde era possível ter alguma privacidade. Um motel à luz da lua. Um fumódromo com teto estrelado. Dava para escolher. A questão é que não estava em busca de números, mas da confirmação de que dezenas de pessoas passavam por ali diariamente.

— E quais eram as chances de uma dessas pessoas ter cruzado com ela?

— Sábado, às nove da noite? — assinalou Fiore.

— Ela postou a foto perto das nove. E dá pra ver que estava suada. Devia estar correndo há mais tempo.

Fiore respirou fundo.

— Eu sei aonde tu quer chegar. O problema é que não temos como saber. — Mostrou os arredores. — Dá só uma olhada. Quem tá fora da cerca não enxerga nada. E a maioria dos que estão aqui dentro durante a noite não quer que ninguém saiba. Claro que alguma pessoa pode ter cruzado com ela, mas isso não garante que tenha visto algo — explicou.

— O que estamos fazendo aqui mesmo?! Vamos falar logo com a porra do marido. Estamos perdendo um tempo precioso.

— Tempo precioso? Você tem compromisso?

— Futebol, merda. Futebol. Quero resolver isso logo pra assistir ao jogo à tarde.

25

Hugo alisou a barba malfeita na altura do queixo. Fazia alguns minutos que tinham estacionado em frente à casa do ex-marido de Pâmela, tocado a campainha e descoberto que ele não estava. "Saiu pra buscar cerveja", foi o que disse uma mulher de biquíni que tinha atendido a porta. Era possível ouvir música e barulho de gente pulando na piscina. "Deve voltar logo", tinha dito antes de deixá-los lá fora. *O "logo" de um pode não ser o "logo" de outro.* E o logo de Hugo não era o mesmo de Fiore, que fumava nervoso escorado no capô da viatura.

A rua onde estavam ficava no mesmo quarteirão de uma igrejinha. Dava para ver os paroquianos nos degraus. Pais e crianças voltando ao lar depois de falar com Deus. O deus deles. Cada um tem o seu. São mais de dois mil. Odin, Rá, Ah Puch etc. Hugo até tinha lido certa vez sobre um grupo que venerava o Monstro do Espaguete Voador. E ouvido sobre a Igreja Maradoniana, só para devotos do jogador Diego Maradona. Quando era adolescente, um panfleto do centro espírita Prazeres do Além, pendurado em um ponto de ônibus, também tinha despertado sua atenção. "Viúvas, passem momentos de prazer com seus falecidos maridos", era o que ele dizia. Mais abaixo, um alerta: "É importante trazer uma cueca do defunto". Riram daquilo por uma semana no colégio. Quando o assunto são os deuses, dá pra escolher o seu preferido. Alguns preferem nenhum. Nem o católico, nem o Monstro do Espaguete Voador.

O ócio prolongado fazia Hugo pensar em bobagens.

Soltou o cinto e foi aonde Fiore estava.

— Será que, se eu ligar o giroflex, nos convidam pra entrar? — perguntou, em tom de brincadeira.

— Acho difícil. — Fiore abriu um sorriso amarelado. — Mas vai ser bonito ver a vizinhança na janela.

Hugo ligou o giroflex. E não demorou muito para que a primeira cortina se abrisse na casa vizinha e uma mulher colocasse a cabeça para fora. Até pouco tempo, não havia nada que distinguisse aquela casa com piscina de qualquer outra. Mas agora havia uma viatura parada na frente, com a luz vermelha girando, o que deixava óbvio que havia algo acontecendo ali. Esperaram um pouco. Um homem surgiu para conversar com a mulher da janela.

— O que acha que estão falando? — Fiore cutucou Hugo.

— Ela tá dizendo que sabia que o dono da casa não é flor que se cheire — palpitou Hugo.

Fiore deu uma última tragada no cigarro e descartou a guimba.

— É. Agora todo mundo vira o porta-voz do óbvio. — Levantou ao ver uma BMW virando a esquina. — Vem. É o nosso cara.

Foram recebidos e levados para dentro da casa pelo sr. Estevão Viana, o ex-marido de Pâmela, que nem sequer reclamou do show de luzes lá fora. Estava sem camisa, de calção de banho e tinha um escapulário prata no pescoço. Hugo tentou captar seu olhar para formar a primeira impressão do suspeito em potencial, mas os olhos estavam escondidos atrás de óculos escuros. No caminho, ele disse que achou que a polícia tinha sido chamada devido ao barulho. Era tagarela, ria bastante e aparentava ter bebido. Falou que tinha oferecido o salão de festas para o aniversário de um amigo e até convidou os policiais para almoçar. Um velhote boa-pinta e um tremendo cara de pau. Ele levou Hugo e Fiore até o escritório e pediu que esperassem enquanto buscava uma camiseta. Ao retornar, sentou atrás da escrivaninha e cruzou os braços.

— Tô encrencado? — brincou. Muita gente muda de atitude em um segundo ao falar com a polícia. Ele, não.

— Depende do que vai nos contar — disse Hugo. — Não sei se o senhor tá sabendo, mas sua ex-mulher desapareceu ontem à noite.

— Qual delas? — Riu da própria pergunta.

— Pâmela Viana. — A resposta veio em um tom sério.

O riso do homem sumiu bem depressa e foi substituído por uma expressão mais confusa que o meme do John Travolta. Reclinou-se, o encosto da cadeira bateu na parede de trás.

— E o que eu tenho a ver com isso? — gaguejou, pondo-se de pé. — Além do fato de ela ainda usar meu sobrenome?

— Sente-se, por favor — pediu Hugo. Naquele momento conseguiu ver seus olhos fundos embaixo das sobrancelhas grisalhas. Não tinha semblante de quem respirava o ar dos culpados, mas o primeiro julgamento nunca deveria ser o veredito. — Estivemos com sua sogra mais cedo. Ela nos contou que o senhor fez ameaças ontem de manhã.

— Velha desgraçada — resmungou.

Hugo emitiu um som estranho.

— A velha tem a sua idade — disparou Fiore.

Estevão recuou, passando a língua nos dentes. Sabia que seria idiotice retrucar o delegado.

— Ameacei, mas foi só da boca pra fora. A gente perde a cabeça quando tá nervoso — defendeu-se. — Ela não estava querendo me deixar pegar o moleque. Queriam que eu a abraçasse e chamasse de "meu amor"?

Os policiais se entreolharam.

— O que acha? — perguntou Hugo.

— A parte boa da ameaça é que, quando o esquema acontece, a polícia já sabe onde procurar o culpado — opinou Fiore. Era uma espécie de ameaça vazia.

O homem contraiu os maxilares.

— Eu não sou culpado de nada, delegado. — Pela primeira vez apareceu um brilho de irritação no seu olhar. — Só de trabalhar cinquenta anos e ter que abrir mão de metade do que é meu. De dar sobrenome para um filho que talvez nem seja meu. Sou culpado por ser burro e ter ido atrás daquela vaca que dá pra metade da cidade.

Dinheiro. Coloque-o na mesa e as regras mudam depressa. Amigos se tornam inimigos, ex-amores viram vacas. Era difícil acreditar que tinham sido um casal até meses antes.

Fez-se um momento de silêncio.

— Como tá o processo de divórcio? — Hugo decidiu focar no assunto. Já tinham ouvido a versão da mãe de Pâmela, mas sabiam que todas as histórias sempre têm duas versões.

— Parado. Ofereci a casa onde morávamos e mais uma quantia, mas não houve acordo. É assim que as mulheres são. — Aquilo soou como um conselho. — Até ontem, não tinha onde cair morta. Agora acha que uma casa é pouco.

Um barulho de copos quebrando veio de fora, seguido por uma gritaria. A festa na piscina continuava a todo vapor. Não faziam ideia do que se passava ali no escritório.

— Pode nos dizer onde esteve ontem à noite? — Hugo conferiu suas anotações, decidido a avançar um tópico. Não havia muitas, mas precisava que seu radar começasse a apitar.

— Eu fui ao cinema com o moleque. — A resposta veio sem ensaio.

As sobrancelhas de Hugo quase alçaram voo.

— Tem certeza?! Seu filho me disse que você ia levá-lo ao cinema, mas não levou. Que alguém ligou e você passou quase toda a noite fora.

— Como é? O moleque disse isso?

O jeito como ele tratava o filho começou a incomodar Hugo.

— Por que o chama desse jeito?

— Eu tenho seis filhos, policial. Com quatro mulheres diferentes. Preciso inventar apelidos pra não esquecer quem é quem. Ele é o moleque, porque é o mais novo. — Pegou a carteira que estava no bolso e mostrou os ingressos da sessão de cinema na noite anterior.

O touro Ferdinando.

Hugo conferiu a data e a hora. Tudo parecia bater. De repente, voltou-lhe à mente um caso que tinha visto nos arquivos sobre um crime em que o mandante tinha saído da cidade e guardado provas de sua ausência enquanto seu desafeto era morto por alguém que ele pagara. Crime antigo, classificado como resolvido. Olhou para Estevão. Quem guardaria ingressos e lembraria no dia seguinte o lugar exato onde estavam?

— Faz ideia por que a criança mentiu? — Hugo devolveu os ingressos.

— Deve estar pegando as manias da mãe.

— Tô falando sério, senhor.

— Eu também. — O homem manteve o tom ríspido. — Ela vive enchendo a cabeça dele com baboseiras, o coitado nem sabe mais o que é mentira e o que é verdade.

Hugo arriou fundo na cadeira estofada, todos seus pensamentos voltavam-se ao garoto. *Crianças não mentem*. Era o que todos diziam.

— Sei — murmurou ele. — Seu filho inclusive me disse que você conhecia Anderson Vogel, o jornalista morto na fazenda. Isso é coisa da cabeça dele também?

Estevão hesitou um pouco, mas depois cedeu.

— Eu conhecia, mas só de vista. Esse era outro da longa lista dos que comiam minha mulher. E agora tá comendo capim pela raiz — disse, cheio de frieza. — Ouvi dizer que era metido a Don Juan. Algum marido deve ter dado cabo dele.

Hugo ficou calado, avaliando as informações.

O departamento de polícia sabia que Anderson tinha histórico de traição à esposa. E isso, somado a simbologia dos corações invertidos, pendia a investigação para um crime passional. Contudo, havia animais esfacelados no pátio, que faziam tudo perder o sentido. Sem contar a mulher desconhecida na cena: um cadáver aleatório. Hugo esfregou os olhos. Talvez aquilo pudesse tirá-los do atoleiro. Ou não.

— Algum palpite de quem o matou? — Teve que perguntar.

— Não faço ideia. Só sei que não fui eu — negou Estevão. Do nada, ficou inquieto com outra gritaria na piscina. — Delegado, sei que não somos amigos, mas você me conhece. Se precisar de qualquer coisa, me liga ou me procura na empresa. Mas hoje é domingo. Tem sol. E o pessoal tá lá fora me esperando — acrescentou. — Querem uma dica? Se eu fosse policial, esperaria até o fim da tarde pra levar isso adiante. Tenho certeza de que ela arrumou alguém pra dar e perdeu a hora. Não vai ser a primeira vez que acontece.

Hugo olhou para Fiore, pensando em como o sumiço de Pâmela se conectava ao assassinato de Anderson. Resolver uma das situações poderia clarear o caminho para elucidar a outra, mas naquele momento tudo o que conseguiram foram mais perguntas.

Porcaria de ingressos de cinema.

Era hora de aceitar que não tinham mais nada para fazer ali.

— Ainda bem que tu não é policial. — Fiore dobrou os joelhos para se levantar. — Vamos seguir investigando e manteremos contato. Não suma.

O homem pareceu vibrar ao ver Fiore em pé.

— Não vou a lugar nenhum — disse, com o sorriso de volta ao rosto.

— E, sinceramente, espero que consigam encontrá-la. Temos nossas diferenças, mas desejar o mal de alguém não é nada cristão. — Beijou o escapulário na maior cara de pau. — Vamos ter fé.

Fé, o sonífero dos ingênuos.

Saíram da casa pelo caminho que tinham entrado. Cruzaram a cozinha e depois a área da piscina, onde os convidados estendiam-se sobre cadeiras plásticas. Meia dúzia de outras pessoas que bebiam dentro da água acompanharam os policiais com o olhar até que eles desaparecessem atrás do portão.

— Certeza que não querem ficar? Tem carne e cerveja à vontade — perguntou Estevão pela segunda vez, ao deixá-los na calçada.

Fiore enrugou a testa.

— Não força, cara.

26

Era domingo, quinze para as onze da noite, e o brilho da lua crescente iluminava um carro solitário na estrada de terra. Um vento fresco de chuva entrou pela janela quando ele virou o volante em uma curva acentuada. Tudo estava silencioso, não havia bois puxando arados nem tratores roncando nas lavouras. A paisagem estava dominada pela calmaria que antecede uma tempestade. Guiou o carro pelas curvas do terreno, ouvindo no rádio a canção de sempre. Aumentou o volume e acompanhou no assobio, desfrutando a doce liberdade que só uma estrada rural podia oferecer.

Desligou os faróis quando entrou pelo portão da propriedade e olhou para a fachada da casa em busca de movimento. Embora tivesse visitado o local no fim daquela tarde, queria ter certeza de que não havia policiais de tocaia na área. Era esperto demais para cair em uma armadilha. Pessoas como ele foram trazidas ao mundo para preparar armadilhas, não para cair nelas, como os patos policiais.

Pisou no freio.

— Preciso de um minuto. — Olhou pelo espelho retrovisor.

A mulher no banco de trás não moveu um músculo.

Rangeu os dentes e desembarcou. Contornou o carro, observando as marcas de pneu que havia deixado na estrada de acesso. Por um instante, pensou em uma maneira de fazê-las sumir, mas depois concluiu que não havia motivo para preocupação. O vento oeste soprava com força e relâmpagos cortavam o céu no horizonte. A chuva que estava voltando serviria para regar as plantações e fazer desaparecer qualquer resquício da sua presença.

Hora de começar.

Foi para o gramado, de onde os policiais haviam removido as carcaças dos animais que antes decoravam o local com um toque mórbido. Embora tivessem feito um bom trabalho, ainda era possível ver o sangue seco das vacas colorindo os montes de serragem no curral que a chuva do sábado não tinha alcançado.

Respirou fundo.

Nada em uma fazenda o fazia se lembrar da cidade. O vento fresco de chuva balançando as árvores, o cheiro das plantas e o rangido das tábuas na estrebaria. Tudo era simples e harmonioso, diferente da febre urbana, onde boa parte das pessoas só serve pra comer e entupir encanamentos.

Deu outra olhada nos arredores, fazendo um cálculo que aprendera no Discovery de como saber a distância de um raio baseado em quanto tempo o trovão demorava para chegar. Contou de 1.001 até 1.006, estabelecendo que a tempestade deveria estar a dois quilômetros da fazenda. Ainda tinha alguns minutos antes de ficar encharcado.

Entrou na casa usando o molho de chaves que furtara na madrugada do crime. Teve o capricho de limpar os sapatos antes de entrar e se esgueirou para não arrancar as fitas de isolamento que formavam um X amarelo na porta. Pegou a lanterna do bolso e a apontou para o sofá, a mesinha de centro e a escadaria. Sentiu um frio na espinha. Em nenhum dos seus devaneios havia planejado voltar àquele lugar.

Investigou todo o primeiro andar, então colocou a ponta do pé no degrau da escada. Não restava dúvida de que a casa estava vazia, senão algum policial já teria brotado do escuro. Uma força quase sobrenatural conduziu seus músculos na direção da suíte. Queria ver o que havia restado da cena, descobrir se os lençóis tinham sido trocados e se alguém fora designado para lavar os jatos de sangue no guarda-roupa.

Abriu a porta e varreu o quarto com o feixe de luz para descobrir que a imundície continuava a mesma.

Soltou a maçaneta quando um trovão estrondou.

Voltou rapidamente ao andar de baixo e correu para o carro, sentindo o cheiro de terra molhada trazido pela ventania. Um cheiro agradável demais para o que estava prestes a fazer. Abriu a porta de trás do carro e se debruçou sobre o corpo. Notou que o rosto estava branco como um copo de leite, e as marcas arroxeadas nos olhos pareciam mais evidentes agora que eram iluminadas pela luz interna do carro.

— Vamos pra dentro — cochichou.

Pegou-o pelos braços. Embora não pesasse muito, isso não tornava mais fácil o ato de lidar com a flacidez de um cadáver. Arrastou-o para dentro. Cruzou a sala, desarrumando o tapete enquanto andava de costas na direção da escada. Subir ao segundo andar foi a parte mais difícil. Precisou parar uma vez no meio do caminho para descansar os músculos e retomar o fôlego. Ao vencer o último degrau, sentou no chão e deixou a morta repousar sobre suas coxas. Suavemente, tocou aquele rosto pálido que o encarava de olhos fechados, iluminado pelos raios atrás da janela. Um rosto de anjo. Ficou em pé. Precisava terminar o serviço. Embora tentasse ficar em silêncio, sentia as inalações trêmulas de sua respiração enquanto seguia rumo à suíte. Abriu a porta e acomodou o cadáver sobre o lençol empapado de sangue coagulado.

Quando voltou ao andar de baixo, ligou o televisor e sintonizou no primeiro canal que apareceu. Queria confundir os policiais. Afundá-los em seu labirinto.

"Eu vejo gente morta", sussurrou um garoto na tela, agarrado em um cobertor de crochê, como se aquilo fosse protegê-lo.

"Nos sonhos? Quando acordado?", indagou um homem de suéter cinza. "Gente morta, em caixões, túmulos?"

"Andando por aí como gente comum. E um não vê o outro. Eles só veem o que querem ver. Não sabem que estão mortos."

O sexto sentido. Sempre achou aquela uma das melhores reviravoltas da história do cinema.

Era da opinião de que o segredo para lidar com a morte consistia em manter distância, não dando chance para que ela bafejasse em seu rosto. Tentava fazer seu melhor, embora nem sempre conseguisse evitar de dar de cara com ela. Guardou o controle remoto e olhou pela janela quando os primeiros pingos começaram a cair. Chegou mais perto da vidraça. Sentiu calafrios ao ver faróis se aproximando pela estrada. Recuou, escondendo metade do seu corpo atrás do cortinado enquanto o veículo estranho estacionava no gramado ao lado do seu.

Não era uma viatura.

Pelo menos, a sorte não o abandonara por completo.

Desligou a televisão e correu para a cozinha em busca de abrigo. Pensou em se enfiar no vão entre o fogão e a geladeira, mas ficaria encurralado se o descobrissem. Escapar pelos fundos era uma opção. *Merda!* Tudo estava correndo tão bem. Não podia ser surpreendido agora. Apalpou o bolso, conferindo se a lanterna estava ali. Precisaria dela caso fugisse pela lavoura. Não a encontrou. Tinha deixado cair. Esticou o pescoço para vasculhar a sala. Estava no chão, perto da escada. Embalou o corpo para pegá-la, não precisaria de mais do que cinco segundos para fazê-lo, mas o rangido da porta da frente o fez recuar. As coisas estavam saindo do controle. Encolheu-se em silêncio e ficou à espreita.

Contra a parca claridade que vinha de fora, foi difícil enxergar qualquer coisa além do contorno de duas pessoas que entraram se espremendo pela faixa amarela da porta. Vestiam roupas escuras, mas não do tipo que bandidos usariam para fazer uma limpa nos bens da propriedade. Estavam mais para vestes de adolescentes rebeldes, daqueles que usam camisetas de bandas de rock e calças apertadas que imitam couro.

Grudou as costas na parede, fora do campo de visão deles, com a respiração mascarada pela chuva no telhado. Seu coração pulsava acelerado sob a pele fina. Ficaria seguro em seu esconderijo nas sombras se eles não decidissem entrar na cozinha.

Um cachorro latiu nos arredores.

— Tem certeza de que não tem ninguém? — disse uma garota. A voz dela era suave como veludo.

— Fica fria, gata — respondeu um rapaz de fala arrastada. Era difícil entender como garotas crescidas ainda caíam na lábia daquele tipo de bundão. — O carro lá fora é do homem que morreu. Eu o vi dirigindo algumas vezes. Deve estar estacionado desde que acharam o corpo.

Adolescentes. Tinha sido surpreendido por adolescentes em busca de aventura em uma casa mal-assombrada.

Espiou pelo canto da parede.

Os dois mexericavam as coisas na estante da sala, sem saber que eram observados. O carrasco e as vítimas. Era como se tivessem um cano de revólver encostado nas têmporas. Se o descobrissem, o gatilho precisaria ser puxado. Não por intenção, mas por demanda.

Seguiram vasculhando o primeiro andar.

— Será que foi aqui que aconteceu? — indagou a garota depois de um tempo calada.

— Por quê? — Subitamente o rapaz parecia animado. — Quer que eu te pegue de jeito bem no lugar onde mataram o cara? Eu posso fazer isso. — Ele chegou perto e a jogou no sofá.

Ouviu-se um barulho de beijos.

— Para. Espera. — Ela deu um empurrãozinho de leve nele, se desvencilhando da investida. — Antes vamos dar uma olhada no resto da casa. Vai que a gente encontra um fantasma.

— Quer subir?

— Quero. Acho que foi lá em cima que acharam o corpo.

Chegaram à escadaria no meio de outro amasso. Escoraram-se no corrimão, o rapaz enfiava a mão dentro da calça apertada da garota. Ela soltou um gemido baixo. As coisas ficaram mais quentes. Se não tivessem chutado sem querer a lanterna caída no chão, era provável que tirassem a roupa ali mesmo. O rapaz se abaixou para pegar.

— Algum policial deixou cair. — Ligou a lanterna e iluminou os degraus.

— Hum. Tá mesmo aceso. — A garota olhou para baixo e riu.

O rapaz também riu, tentando disfarçar o volume extra sob a calça jeans. Os dois estavam tão perto da cozinha que dava para sentir o cheiro de perfume misturado com maconha vindo da roupa deles. Concentrou-se. Precisava manter o foco. Se fizesse qualquer movimento seria descoberto, por isso nem respirou. Todas as células do seu corpo paralisaram quando a garota recuou, abrindo espaço para que o rapaz subisse primeiro. Por um instante, pensou que o tinham visto, mas o alívio veio logo que começaram a subir, um tanto temerosos, a julgar pelos passos pesados.

O barulho dos solados nos degraus foi ficando cada vez mais baixo.

Esperou um pouco antes de colocar a cabeça para fora do esconderijo. Viu os dois no segundo andar, conversando sobre em qual cômodo entrariam primeiro.

O estrondo de um trovão balançou as paredes.

Tinha que agir, então ficou abaixado e correu para fora da cozinha. Queria dar o fora daquele lugar. No topo da escada, os jovens davam outro amasso. Era a deixa de que precisava. Foi para a porta da frente e a abriu com cautela. Temia que o movimento ou a mudança de claridade chamasse a atenção deles, mas imaginou que os dois estivessem ocupados demais para perceber. Saiu aturdido, enroscando o pé na fita. Não se preocupou em colocar de volta no lugar. Correu para o carro, ensopando os coturnos no aguaceiro do gramado. No caminho, ouviu ecoar um grito desesperado, abafado pelo barulho da tempestade. Olhou para a fachada sem interromper o passo, percebendo que os jovens tinham acendido as luzes da suíte.

Entrou no carro e acelerou pela trilha embarrada, observando o movimento das sombras pelo retrovisor.

Já quase saindo pelo portão, uma sensação de bem-estar invadiu sua corrente sanguínea, como um orgasmo. A mesma que tinha sentido no hospital, quando dera de cara com Hugo Martins na recepção. Desfrutou o momento. Estava começando a gostar daquilo.

27

Não que Hugo se lembrasse dos detalhes, mas a disposição dos objetos no quarto e a ausência de marcas recentes era um forte indício de que o criminoso havia entrado e saído como um gato soturno, permanecendo na fazenda apenas o tempo necessário para que o cadáver fosse deixado na cama. Entreabriu a cortina com a ponta dos dedos e olhou para fora. A minivan de uma afiliada regional da Rede Globo estava estacionada no gramado, e uma repórter falava para a câmera com a fachada da casa ao fundo. No outro lado do pátio, perto da ambulância, dois policiais fardados conversavam com os pais dos adolescentes que tinham telefonado para a emergência.

— Como estão as coisas lá fora? — perguntou Fiore.

— Começando a virar um verdadeiro circo. — Hugo viu mais faróis de carros aproximando-se pela estrada. — A notícia já deve ter chegado na cidade. Logo esse lugar vai estar mais cheio que da última vez.

— É tudo de que um circo precisa. — O delegado aproveitou para espiar pela janela. — Mais palhaços.

Hugo fechou a cortina depressa ao perceber que a câmera estava apontada para o segundo andar. Voltou ao meio do quarto e olhou o relógio. 23h43. *Ufa!* Não tinha aparecido ao vivo no *Fantástico*, mas talvez aparecesse no jornal local do dia seguinte. Com os músculos tensionados, foi para perto da cama onde jazia o corpo.

O rosto de Pâmela era mais fino do que se lembrava, com longos cílios irradiando das pálpebras e sobrancelhas pinçadíssimas acima dos olhos fechados. Ela tinha os pulsos amarrados nas costas e as pernas presas com *silver tape*. Parecia que estava dormindo, embora a palidez do rosto indicasse que dormia um sono do qual não iria mais acordar. A pele clara, mas bronzeada, exposta devido à ausência de roupas, fez Hugo se perguntar se era certo continuar olhando.

Uma mulher bonita morta. Qual a diferença entre isso e um homem barrigudo morto? Eram apenas duas carcaças, com vísceras protegidas dentro de um baú de ossos. Nenhuma diferença. Mas Pâmela vivera acostumada a atrair atenções, e nem mesmo sua morte havia quebrado tal maldição.

Hugo desviou os olhos. Sabia que eram análises unicamente profissionais, mas no fundo temeu que algo na sua fisionomia fizesse o delegado ou algum outro policial imaginar que estava analisando mais do que deveria. Incerto sobre como agir, teve a ideia de abrir o guarda-roupa e pegar um lençol, que colocou sobre a parte de baixo do corpo.

Esperou alguma reação, mas ela não veio. Poderia continuar seu trabalho sem julgamentos.

Apesar dos arranhões e de um tornozelo inchado, o resto do corpo parecia intacto. Não havia sinais de cortes no tórax por onde poderiam arrancar o coração, nem marcas roxas ao redor do pescoço que indicassem estrangulamento. A causa da morte era um mistério. Ao perceber os cabelos sujos, Hugo virou a cabeça dela e encontrou uma folha seca presa no emaranhado de fios.

— Do parque — palpitou Fiore.

Hugo assentiu.

— Foi arrastada — elucidou. — Tem arranhões nos cotovelos e nos joelhos. É provável que tenha lutado.

— Acha que foi estuprada?

— Não sei. Melhor esperar o IML. — Hugo se virou para o policial militar que vigiava a porta. — Sabe se a família foi avisada?

Ele fez que não.

Hugo então se voltou para Fiore.

— Você deveria ligar antes que fiquem sabendo por outra boca.

— Vou fazer isso quando acabarmos aqui.

— E deveria pedir para preservarem o menino. Pelo menos até que a psicóloga descubra por que ele mentiu sobre a ida ao cinema com o pai.

Fiore concordou.

Usando as mãos para acomodar o corpo de volta ao travesseiro, Hugo percebeu algo se movendo entre seus dedos. Virou a cabeça dela para o lado. A parte de trás do crânio estava afundada, fragmentos de osso se projetavam na massa revolta de cabelos. Olhou para o ferimento e para os arranhões nos joelhos. Imaginou Pâmela ajoelhada, implorando pela sua vida. Alguém empunhando um taco e esmigalhando sua cabeça. Era assim que tinha encontrado a morte.

— Pelo amor de Deus! — exclamou Fiore, chegando perto. — Dessa vez, é certeza que vão querer mandar alguém da capital.

Hugo ficou calado. A ideia não era das piores. Talvez alguém de fora fosse tudo de que precisassem. Receberiam o selo de maus investigadores da população, mas pelo menos o caso seria encaminhado para um especialista em homicídios, em vez de ficar nas mãos de um delegado sem noção e de um investigador iniciante leucêmico.

— Talvez devessem mesmo — disse Hugo, pois era o que pensava. — Quem sabe consigam pegar algo que deixamos passar.

Fiore suspirou.

— A gente só abre mão do poder quando acha que não tem nenhum, entendeu? — Ele endireitou as costas e mirou o militar parado na porta. — Ei, os dois moleques ainda estão lá embaixo?

— Na ambulância — disse o PM —, mas não sei se vão falar. A socorrista disse que estão em choque.

— Em choque?! — Fiore colocou as mãos no rosto. — Pra vir na cena do crime brincar de esconder linguiça, aí não estavam em choque.

O policial piscou, sem graça.

— Vamos falar com aqueles dois. — Fiore fez sinal para que Hugo o acompanhasse. — Talvez se lembrem de algo que não contaram à PM.

Desceram a escadaria, com Fiore praguejando durante todo o caminho até o gramado, onde a ambulância do Corpo de Bombeiros estava estacionada com as portas traseiras abertas. Lá no fundo, havia uma adolescente sentada com o rosto pálido, tremendo feito vara verde. Um esfigmomanômetro estava envolto em seu braço, e um socorrista aferia a sua pressão. Ao lado das portas, um jovem alto que observava tudo se encolheu ao perceber que os investigadores se aproximavam. Tinha a fisionomia assustada, e da sua camiseta escura exalava um leve cheiro de maconha.

— Jesus, mas que marofa é essa?! — Fiore chegou mostrando as ferraduras. Era óbvio que não sentia o próprio cheiro de cigarro. — Como é teu nome, rapaz?

— Everton, senhor. — A resposta veio aos solavancos.

Dez pontos por ter usado a palavra senhor. Trinta pontos a menos porque quem chama policial de "senhor" não é marinheiro de primeira viagem no oceano da lei. Saldo: menos vinte.

— Pode se juntar a nós, menina? — perguntou Fiore, olhando para o interior da ambulância. — Precisamos conversar.

A socorrista olhou para a menina.

— Quer falar com eles agora? — sussurrou ela com voz tranquila, como se falasse com um bebê.

A garota fez sinal negativo, mantendo a cabeça baixa.

Fiore ficou emputecido.

— Pra atrapalhar fazem fila. — Apontou os curiosos aglomerados no pátio, espremidos atrás da faixa amarela que delimitava o perímetro. — Mas pra ajudar tu não acha um.

A socorrista se levantou, agitada, e fechou a porta.

Percebendo o impasse semeado, Hugo pôs a mão nas costas de Fiore dizendo que assumiria a conversa daquele ponto. Pediu que fosse telefonar para a mãe da vítima, ele mesmo falaria com os jovens. A verdade é que estava ficando bom em solicitar que Fiore fechasse a matraca.

Fiore balançou os braços, resmungando alguma coisa ininteligível, pegou o celular e foi para perto da lavoura.

— Vou ligar pra Teresa — anunciou ele. — Fique à vontade pra falar com esses bostinhas. — E sumiu atrás de uma árvore.

Hugo fez sinal positivo, erguendo a cabeça ante o pio de uma coruja. Havia duas delas empoleiradas nos palanques do curral, atentas ao movimento, os olhos brilhantes refletindo as luzes vermelhas da ambulância. Pensou que os pássaros só estavam ali para dar um toque sinistro ao cenário da noite cinzenta, em que nuvens carregadas chegavam do horizonte e raios desenhavam formas estranhas no céu. Duas corujas, uma tempestade e um cadáver. Misture os ingredientes e o resultado é uma cena de terror.

Apoiou um dos pés no para-choque traseiro da ambulância, tentando fazer uma pose amigável. Não iria facilitar as coisas nem queria começar pelo óbvio, mas tinha asco da catinga de maconha que exalava da roupa do rapaz, por isso pouco interessava qual seria a primeira pergunta. Quanto antes começasse, mais rápido iria terminar.

— Escuta, Everton. Sei que é esperto pra saber que estamos investigando um assassinato aqui — explanou, chamando-o pelo nome. Sabia que isso ajudaria a quebrar o gelo. — Então, preciso que me conte tudo o que aconteceu esta noite. Não importa se já disse antes pra polícia. Quero que repita.

— Eu já contei o que sabia, senhor. — O rapaz soava angustiado. — Cheguei e estacionei do lado de um carro que já estava aqui.

— O carro que você disse pra garota ser do Anderson Vogel?

— É, mas não sei se era dele. Só falei que era pra ela parar de fazer perguntas — revelou, em voz mais baixa.

Então, Hugo se lembrou do telefonema feito por um guarda noturno à central de polícia dias antes, em que relatava que Bento teria embarcado em um veículo na noite do seu desaparecimento.

— Pode me dar algum detalhe desse carro? — indagou.

— Lembro que era escuro.

— Preto?

— Pode ser. Não sei. Pediram pra eu me lembrar de mais coisas, mas não consigo. Sei que era de cor escura e parecia velho, mas não prestei atenção.

— Estava mais preocupado com outra coisa. — Hugo foi sarcástico.

— É. Você sabe...

— Sei. — Tratou de acalmá-lo. Já tivera dezessete anos. E nem fazia tanto tempo assim. — Vamos esquecer isso por enquanto. Agora me conte, como conseguiram entrar? A porta estava aberta?

— Encostada. Achei que íamos ter que pular uma das janelas, mas foi só girar o trinco e a porta abriu.

Atento ao relato, Hugo só pôde imaginar que o criminoso tinha levado uma cópia das chaves depois de assassinar Anderson Vogel e a mulher da soja, pois Fiore garantira que a casa fora fechada ao final das investigações no dia seguinte ao primeiro crime.

— Entraram e não viram ninguém lá dentro? — perguntou.

— Não. Ficamos um pouco na sala, onde encontrei a lanterna que entreguei pra polícia. Depois nós subimos. Queríamos ver o lugar onde o cara tinha morrido. — De repente os olhos vazios do rapaz ficaram empedrados, ele aparentemente revivia o momento da descoberta do cadáver. — Eu entrei num quarto e ela entrou no outro. Quando ela gritou, eu corri pra lá e vi a mulher na cama.

— Aí desceram e ligaram pra polícia?

O rapaz pensou a respeito por um minuto.

— É — respondeu. — E o outro carro tinha sumido.

Sem informações diferentes das que já sabia, Hugo cogitou trazer à tona o cigarro de maconha que encontrou no vaso sanitário quando vasculhara a suíte, mas julgou que isso nada acrescentaria. No fim das contas, eram apenas dois adolescentes abastados que invadiram a casa errada no pior momento possível. Levariam um esporro da polícia e, em algumas semanas, estariam farreando em outro lugar.

Fechou os olhos ao sentir uma pontada na nuca. Pressionou as têmporas. Tinha ouvido falar que a cefaleia era a doença preferida dos policiais. Estava começando a entender o motivo de Fiore sempre carregar analgésicos no porta-luvas da viatura. Um comprimido com um pouco de água resolveria o problema. Encarou o rapaz, não pensou em nenhuma nova pergunta. Estava na hora de liberá-lo. Deixar que fosse embora com os pais. Com sorte, levaria uma bela mijada deles também e, com ainda mais sorte, não precisaria chamar nenhum policial de "senhor" novamente.

— Tá liberado, Everton — avisou. — Fique longe de encrenca e nos procure se lembrar de mais alguma coisa.

— Sim, senhor.

Quando o rapaz se retirou, Hugo deu as costas para a ambulância e foi buscar os analgésicos. No meio do caminho, com o rabo de olho, percebeu um movimento na estrebaria. Uma sombra se espremendo no vão estreito da porta, grande demais para ser um gambá ou um guaxinim. Conferiu o perímetro. Os pés de soja balançavam com o vento, perto da árvore onde Fiore conversava com a mãe de Pâmela. No lado oposto do gramado, estavam os carros da polícia, com os policiais contendo a euforia dos curiosos. Nada diferente de meio minuto atrás. Enrugou a testa e avançou alguns passos. Queria conferir o que tinha visto. Saber se sua visão periférica o tinha enganado. *Alguns criminosos costumam voltar ao local do crime.* Cruzou o pátio e acessou o curral, passando entre as tábuas da cerca onde estavam as corujas. Elas piaram, como que discutindo sobre a presença do intruso em seu território.

Hugo mirou o pátio quando se afastou da claridade e dos murmúrios. Ninguém estava preocupado com o que fazia, nem os homens da lei nem os curiosos, porque não sabiam o que ele tinha visto ou porque estavam fazendo coisas mais importantes. Apalpou a cintura, conferindo a arma. Melhor prevenir. Pegou o caminho que levava à estrebaria, onde havia manchas de sangue seco sobre as tábuas no chão. A porta de madeira bruta estava encostada, mas batia e rangia baixinho com o vento que soprava na horizontal. Empurrou-a, liberando o cheiro apodrecido lá de dentro. Sentiu outra pontada na nuca.

Protegido do vento, o mundo dentro da estrebaria estava silencioso demais. Cobrindo o nariz com a manga da camiseta, Hugo ligou a lanterna do celular e passou por uma enxada pendurada na parede. O esterco marcava suas pegadas enquanto ia atrás do barulho que vinha da última baia, onde um enxame de moscas zumbia. Imaginou o criminoso escondido. Esqueceu-se do cheiro e desocupou a mão para sacar o revólver, por precaução. Podia muito bem sair e gritar para que Fiore desse cobertura, mas passaria vergonha se descobrisse que só estava perseguindo o vento. Já tinha esgotado seu limite de vergonha quando perdera o diário.

Respirou fundo, deixando a podridão invadir seus pulmões como uma inundação do rio Tietê. Quase pôs os bofes para fora. Tossiu e tossiu, mas se recompôs ao ouvir mais barulho.

— Tem alguém aí? — chamou.

Começou a suar frio, gotículas porejavam da sua testa. Seus ombros se curvavam e, em vez de seguir em frente, ele percebeu que estava se abaixando. Endireitou as costas e tentou manter a calma. Deu um passo adiante e outro para o lado, buscando um ângulo para enxergar atrás da divisória.

Uma ovelha morta.

O cheiro vinha de uma carcaça que, por alguma razão desconhecida, não tinha sido removida da cena. Ao lado dela, com metade da cabeça enfiada no que restava das vísceras, um gato-do-mato barulhento se esbaldava no banquete grátis.

Hugo suspirou. Uma reação de alívio cômico.

Encarou o animal e agradeceu por não ter chamado Fiore para ajudar na implacável perseguição. Virou o foco da lanterna para a saída e guardou a arma no coldre, ainda carregando o cheiro de carne podre nas fossas nasais. Sapateando no esterco, saiu aliviado para o curral, sem perceber que alguém o observava em silêncio, escondido nas treliças do telhado.

28

Hugo entrou na recepção do Elefante Branco às 8h20 da manhã, olhando para o chão, mas ergueu os olhos ao sentir cheiro de café passado no ar. Sua cabeça doía desde a noite anterior, de modo que se sentia um completo idiota por não ter aceitado levar para casa os analgésicos que Fiore tinha oferecido a ele na fazenda. Se pudesse voltar no tempo... Em virtude da negativa, dormira menos de três horas na noite anterior. Tinha a sensação de que agulhas de costura eram enfiadas entre seus lóbulos, enquanto o cérebro fervilhava possibilidades criminalísticas que não o levavam a conclusão nenhuma. Ele havia absorvido a imagem do corpo de Pâmela na fazenda tão profundamente, que em um dos seus breves sonhos eles haviam conversado sobre o crime, mas não conseguia se lembrar do quê. Quando tentou relaxar e colocar os pensamentos em ordem, descobriu que a dor e o cansaço eram uma péssima combinação para organizar qualquer coisa.

Perto das três da manhã, quando as agulhas de costura deram lugar às de crochê, ele decidiu telefonar para uma farmácia de plantão, mas desistiu. Acordar um funcionário de madrugada só para comprar paracetamol seria o cúmulo da falta de noção. Uma hora e meia depois, cavando um buraco no colchão de tanto rolar, concluiu que precisava fazer o que todos faziam: encher uma caixa de sapatos com remédios e batizá-la de "Farmacinha". Sua mãe tinha uma, cheia de medicamentos acumulados ao longo dos anos. Lembrou-se de que certa vez, na época de colégio, tinha voltado de uma aula de educação física com o joelho ralado e se queixando de dor. Santa farmacinha. Sua mãe logo aplicara uma pomada de consistência duvidosa e lhe enfiara goela abaixo um comprimido em cuja embalagem estava escrito à caneta a palavra "Dor". Pobre Huguinho. Passara a tarde toda no trono, sentindo-se o rei do vaso sanitário. E a dor só passou no dia seguinte.

Nada de farmacinha.

Espantando os fantasmas da lembrança, esfregou o rosto e foi para a cozinha sem cumprimentar a recepcionista, ocupada demais para perceber a presença dele. Talvez uma xícara de café resolvesse seu problema.

— Aí tá nossa estrela de TV — brincou uma das estagiárias do Detran ao vê-lo chegando. — Pode me dar um autógrafo? — Abriu as gavetas procurando um guardanapo.

Hugo pegou um copo e encheu de café, observando o próprio reflexo no vidro do micro-ondas. Seus cabelos estavam um espetáculo. Olhando de perto pareciam recém-saídos da guerra, e olhando de longe pareciam de perto. Penteou-os com os dedos.

— Apareci no jornal, é? — perguntou, pousando a mão sobre um pacote de bolachas aberto na mesa.

Merda! Apareci no jornal.

— Hoje cedo — respondeu ela, sem desviar o olhar. — Filmaram você e o Fiore na fazenda ontem à noite. Não assistiu?

— Não. Nem liguei a TV. Cheguei tarde. Hoje de manhã caí da cama e vim direto pra delegacia. — Olhou o relógio, imaginando o teor da reportagem. — Sabe se disseram alguma coisa?

— Do tipo?

— Do tipo meter o pau na polícia.

— Não. Só fizeram algumas imagens e entrevistaram uns curiosos — contou a estagiária. — Mas, na filmagem, você parecia uns dez quilos mais gordo.

Hugo colocou uma bolacha na boca.

— Rá... Rá... Rá. — A bolacha dançando entre os dentes. — Você sabe que é culpa da câmera, não sabe?

— Sei. — Ela sorriu.

Com o humor alterado, Hugo foi para o corredor e viu uma folha A4 na parede anunciando que a máquina fotográfica do Detran não estava funcionando e que as pessoas que solicitaram a renovação da carteira de motorista deveriam voltar na quarta-feira. Isso explicava o ócio da estagiária na cozinha. Ele entrou na delegacia mastigando bolacha e bebericando café.

A primeira coisa que fez foi abrir as cortinas da janela que dava para o terreno dos fundos, deixando a luz fosca da manhã nublada iluminar a escrivaninha onde se acumulavam cópias de diligências transferidas para a outra comarca até que o caso Vogel fosse resolvido. Toda vez que Hugo olhava para aqueles papéis, via uma bola de neve. Primeiro, porque cedo ou tarde tudo voltaria para eles. Segundo, porque ficavam devendo um favor ao delegado do município vizinho. E, terceiro, porque o caso estava longe de ser encerrado. Não tinham sequer um suspeito. Bem, até tinham: o ex-marido de Pâmela Viana. Ele seria considerado suspeito até que a psicóloga conversasse com o menino para saber por que ele tinha mentido. É possível falsificar ingressos de cinema?

Ligou o computador e encarou o monitor. Equipamentos de órgãos públicos, por mais novos que sejam, sempre vêm programados para a lentidão. É como se, em algum lugar no limbo entre a licitação e a entrega, a potência desaparecesse. Enquanto esperava o sistema operacional carregar, Hugo foi para a janela. Eram 8h26, mas a rua atrás da sede da polícia continuava pouco movimentada. Apenas alguns devotos da névoa caminhavam nas calçadas. Voltou à escrivaninha e acessou o e-mail do departamento quando a musiquinha do Windows ressoou.

Entre as mensagens não lidas, a maioria *spam*, uma que vinha da Secretaria de Segurança Pública do Estado despertou seu interesse. O e-mail era uma resposta ao pedido que Fiore tinha feito para obter mais informações sobre o comandante nazista que imigrara para Santa Catarina no fim da Segunda Guerra. Na mensagem, constava que o estado havia encontrado dados cartorários no município de Blumenau mostrando a certidão de óbito de um conde alemão no início dos anos 1960. Também descrevia sem detalhes que seu único filho mudara para São Paulo naquela mesma década, onde viera a falecer de causa desconhecida em 1988. Não havia dados sobre herdeiros. No final do texto, o remetente ainda acrescentava que esperava que as informações tivessem sido úteis, pois o acesso a elas fora conseguido "a duras penas".

Úteis bosta nenhuma.

Deixando uma ruga pensativa surgir entre as sobrancelhas, Hugo matutou sobre como as coisas mudavam depressa. Dias atrás queria distância daquele caso, e naquele momento estava preso nele feito mosca em teia de aranha. Mandou o arquivo para a impressão e colocou em cima das demais folhas para que Fiore lesse quando chegasse da reunião com o promotor.

Bebeu mais café, em um gole grande que queimou a ponta da língua. Era tudo de que precisava. Arrastou a cadeira e saiu em busca do bebedouro, mas foi interrompido no corredor por um homem ruivo de camisa social. Ele usava óculos com lentes de fundo de garrafa e falava devagar, perguntando onde ficava a sala do delegado.

— Penúltima porta, mas ele não tá. — Hugo soprava a própria língua. A queimação estava quase passando. — Quem é você?

— Trabalho pro jornal. — O homem estendeu a mão. — Fui contratado no lugar do Miguel Rosso. Você deve conhecê-lo.

Hugo ficou um tempo avaliando se a última frase tinha sido sarcástica. Piscou algumas vezes e semicerrou os olhos. Quando voltou a falar, parecia estar recitando algo decorado:

— Conheço. Algum problema com ele?

— Não, não. Só que ele vai sair da cidade. Disse que precisa de novos ares. Cidade pequena. Sabe como é. — O homem olhou para os fundos. — Sabe que horas posso encontrar o delegado? Preciso falar com ele.

— Não faço ideia — Hugo deu de ombros —, mas talvez ele tenha deixado algum recado para o pessoal da recepção.

O homem agradeceu e virou as costas.

Hugo voltou ao escritório com a língua amortecida, ainda analisando o sarcasmo. É verdade que o jornal não recebia nenhuma novidade da polícia desde o dia do crime, não porque não estavam investigando, mas porque não tinham nada de novo para dizer. Só que o silêncio dava mais espaço para especulações. Imaginou que aquele homem poderia estar ali em busca de informações sobre a acusação feita contra Miguel Rosso. Quem sabe até mesmo Miguel o tivesse enviado, enquanto preparava uma matéria sobre sua injusta prisão. Jornalistas eram bons em fazer aquilo, inverter a lógica para que os policiais fossem os vilões da história. Mas que culpa teve a polícia naquele caso? Encontraram um coração humano congelado no freezer de Miguel. Qualquer pessoa razoável pensaria que ele tinha ligação com os crimes. Policiais não costumavam usar bolas de cristal nem tinham verba extra para contratar cartomantes adivinhonas. Policiais trabalhavam com fatos. E o fato era que Miguel se tornara um suspeito, pelo menos até que provou sua inocência. Aí foi liberado.

Hugo começou a torcer para que o homem não tivesse sido sarcástico, pois meia página de jornal era o bastante para fazer estrago.

Voltou à cadeira e acessou o blogue de Miguel. Se quisesse novidades sobre o fotógrafo, aquele seria o lugar certo para procurar.

Acima das fotografias antigas, um *post* datado da noite anterior saltava aos olhos, com as letras em negrito. O texto dizia que a prisão e o vazamento do seu envolvimento com a filha do vice-prefeito tinham lhe custado o emprego. Falava ainda sobre a inversão de valores, a condenação antes do julgamento e explicava que deixaria a cidade. No final, deixava clara sua intenção de mover um processo por danos morais contra o estado e dizia que iria iniciar uma investigação paralela a da policial em honra à memória do melhor amigo.

Hugo ficou um tempo com a cabeça entre as mãos.

O filho da puta estava de caso com uma garota de 17 anos e ainda teve petulância de dizer que o estado fodeu com ele? Pode isso, Arnaldo?

Ficou pensando naquilo, mas não podia se deixar abalar. Se ficasse revoltado com todos que um dia jogaria atrás das grades, acabaria virando um policial ruim. Só estava fazendo o que era pago para fazer: investigar e apontar suspeitos. Cabia à Justiça, em todas as suas esferas, fazer o resto.

Ouvindo o toque de celular que já tinha passado da hora de ser trocado, encolheu-se na cadeira, de modo que os joelhos bateram no tampo da mesa quando enfiou a mão no bolso. *"Tonight, I'm gonna have myself a real good time."* Gostava demais daquela música, mas há algum tempo, ouvi-la tinha se tornado motivo de irritação. Devia ter dado atenção ao conselho da irmã sobre nunca usar como toque telefônico uma música de que gostasse, assim não correria o risco de criar apatia. *Perdão, Freddie.* Jurou que na próxima colocaria um funk, pelo menos esse já vinha com apatia direto da fábrica.

Seu ânimo acendeu ao ver o nome que aparecia no visor.

— Alô.

Ouviu um barulho de coisas caindo no chão.

— Oi, Hugo. — A voz de Lívia soava distante. E não porque a linha parecia distante. — Tá na delegacia?

— Tô. Tudo bem aí? — Ele estranhou a abordagem.

Fez-se um instante de silêncio.

— Tudo. — De repente a voz dela voltou ao normal. — Só derrubei uma bandeja aqui. Comecei a semana com o pé direito.

— Se ajuda, eu queimei a língua com café agora pouco — contou ele. — Não sei se dá pra dizer isso numa segunda-feira, mas tomara que o dia termine melhor do que começou.

Lívia riu.

— Meu pai ia dizer pra parar de reclamar.

— O meu também — concordou ele, deixando uma brecha para que ela revelasse o motivo da ligação. Não revelou. Parecia estar recolhendo as coisas que tinham caído enquanto segurava o telefone na orelha. — Começaram a mexer no corpo da Pâmela Viana? — perguntou ele depois de um tempo.

— Ainda não, mas recebi o resultado da mancha no peito da mulher morta na soja, que achamos que era sangue.

Mancha no peito?, perguntou-se Hugo. Precisou forçar a memória. *O necrotério. Os dedos queimados. A luz negra. O selo Brasil de agilidade. A mancha nos seios. Claro...* Como poderia ter esquecido? A lembrança o deixou nauseado, uma reação comum para um policial que ainda não tinha visto tudo o que as pessoas podiam fazer umas com as outras.

— E aí?

— E aí que não era sangue. Era sêmen. Adivinha de quem?

Hugo nem pensou duas vezes.

— Do Anderson Vogel?

— Exato! — exclamou Lívia.

Hugo pegou o bloco de notas. Aquilo era importante. Mastigando o silêncio, ponderou se contava que Anderson também tinha um caso com Pâmela Viana. De repente ficou constrangido por estar falando sobre aquele assunto com Lívia. Traição, sexo e ejaculação nos seios. *Puta merda!* Não eram mais adolescentes. Por que estava tão desconfortável? Será que Lívia exercia algum efeito sobre ele? Não sabia explicar, mas devia significar algo. Na longa pausa que se seguiu, Hugo refletiu sobre a própria reação. Pensou em muita coisa. Das conclusões a que chegou, havia uma que estava presente em todas as possibilidades: Sim, ela exercia um efeito sobre ele... Efeitos.

— Posso fazer uma pergunta idiota? — Lívia voltou a falar depois de um tempo.

— Não existe pergunta idiota — respondeu Hugo.

— Disso eu discordo — emendou ela. — Vocês chegaram a olhar a lista de amigos do Anderson e da esposa dele no Facebook? Quem sabe essa mulher esteja lá e dê pra identificá-la pela foto do perfil.

— Não tentamos. — Ele matutou sobre não ter feito aquilo antes. — Mas vou fazer agora mesmo. Quem sabe damos sorte.

— É que eu estava pensando nisso e achei que seria boa ideia. Dá uma olhada e, se precisar de ajuda, me liga.

Hugo pôs os dedos no teclado do computador.

— Pode apostar — disse.

Pode apostar?

Pode apostar?!

Pelo amor do Monstro do Espaguete Voador, Hugo.

Desligou.

29

Fiore inclinou-se e arqueou as sobrancelhas fartas.

— Como é? — indagou, cheio de estranheza.

— Kathleen O'Murphy — repetiu Hugo, puxando a camiseta para fora da calça jeans. Estava elétrico. Tinha bebido uma garrafa térmica de café e outro copo fumegava ao lado do computador. A linha de raciocínio ajudava a restaurar sua vitalidade. — Ela é inglesa. Quando descobri, usei o histórico de chamadas dos celulares e separei as ligações com DDI de lá. Parece que ela e o Anderson se falaram diversas vezes. A última vez foi na noite do crime. Dá só uma olhada. — Mostrou o histórico com as chamadas grifadas em amarelo.

Fiore se curvou para olhar.

— São ligações trocadas entre eles?

— São.

— E a doutora ainda te disse que achou porra nas tetas dela? Longe de mim, mas esse cara devia ter um pau de mel. — Um profundo V se formou no meio da testa de Fiore. — Se isso proceder, vamos dar uma bela guinada na investigação. Checou se eles trocaram mensagens?

— Bem que eu queria conseguir checar, mas não tinha as senhas. — O estômago de Hugo roncou. Ele ainda não tinha almoçado. Já eram duas da tarde, mas o cheiro de comida que saía dos restaurantes nos arredores ainda lhe castigava. — Foi então que liguei pro pessoal da perícia. Eles estão com os celulares. Conseguiram acessar as contas pelo aplicativo, mas não encontraram nada.

Com os olhos fixos na lista, Fiore deu um suspiro.

— Porra nas tetas, corpo na soja, corpo no quarto, um monte de animais no pátio — enumerou. — Tu já parou pra imaginar quanta loucura aconteceu na fazenda naquela noite?

Hugo entrelaçou os dedos sobre a barriga. Pensava muito a respeito, mas não daquela forma espalhafatosa. Preferia juntar peças, como em um quebra-cabeça. A história do nazista não tinha dado em nada. E apontar os holofotes para membros de uma seita que desaparecera havia trinta anos era ainda mais utópico. Entre as possibilidades, a que Hugo mais gostava de acreditar era a de crime passional. Algum marido traído que decidiu riscar Anderson Vogel do mapa. Quantas mulheres fora do casamento ele tinha traçado mesmo? Pâmela Viana e a inglesa. Mas Estevão Viana, o ex-marido de Pâmela, havia dito que Anderson era metido a Don Juan, então o número podia ser maior. Até aí tudo bem. A possibilidade de que os assassinatos estivessem conectados apontava para Hugo a direção em que ele deveria investigar. E o estado do cadáver de Anderson — com o peito aberto e o coração faltando — dizia, de forma distorcida, que aquilo era mais que um simples homicídio. O problema é que, no meio desse quebra-cabeça, estavam Bento e seu diário. E Cristina, a neta do velho, que seguia desaparecida. Peças sem encaixe, como se tiradas de outra caixa.

Será?

Ligado diante deles, o monitor de dezessete polegadas da delegacia mostrava a imagem de uma mulher sorridente com braços tatuados. Ela tinha cabelos castanhos, entremeados de mechas mais claras, face oblonga e maçãs do rosto acentuadas. Não dava para dizer que era bonita, mas também não dava para dizer que era feia. A beleza está nos olhos de quem vê. Para Hugo, ela era comum, sem nada que chamasse a atenção. Inclinou o corpo na direção do monitor e se concentrou nas tatuagens, cuja perfeição evidenciava que os desenhos tinham sido feitos por alguém habilidoso. Dois lobos se interligavam com a imagem de uma indígena que, por sua vez, se interligava com pássaros. Algo bem peculiar, com cores que remetiam ao psicodélico. Uma hippie. Era isso que Hugo via quando olhava para ela. Será que os Filhos da Cinza eram hippies?

— Quer saber de uma coisa? — Fiore começou a bater palmas de repente. Estava pouco interessado nas tatuagens. — Tu é um gênio, Hugo. Sabe quando eu teria pensado na lista de amigos do Facebook?

Hugo piscou como um lagarto encurralado. Chegou a abrir a boca para contar que a ideia tinha vindo de Lívia, mas a massagem no seu ego o fez ficar calado. Minimizou a aba da fotografia e atentou-se aos detalhes do perfil. Nele, constava que Kathleen O'Murphy morava em Londres, tinha 35 anos e era solteira. Sua lista de curtidas incluía o *Greenpeace*, páginas de esquerda e organizações de ajuda a crianças com câncer.

Hugo odiava a forma como o trabalho, às vezes, o forçava a confrontar seus problemas pessoais.

Kathleen não fazia muitas postagens, mas a última datava de oito dias antes e a mostrava segurando um drinque com canudo colorido na areia de uma praia em Florianópolis. Os brincos de pedra que pendiam das suas orelhas eram os mesmos que ela usava quando seu corpo fora encontrado. Sabendo que aquele era um dos destinos preferidos de turistas, os investigadores só puderam imaginar que ela tinha passado as férias no litoral.

— Tô achando que aproveitou a viagem e veio pro oeste fazer uma visita — disse Fiore, em uma frequência meio mal sintonizada.

Hugo olhou para o lado e o viu com um cigarro apagado em seus lábios.

— E as malas? — Afastou-se um pouco, empurrando a cadeira onde estava para trás. — Você percebeu que o quarto de hóspedes estava vazio.

— Talvez tenham ficado num hotel.

— É pouco provável. — Hugo sacudiu a cabeça.

Se ela viajava, onde estavam as malas? E o celular? A polícia tinha encontrado dois aparelhos na fazenda, mas nenhum era o dela. Que tipo de pessoa viaja sem celular? Celular é igual a bunda. Todos têm. Mas então onde estava?

— Algum palpite? — Fiore pegou o isqueiro.

— O invasor levou as coisas — ponderou Hugo. Sua análise parecia boa, mas estava longe de deixá-lo satisfeito. — Ele queria dificultar a identificação para ganhar tempo. Sumir com as malas e o celular fazia parte do plano. Aposto que ele pensa que tá no controle. Foi por isso que queimou as digitais dela, para que achássemos que era um amador, embora ele saiba onde estão instaladas as câmeras de trânsito da cidade.

Fiore concordou.

— Também acho que a Cristina não sabia que essa mulher era amante do marido. — Por mais que revirasse as ideias, Hugo não conseguia chegar a uma explicação melhor.

— Sei lá. — Fiore torceu o nariz. — Hoje em dia, a gente vê cada coisa. É homem com homem. Mulher com mulher. Daqui a pouco, vamos descobrir que o cara estava com as duas ao mesmo tempo e as coisas saíram do controle. Ou quem sabe tinha mais alguém junto. Vi na internet esses dias que tem gente que paga pra assistir a mulher dando pra outro. Dá pra acreditar? — Ele levantou para fumar. — O mundo tá virado.

— Que tipo de site você anda acessando?

Fiore olhou para trás, mas não respondeu.

Hugo bebeu o resto de café em um gole, observando a borra no fundo do copo escorrer em sua direção, lenta e marrom, como um rio depois da chuva. Pensou em como o delegado era bom em identificar vulnerabilidades, mirando nos pontos sensíveis com suas colocações pouco modernas. Fiore tinha mais de sessenta anos, olhos fundos e uma enorme cicatriz sem história na testa. Nascido nos gloriosos anos 1950, suas brincadeiras infantis eram manejar arados e engrossar o couro das mãos na enxada. Talvez, por isso se denominasse homem com H maiúsculo, daquele que achava que mulheres tinham que esquentar a barriga no fogão e esfriar na pia, daquele que assistia ao *Programa do Gugu* só para ver o quadro da banheira. Não que isso significasse qualquer coisa no mundo real, mas para ele significava. Hugo não o julgava. Era boa pessoa, mas tinha a mentalidade atrasada. Não tinha evoluído na mesma velocidade que o mundo.

Pela janela, o sol encoberto da tarde lançava raios sobre a papelada na escrivaninha. Dando outra boa olhada no perfil de Kathleen, Hugo refletiu se teria deixado algo passar. Encarou a lista de chamadas grifada com marca-texto, depois folheou seu bloquinho de anotações. Ao mesmo tempo que tudo fazia sentido, nada fazia. Ser encarregado de uma investigação importante era como caminhar no trilho do trem. Triunfe, e todos vão aplaudir. Fracasse, e todos vão cuspir enquanto você estiver no chão.

— Te contei que uma mulher telefonou dizendo que ela e o marido cruzaram com a Pâmela no lago? — Fiore voltou a falar.

Hugo olhou por sobre o ombro.

— Ah, é? E ela disse se viram mais alguém no local?

— Não. Só a Pâmela. O desgraçado que fez aquilo deve ter ficado um tempo escondido no matagal. Só assim pra saber a hora de atacar. Ele tinha certeza de que estavam sozinhos no parque. Que ninguém o veria. Não cometeu erros.

— Ele deixou um dente dela pra trás — mencionou Hugo.

— É, mas isso não muda nada. — Fiore sentou no peitoril da janela e deu uma tragada tão longa que a fumaça entrou até no tutano dos ossos. — Foi o ex-marido, tenho quase certeza. Conversei com uns amigos que me disseram que ele anda por aí ostentando a BMW, mas tá falido. Quebrado igual a arroz de terceira — brincou. — Me disseram que a empresa dele deve montanhas para o banco, e que ele não sabe de onde tirar dinheiro pra pagar os funcionários e a pensão dos filhos. Parece que pegou um empréstimo tempos atrás e colocou a casa como garantia. Aí não conseguiu pagar e teve que ir atrás de agiota. Uma baita confusão. O cara tá fodido.

— Caralho. — Hugo levou as mãos ao rosto.

— Pois é. Mas quer ouvir uma notícia boa?

Já era hora.

— Manda aí.

— Nossa aventura pela casa do teu vizinho não vai dar em nada. Tive uma prosa com o promotor e ele vai fazer vista grossa dessa vez. Sabe que não vamos fazer progresso sem chutar algumas portas. — Engasgou com a própria saliva e tossiu quase a ponto de expelir os pulmões. Cuspiu o catarro pela janela. — Na volta pra delegacia, aproveitei e dei um pulo no escritório do advogado da Pâmela. Ele parecia nervoso, mas disse que não notou nada de diferente nela naquela tarde. Só trataram sobre o divórcio.

— Um advogado nervoso?

— É.

— Então estava mentindo.

— É uma hipótese. — Fiore limpou a boca com a manga da camisa. — Quer outra notícia boa?

Duas no mesmo dia? Só pode ser brincadeira.

— A consulta do filho da Pâmela era hoje de manhã. Pega a chave da viatura e vamos ver se a psicóloga descobriu por que o garoto mentiu sobre a ida ao cinema.

— Agora? — perguntou Hugo.

Fiore fez a guimba voar pela janela.

— Não. Sexta que vem.

Aquilo, sim, era a fina flor do sarcasmo.

30

O rosto de Fiore se contraiu sobre as mãos, e Hugo viu gotas-d'água respingando na vidraça. Não sabia se era chuva ou a mulher da limpeza com uma mangueira. Torceu para que fosse chuva. Lá fora fazia 29°C, mas dentro não passava dos 22°C. Pouca coisa na vida podia ser predeterminada, mas uma delas era a temperatura do ar-condicionado.

A clínica psicológica onde estavam ficava em frente ao posto de saúde, e a sala de espera tinha um design caríssimo, com sofás indianos e uma mesinha de centro tão rebaixada quanto o carro de um jovem abestado. Atrás da mesa perolada da recepção, uma mulher com terninho executivo e sorriso de boas-vindas cresceu os olhos quando Fiore se apresentou, explicando o motivo da visita.

— Aguardem um instante, por favor. A doutora já vai atendê-los — disse ela, apontando os sofás. — Posso lhes servir um café ou um chimarrão?

— Não, obrigado. Eu já tô verde — agradeceu Fiore.

Hugo também recusou. Se ingerisse mais cafeína, teria um ataque cardíaco, por isso sentou e cruzou as pernas. Enquanto esperava o tempo passar, notou que embaixo da mesinha havia uma pilha desorganizada de revistas velhas e, sobre elas, a edição de sábado do jornal local que trazia uma foto da fazenda na capa. "Jornalista morto. Esposa desaparecida." O título sempre era a melhor parte. Pegou-o e procurou pela matéria completa na página sete, que trazia mais informações sobre o caso.

Acomodado no sofá ao lado, Fiore esticou o pescoço curioso, mas perdeu o interesse assim que viu do que se tratava.

— Nem perca tempo. Só baboseira.

Decidido a dar uma chance, Hugo abriu o jornal e encontrou a entrevista que Fiore tinha dado no dia em que descobriram os cadáveres. Acima do texto de seis linhas, alguém com bastante tempo e imaginação tinha desenhado bigode e brincos na foto dele.

— Pelo menos sua foto serviu de consolo pra alguém morrendo de tédio. — Hugo mostrou a arte.

— Vai catar coquinho — espinafrou Fiore depois de ver.

Hugo leu mais da metade da matéria, procurando algum daqueles detalhes que só a mídia sabe. Não encontrou. Mas, no decorrer dos parágrafos, leu que o prefeito havia garantido que faria rígidas cobranças caso as investigações não avançassem. Mais abaixo também havia informações sobre a vida das vítimas, como um pequeno trecho em que o dono da pizzaria que costumavam frequentar revelava qual era o sabor preferido deles, e de um vizinho segredando que tivera problema com Cristina depois que um dos seus cães invadira o galinheiro do casal.

Perda de tempo.

Quando a porta do consultório se abriu e uma paciente de salto saiu acenando um tímido tchau, Hugo colocou o jornal de volta no lugar. Pouco depois, a secretária anunciou que seriam recebidos. Foi até a porta e a segurou para que os investigadores entrassem.

O consultório tinha metade do tamanho da recepção, mas ganhava disparado em pompa. Na estante atrás da mesa de atendimento, esculturas modernas dividiam espaço com diplomas de mérito emoldurados e vasos com flores de metal.

— Pelo amor de Deus, não me diga que foi aqui que consultou o garoto? — perguntou Fiore antes de entrar.

— Não. — O canto da boca da psicóloga se levantou em um sorriso branco. — Temos uma salinha especial pra criançada.

— Com brinquedos e adesivos coloridos nas paredes?

— Isso aí.

Ela tinha cabelos claros e curtos, a roupa social escura a fazia parecer uma dublê de Meryl Streep em *O diabo veste Prada*. Era pós-graduada em criminalística. O que fazia em um fim de mundo como aquele era a pergunta de um milhão de reais.

Trocou um aperto de mãos com Fiore.

Hugo fez o mesmo.

— Sentimos sua falta semana passada — disse Fiore, escorando-se na cadeira. — Como estão as coisas?

— Tudo ótimo. Recebemos uma visita surpresa, por isso não pudemos ir. — Ela fez sinal para que sentassem. — Como tá o trabalho?

— Poderia estar melhor. Estamos meio travados.

— É. Eu li no jornal. Não deve ser fácil estar sempre um passo atrás, tendo como ponto de partida algo que já aconteceu. — Enquanto falava seus dedos se moviam com elegância. — Ouvindo isso, presumo que também não houve avanço com as testemunhas.

Fiore fez que não.

— Os PMs estão nos dando uma mão com isso. Conversaram com quase cinquenta pessoas, mas ninguém viu nada de relevante — disse.

— É uma resposta quase que padrão para quando algo de ruim acontece. Mesmo que alguém tenha visto, sempre existe a chance de essa pessoa não querer se envolver. Autodefesa — acrescentou ela. — Agora, voltando ao que interessa, acho que vão gostar das novidades.

— O garoto falou?

— Falou.

Seguiu-se um longo silêncio em que a psicóloga ficou encarando a tela do notebook a sua frente com uma expressão de triunfo. Os olhos dela eram grandes, ampliados pela lente. Ela tirou os óculos e colocou sobre a mesa quando abriu um arquivo de áudio, erguendo um pouco o volume das caixinhas de som em cima da mesa.

— Como sabem, o menino e a avó vieram ao consultório hoje pela manhã. Conversei bastante com os dois, juntos e separados, e pude notar que a família é bem problemática. Pai ausente, mãe longe de ser exemplo — explicou. — Parece que é a avó que tenta manter a sanidade dentro da casa. Inclusive, ela me disse que ainda não contaram para o menino sobre a morte da mãe.

— Foi ideia do Hugo — assinalou Fiore. — Preservar o garoto.

A psicóloga o encarou fixamente, sem piscar, os lábios selados com força enquanto os músculos se alongavam, controlando as reações faciais, impossíveis de interpretar. Aquilo era um agradecimento?

Hugo quis explicar o motivo de ter feito a sugestão, mas preferiu o silêncio, temendo falar bobagem.

— Eu vou explicar um pouco como foi a abordagem, para que entendam como funciona — continuou ela. — A regra de ouro da psicologia é evitar ao máximo as perguntas diretas. Então eu não perguntei "Por que você mentiu?". Em geral, e nesse caso também, comecei com um assunto corriqueiro, para ganhar a atenção dele. A partir daí a conversa progrediu. Ele é bem tagarela. Querem ouvir o que disse?

— Por favor. — Fiore estava inquieto.

— Separei o trecho importante. Tem sigilo profissional envolvido, por isso só vão ouvir a parte que interessa à polícia. — Clicou no botão *play* do Media Player.

Um silêncio de cinco segundos precedeu a voz dela na gravação.

— *Eu estava conversando com a sua avó antes e ela me contou que você gosta de filmes.*

— *Gosto.* — O filho de Pâmela falava baixo e devagar.

— *Sabia que eu tenho um filho da sua idade que também adora? Às vezes, nós vamos ao cinema.* — Fez uma pausa. — *Tive uma ideia. A gente podia ir todo mundo junto um dia desses. O que acha? Podemos assistir a* O touro Ferdinando. *Ouvi dizer que é legal.*

Fez-se silêncio.

— *Já vi o filme do Ferdinando* — respondeu o garoto.

— *Ah, que pena, eu queria tanto ver. Pode me dizer se é legal?*

— *Muito.*

— *Que bom. Sua avó também assistiu?*

— *Só eu e meu pai.*

O método de abordagem era fenomenal.

— *Assistiram em casa?*

— *Não. No cinema.*

Fiore olhou de soslaio para a psicóloga ao fim da gravação.

— Só isso? — indagou.

A psicóloga se empertigou.

— Ontem, quando você me pediu para falar com o menino, lembro que me deu duas tarefas. — Colocou os óculos e tornou a mexer no notebook. — Queria saber se ele foi ao cinema com o pai e, se sim, por que disse que não. A primeira parte tá cumprida. Os dois foram ao cinema juntos. — Acessou outro arquivo e deu *play.* — Ouça o resto da gravação. É o que aconteceu depois que voltaram pra casa.

O estrondo de um trovão impediu que escutassem o início do áudio com clareza.

— *Então seu pai achou que você estivesse dormindo?*

— *Achou, mas eu estava capturando um Pokémon que apareceu perto da piscina.* — A voz do garoto parecia murcha. — *É que eu não estava com sono. Tinha voltado do cinema e aí o Pokémon apareceu. E a gente tem que capturar quando aparece, senão ele foge. Promete que não vai contar pro meu pai?*

— *Prometo.* — Ouviram um barulho de beijo, provavelmente a psicóloga beijando os dedos. — *E você conseguiu capturá-lo?*

— *Não. A Pokébola estava pronta, mas aí um homem apareceu e me atrapalhou.*

— *Um homem?*

— *É.*

— *Ele estava lá fora?*

— *Acho que sim. Ele me deu um Kinder Ovo e mostrou um vídeo da minha mãe pedindo pra eu dizer que meu pai não tinha me levado no cinema.* — Ele hesitou. — *Ele falou que ia machucar ela se eu não dissesse.*

— *E você fez o que ele mandou?*

— *Fiz. Eu gosto da minha mãe.*

Hugo colocou a ponta dos dedos embaixo do queixo quando a gravação chegou ao fim com um chiado. O ex-marido de Pâmela era inocente. O único suspeito em potencial era inocente. Foi como se um sopro de energia se esvaísse. Não que tivessem feito progresso desde a abordagem na mansão, mas aquele balde d'água fria os colocava mais perto da estaca zero do que de qualquer outro lugar.

— A senhora perguntou ao menino se ele conhecia esse homem? — questionou Hugo, pensando que a resposta talvez devolvesse seu ânimo.

A psicóloga se ajeitou na cadeira.

— Não conhecia, mas tomei a liberdade de ligar pro pai — respondeu ela. — Ele disse que tem câmeras na parte externa da casa e que espera a polícia para mostrar as imagens.

31

A tempestade projetava listras no para-brisa da viatura parada em frente à casa de Estevão Viana. Era a segunda vez que os investigadores o visitavam, e era a segunda vez que ele os deixava esperando. Com os olhos semiabertos, Hugo mirou as escadas da igrejinha no fim da rua, dessa vez vazias, perguntando-se por que os católicos louvavam a Deus somente aos domingos. Sentiu uma pontada na nuca. O preço por desafiar o Senhor.

Procurou a cartela de dipirona no porta-luvas e engoliu um comprimido sem água, que desceu arranhando as mucosas da garganta. Estava tão inquieto com a demora que passou a se concentrar no barulho dos pingos na lataria do carro. De certa forma, aquela sessão de espera o fazia se sentir em uma missa, sentado no banco dos pecadores, morrendo de tédio e tendo que aguentar os papos de Fiore, que eram tão azucrinantes quanto o sermão dos padres.

— Esse cara deve achar que a gente é palhaço — reclamou Hugo dois minutos depois.

— "Tá terminando umas notas fiscais e vai em seguida" — disse Fiore, sem desviar os olhos do retrovisor, mesmo que não desse para ver quase nada através do aguaceiro.

— O quê?

— "Tá terminando umas notas fiscais e vai em seguida" — repetiu. — Foi o que a secretária disse quando telefonei.

— Então você nem falou com ele?

— Não.

— Que cara folgado.

— É. Mas deixa que com ele eu me resolvo. — Fiore estava com as veias do pescoço saltadas e o rosto vermelho.

Hugo ligou o rádio para que a música desentediasse a espera, ansioso por saber o que Fiore faria quando o fanfarrão chegasse. Colocou a cabeça no encosto do banco enquanto o locutor anunciava os patrocinadores antes de tocar uma música do cantor Luiz Marenco. Cerca de dez minutos depois, com a chuva virando garoa, o reflexo das luzes de aviso no portão chamaram sua atenção. Ergueu os olhos para o retrovisor e viu a BMW chegando.

Freando perto do meio-fio, o homem que dirigia abaixou o vidro e fez sinal para que os investigadores entrassem, então entrou com o carro, acelerando mais do que o necessário. Os dois desembarcaram, ensopando as meias na água acumulada no asfalto, e, como o portão começou a abaixar de repente, tiveram que apressar o passo nos últimos metros para não ficarem do lado de fora. Fiore até deu uma escorregada e quase bateu a cabeça ao se agachar para passar por baixo dele.

O fanfarrão estava mesmo ferrado.

Foram para os fundos.

— Delegado, desculpe a demora. — Estevão Viana os recebeu na garagem, de calça social e terno. Ao menos não estava sem camisa e de calção de banho como da última vez. — Problemas com funcionário. Demiti a praga e ele quer meter no meu rabo, atrás de uns direitos trabalhistas. Dá pra acreditar? — caçoou. — Mas esse ano tem eleição. E tem um candidato aí que vai acabar com essa mamata.

Achei que estivesse fazendo notas fiscais.

— Hum — resmungou Fiore, com indiferença. Estava puto. — Podemos ir logo ver a gravação? Estamos com um pouco de pressa.

O homem bateu a porta da BMW.

— Claro. Vamos pro meu escritório. — Saiu da garagem com passos leves. — Então quer dizer que descobriram que o moleque mentiu?

Fiore não disse nada. As palavras mal tinham penetrado sua zanga.

— É o que parece. — Hugo foi sucinto. Não quis deixá-lo no vácuo.

Cruzaram o pátio se protegendo da garoa embaixo das abas do telhado. No caminho, Fiore deu uma boa analisada na piscina, olhando para a água e para o homem que caminhava a sua frente. *Não vai atirar o cara aí dentro agora.* Hugo transmitiu o pensamento. E Fiore pareceu captar, pois abaixou a cabeça e seguiu o caminho calado.

Estevão se escorou no batente da porta para tirar os sapatos molhados antes de entrar em casa e os deixou em um tapete ao lado da pia. Hugo e Fiore repetiram o gesto, depois seguiram de meia até o pequeno escritório, onde o computador que armazenava as gravações os esperava com o arquivo aberto.

— Deixei tudo preparado antes de ir pra firma — revelou Estevão, achando que ganharia algum crédito. — Imaginei que iriam querer ver depois do que a psicóloga me contou. — Sentou em frente ao monitor, a barriga grande raspava nos encostos de braço da cadeira.

A imagem da câmera de segurança mostrava a área da piscina à noite. A data e a hora indicavam que a gravação tinha sido retrocedida até as 23h07 de sábado. Por experiência, longe de ser própria, Hugo sabia que em sete de dez casos uma boa gravação podia ser a diferença entre o sucesso e o fracasso de uma investigação. Esse dado fora repassado pelo instrutor do curso da Acadepol, para demonstrar a importância de espalhar câmeras de vigilância por todas as cidades.

— Precisam de algo ou posso dar *play?* — perguntou Estevão.

— Já devia ter dado — alfinetou Fiore.

Quando a imagem começou a rodar, o único movimento que se via era o da água da piscina e o das folhas de uma bananeira plantada perto do muro.

— Fiquem de olho.

O alerta fez Hugo se endireitar.

Em instantes, uma mão apareceu no topo da imagem, e depois o braço de alguém saltando para dentro do terreno. O intruso vestia casaco de moletom, boné e capuz. Daquele ângulo, não dava para ver o rosto, mas de imediato Hugo se lembrou do rapaz que tinha surrupiado o diário no seu apartamento. Fazia sentido que fosse a mesma pessoa. *Seria o assassino?*

Estevão avançou um pouco o vídeo e apertou um botão, fazendo o ângulo mudar. A gravação de outra câmera. Agora o invasor aparecia na lateral da casa, conferindo o fecho da janela.

— É por isso que eu sempre deixo tudo fechado. — Deu uma pausa e coçou a barriga. — Se essa porra tá aberta, o vagabundo ia entrar.

Fiore pigarreou.

— E ia mudar o quê? Tu não ia ter visto igual — disse. — Não viu nem o garoto saindo bem embaixo do teu nariz.

Estevão encolheu os ombros.

Voltou à primeira câmera. 23h11. O menino sai de fininho pela porta dos fundos apontando o celular diretamente para algum lugar entre a piscina e a bananeira. Ele avança três passos e para ao ser abordado. Olha para trás, como que querendo pedir ajuda, mas fica calado quando o intruso lhe oferece algo. O Kinder Ovo. Conversam por quase um minuto, até que lhe é entregue o celular com a gravação de Pâmela pedindo que ele mentisse sobre a ida ao cinema.

— O filho da puta a fez gravar um vídeo para o garoto antes de matá-la — comentou Fiore.

Estevão engoliu em seco.

— Podem não falar sobre isso aqui? — pediu.

— Algum problema?!

— Só não gosto desse assunto.

Hugo analisou as entrelinhas na expressão dele. Sabia que o velhote estava aliviado com a notícia da morte de Pâmela, só não queria demonstrar. Os dois se odiavam, o processo de divórcio se alongava e ele tinha deixado bem claro sua indisposição para entregar parte dos bens. Iria ao funeral, choraria um pouco e, quando voltasse para casa, abriria um champanhe para celebrar seu triunfo. A morte dela significava que todos os seus problemas tinham sido resolvidos de uma vez.

Voltaram a atenção ao monitor.

A criança seguia assistindo ao vídeo com os dois celulares nas mãos. Ao lado, o intruso continuava posicionado de modo que as câmeras não captassem seu rosto. Ou sabia onde estavam instaladas ou era um maldito sortudo. Hugo apostou que fosse sortudo, e acertou, pois no instante em que o garoto devolveu o celular, o intruso virou o rosto em direção à casa e sua fisionomia ficou exposta.

— Pausa — pediu Hugo afobado.

A imagem congelou em outro *frame*.

— Volta um pouco.

Retrocederam a imagem.

— Dá pra aproximar?

— Sei lá. — Estevão deu de ombros. — Não sei mexer muito bem nesse negócio. Mas o pessoal que me vendeu disse que era tecnologia de ponta, então deve dar. Quer que eu ligue pra eles e ver como faz?

Hugo olhou para Fiore.

— Posso tentar? — Hugo apontou o teclado.

— Fica à vontade. — Estevão deslizou a cadeira para trás.

Assumindo o comando, Hugo viu que o programa de gravação instalado no computador era simples, como qualquer outro. Na aba superior, abriu a lista de comandos e achou a opção de aproximação na segunda tentativa. Adicionou zoom de 150% e arrastou o cursor do *mouse* sobre o rosto do rapaz, posicionando-o de maneira que ficasse fácil identificá-lo. A imagem perdeu qualidade, mas nada que dificultasse as coisas.

— Eu conheço esse filho da puta. — Fiore quase caiu da cadeira ao se esticar para perto do monitor.

Hugo também ficou ouriçado. Aquele era o mesmo cara que tinha surrupiado o diário.

— Ele mora na cidade? — perguntou.

— É claro. É o desgraçado que morava naquela imundície de barraco perto do rio. Como não se lembra dele?! Tem a ficha criminal mais longa que meu pinto.

É réu primário?

— Nunca ouvi falar — defendeu-se Hugo.

Eufórico, Fiore deu um soco no tampo da escrivaninha que fez o porta-caneta cair no chão.

— Pegamos o cara. — Vibrou. Deu outra olhada no monitor e encarou Estevão, que recolhia as canetas. — Preciso que salve essas gravações e leve à delegacia até o fim do dia.

Estevão assentiu como uma mosca morta. No fim das contas, era só um bunda-mole endinheirado, morrendo de medo de ser indiciado pelo assassinato da ex-mulher.

— Tenho que voltar pra firma daqui a pouco, mas vou mandar minha secretária fazer isso o mais rápido possível — assegurou. — Precisam de mais alguma coisa?

— Por enquanto não.

— Querem que os acompanhe até a saída?

— Fica frio. — Fiore estendeu a mão. — Sabemos chegar lá.

Despediram-se e voltaram para a cozinha.

Lá fora, a garoa continuava.

Hugo abriu a porta e procurou o ponto em que a câmera que captara o invasor estava instalada, mas não enxergou coisa alguma nas abas do telhado. Isso explicava por que o rapaz encapuzado não se preocupara em esconder o rosto. Calçou seu tênis carcomido e mirou Fiore escorado no canto da pia fazendo o mesmo com seu sapato lustroso.

— Eu achei que você ia dar uma bela mijada no cara por ter feito a gente esperar — declarou, querendo dizer "Eu esperava mais de você". Saiu pelos fundos, mas interrompeu o passo ao perceber que caminhava sozinho. Olhou para trás e viu Fiore parado na beira da piscina, com o cinto afrouxado e a braguilha aberta. *Você vai mesmo fazer isso?* Antes que o cérebro enviasse a pergunta para a língua, ele ouviu o barulho inconfundível da urina acertando a água.

— Ahhh — disse Fiore, gemendo. — Isso, sim, é uma bela mijada.

32

Hugo parou a viatura no estacionamento da delegacia perto das seis da tarde. Quarenta minutos antes, tinha deixado Fiore em casa e ido comprar um pastel, que seria seu almoço e jantar. Quando desembarcou, sentiu o ar carregado da fumaça do escapamento. No outro lado da rua, um guindaste trabalhava na construção de um prédio residencial, tão alto que o Elefante Branco parecia um anão de jardim ao lado dele. Trancou o carro e atravessou o estacionamento até a recepção. Pela porta de vidro, viu a luz do sol quase sumindo e a tempestade caindo tão obstinada a molhar todo mundo que nem mesmo quem estava abrigado embaixo do toldo das lojas conseguia escapar.

Não que fizesse calor naquela hora, mas o ar na recepção estava uns cinco graus mais frio do que o de fora. Em pé, atrás do balcão, a recepcionista guardava um carregador de celular na bolsa de couro, pronta para ir embora ao fim do expediente.

— Sabe se o Fiore voltou? — perguntou ele, de passagem.

— Tá no escritório com o Jonas e mais dois PMs — respondeu ela.

Hugo interrompeu o passo.

— Como é?!

— É isso aí — disse ela com um timbre diferente, quase que agradável. *Seria ela a mulher que Jonas disse que estava paquerando antes da transferência?* — Parece que ele tá de volta.

— Que estranho.

Hugo observou o fluxo de funcionários na porta da frente.

— Acho que foi ideia do Fiore. Sexta passada, ele estava reclamando que vocês não iam dar conta. Hoje me pediu para tirar cópia dos documentos do caso e repassar pra ele. — A recepcionista acomodou a bolsa no ombro. O relógio na parede marcava seis em ponto. — Tenho que ir.

Com o tênis fazendo barulho no porcelanato, Hugo foi ao escritório e parou na soleira da porta. A janela estava fechada, mas Fiore fumava atrás da escrivaninha com dois policiais militares sentados a sua frente e Jonas encostado na parede, perto dos pôsteres do Grêmio e da Chapecoense. Antes de entrar, escreveu um último relatório mental e guardou no seu arquivo pessoal. Tinha visto Jonas pela última vez na sexta-feira, e ele havia comentado que embarcaria para o litoral somente no domingo, por causa da chuva. Pensou um pouco. Era segunda, fim da tarde. Ou o ex-colega tinha viajado em um dia e voltado no outro, ou nem sequer embarcara no avião. Quando bateu na porta do escritório, as vozes silenciaram e os rostos se voltaram para ele.

— Hugo, chegou bem na hora. — Fiore fez sinal para que entrasse. — Ia te dizer pra sentar, mas estamos sem cadeiras — brincou.

Hugo entrou e cumprimentou o cabo Silva, depois o outro militar, que só conhecia pelo apelido de Tarzan e com quem tinha cruzado algumas vezes no corredor. Era mal-encarado e baixinho. Se não tivesse passado no concurso da polícia, teria sido um ótimo candidato para o cargo de agente funerário. Um Tarzan de samambaia. Deu a volta na mesa e apertou a mão de Jonas, tentando disfarçar a surpresa, mas Fiore logo captou seu olhar.

— O Jonas voltou pra nos ajudar, mas depois falaremos sobre isso — explicou ele. — Agora vamos focar na cabana.

Posicionando-se longe da fumaça, Hugo assentiu. Precisavam encontrar o ladrão do diário antes que desaparecesse de novo. Fazer o plano de captura ser bem-sucedido beirava a obrigação. Seria um alívio saber que, apesar dos pesares, tinham conseguido pegar o homem que fizera Hugo de palhaço. As lembranças do incidente ressuscitaram sua raiva.

— É bom tê-lo de volta — disse.

Jonas agradeceu com um movimento de cabeça. Seus olhos eram como bolas de gude verdes e brancas por trás da rede de veias vermelhas.

Fiore inclinou-se e pegou uma maleta escura do chão, enfiou a mão dentro dela e retirou uma fotografia.

— Esse é o nosso cara. — Estendeu para o centro da escrivaninha. — Acho que todos aqui conhecem a figura.

O cabo Silva encarou a imagem que constava no arquivo.

— Esse é o João Garrafa? — indagou. — Ele não estava preso?

— Estava — confirmou Fiore. — Mas ficamos sabendo que saiu no último indulto natalino e adivinha? Estão até agora esperando voltar.

Tarzan também cresceu o olho.

— Eu vi esse puto no fim de semana — disse.

Hugo chegou perto dele e o encarou como se quisesse certificar que ele não estava brincando. Por um momento, não disse nada, ficou de pé com uma pose majestosa, como se sua camiseta preta da polícia fosse a veste de um bobo da corte. Não podia acreditar que tinha sido enganado por alguém chamado João Garrafa.

— Onde? — Hugo lançou um olhar questionador.

— Na frente do Capelinha.

— O bar?

— Isso. Virou uma boca de fumo. É lá que os traficantes começaram a se reunir depois que vocês fecharam o Confessionário — respondeu, olhando para Jonas e Fiore. — Aposto que ele estava comprando droga.

Hugo revirou os olhos. O sujeito definitivamente precisava ser um policial para ter a frieza de apostar que um viciado estava em uma boca "provavelmente" comprando droga.

Ora, ora. Temos um Sherlock Holmes aqui.

— Comprando droga? — questionou o cabo Silva. — Com que dinheiro, se não tem nem um gato pra dar água?

— Essa gentalha sempre dá um jeito, Silva. — Tarzan se ajeitou na cadeira. — Roubam bicicletas, roupas de varal, fazem favor pro traficante. Sempre dão um jeito.

Fiore deu outra tragada e esmagou o resto do cigarro no cinzeiro. Dias atrás, tinha pedido a Hugo que assumisse a responsabilidade pelo caso, mas a verdade é que não dava espaço para o agente abrir as asas. Talvez o roubo do diário o tenha feito mudar de ideia. Quando soprou a fumaça para cima, uma nuvem cinza de chuva pareceu se formar sobre sua cabeça.

— Não importa o que esse bosta fazia no Capelinha. O que importa é que a farra vai acabar. — Fiore tomou a palavra. — Ouçam... É provável que ele não saiba que nós sabemos que ele anda fodendo nossa vida, então estamos em vantagem. Foi por isso que telefonei pro comandante pedindo ajuda da PM. — Pegou a foto e encarou a imagem do elemento.

— O plano é o seguinte: enquanto nós procuramos na cabana, vocês dois ficam vigiando a trilha de acesso ao rio, caso ele tente fugir. O cara é mais liso do que lambari ensaboado, então temos que ficar atentos.

Ficaram em silêncio por um momento.

— Podemos meter bala se ele aparecer? — perguntou Tarzan.

— Não, porra! — Fiore fez um gesto de negativa. — Um boca-aberta igual a esse não ia conseguir armar tudo sozinho. Certeza que alguém o pagou pra falar com o filho da Pâmela. Foi assim que conseguiu dinheiro pra droga. E é pra isso que vamos até lá.

— E se ele não cooperar? — Jonas deu um passo à frente. — Lembra ano passado, quando ele invadiu a lotérica? Passamos a tarde toda tentando descobrir quem era o capanga que tinha ficado na moto e ele não falou.

Fiore abriu um sorriso amarelado.

— Dessa vez, ele vai dar com a língua nos dentes. Vai por mim.

— Vai torturar o cara? — Jonas lançou um olhar irônico.

— Melhor do que isso — disse Fiore, com a certeza de que sua fala não demoraria a ser confirmada.

Cercar a cabana ao anoitecer. Esse era o plano. Com uma pitada de sorte, encontrariam João Garrafa alucinado de pó, o que facilitaria sua captura. Se não o encontrassem, ficariam de tocaia até que ele aparecesse. Era usuário, não tinha residência fixa, e as autoridades sabiam que ora ou outra ele daria as caras. Com o promotor e o prefeito na cola, aquela era uma operação sem espaço para erros. Política, poder e influência. Esse era um jogo que Hugo não estava pronto para começar a entender. *Vai dar certo.* Com essa prisão, estariam um enorme passo mais perto da linha de chegada.

— Agora vão se preparar. Saímos em quinze minutos — concluiu Fiore com um sorriso, seguido pelo alvoroço de cadeiras se movendo.

Hugo se sentou quando Jonas e os policiais militares saíram da sala. Não parecia satisfeito.

— Não pense que não tô vendo essa tua cara de cu — disse Fiore sem rodeios, enquanto mexia na gaveta da escrivaninha. Pegou uma carteira de cigarros lacrada e pôs no bolso da camisa. — Me diz, tu e o Jonas têm problemas um com o outro?

— Por quê? — Hugo balançou a cabeça. — Ele disse algo?

— Não. Mas tua cara tá dizendo.

Apoiando os cotovelos na mesa, Hugo olhou para Fiore com os olhos meio fora de órbita. Será que sua desconfiança estava tão aparente? Sentiu a própria fisionomia desinflar como um balão furado, colocando as mãos na frente do rosto.

— Hugo, me escuta. Tu sabe que essa merda tomou outra proporção desde que a mídia caiu em cima. Cedo ou tarde a chefia ia mandar alguém de fora pra encher o nosso saco. Eles adoram ouvir que aumentaram o efetivo para resolver o caso mais depressa. Dá a impressão de que se importam — ilustrou Fiore. — Tu prefere o Jonas ou um bunda-mole do litoral grudado no teu pé? — Foi até a porta e a fechou. Ninguém precisava ouvir aquela conversa.

— Pelo menos vai me contar o que aconteceu?

— O Jonas apareceu lá em casa sábado me pedindo se podia ficar conosco até o fim da investigação. Só isso. Tive até que mexer uns palitos na capital pra isso acontecer.

Hugo inspirou e liberou o ar por entre os dentes. O nó no seu estômago não diminuiu.

— Talvez seja coisa da minha cabeça — continuou —, mas quão bem você conhece o Jonas?

Fiore interrompeu o que fazia e olhou para ele com uma expressão do tipo "Do que você tá falando?".

— Por que tá perguntando isso?

— Sei lá. Pode ser coisa da minha cabeça, mas acho que ele sempre tá onde não devia.

Fiore resmungou.

— Conheço ele há mais tempo do que conheço você. — Colocou a mão nas costas de Hugo, em uma espécie de afago paternal. — Não me leve a mal, mas tu tá precisando de uma folga. Trabalhou o fim de semana todo, tá com cara de sono e fazendo pergunta estranha. Se eu não precisasse de ajuda na cabana, juro que te mandava descansar.

Hugo concordou, como um daqueles cachorros de pescoço solto que os motoristas colocam no painel do carro. Estava exausto e provavelmente só continuava acordado devido ao resquício de cafeína na sua corrente sanguínea.

— É. Deve ser isso mesmo. — Estava prestes a falar mais alguma coisa quando seu celular vibrou no bolso. A ligação era de um número fixo que ele não tinha nos contatos. — Tenho que atender — disse.

— Vou te deixar sozinho. — Fiore foi até a porta. — Nos encontre no estacionamento quando terminar.

Hugo fez que sim e atendeu o celular.

— Alô. — A mulher que falava tinha voz grossa. — Tô falando com o sr. Hugo Martins?

— Isso. Sou eu.

— Boa tarde. Aqui é do laboratório do Hospital Regional. Estamos com os resultados da biópsia que o senhor fez na última semana — prosseguiu ela. — Por favor, espere na linha, vou transferir para o oncologista responsável. Ele vai falar com o senhor.

Assim que ouviu de onde vinha o telefonema, o sangue de Hugo gelou. De repente se sentiu acorrentado ao chão, ouvindo a música monofônica da espera. Os vinte segundos mais longos da sua vida. O tempo que tinha antes de saber o que o futuro reservava. Às vezes, podia jurar que sentia picadas de agulha nos braços, embora estivesse dormindo em sua cama, a muitos quilômetros do hospital onde ficara internado quando criança. Aquilo ainda doía — talvez não tanto quanto o tratamento, mas doía. Quase vinte anos depois e ainda se lembrava dos detalhes: a cadeira confortável, as veias inchadas, o gotejar do quimioterápico, a vontade incessante de vomitar. Lembranças insuportáveis, mas não tanto quanto a pior delas: a esperança de que continuasse vivo no final.

Alguém atendeu o telefone.

— Boa tarde, Hugo. Como tá? — Ao menos o timbre do médico parecia de redentor e não de carrasco.

— Tô bem — disse, mascarando a voz estilhaçada. Por dentro, estava desmoronando.

— Isso é bom. Isso é muito bom — repetiu o médico duas vezes, como se ensaiasse a próxima fala. Brando e cuidadoso. — Você deve se lembrar de mim, sou o doutor Benites, o mesmo que fez a coleta na semana passada. Queria conversar sobre o resultado da sua biópsia. Podemos agendar um horário para amanhã cedo no meu consultório?

— Não. Eu não dormi bem a noite passada, doutor. Se não me disser o que deu no exame, vou passar outra noite em claro e duvido que acorde pra ir ao seu consultório — contou Hugo. — A leucemia tá de volta, não é? Pode dizer. Eu aguento.

— Não a mesma, mas tá de volta — revelou o dr. Benites.

Hugo se escorou na escrivaninha, lentamente compreendendo a tragédia. Pensou em como sua mãe reagiria à notícia. Ela sempre tentava bancar a mulher forte, mas Hugo lembrava bem que ela chorava sozinha no quarto do hospital quando pensava que ele estava dormindo. A primeira batalha tinha sido tão difícil que não podia deixar acontecer de novo. Durante todos aqueles anos, aprisionara o medo no fundo da alma, em um lugar escuro, onde ele não conseguia alcançá-lo. E agora esse medo tinha escapado em um jorro horrendo, e Hugo estava preso nas suas garras.

— Sei que muita coisa deve estar se passando na sua cabeça, mas se tiver qualquer dúvida, por favor, fique à vontade para perguntar — continuou o dr. Benites.

— Sem perguntas. Sei como funciona.

— Entendo. Mesmo assim, preciso que venha me ver pra falarmos do tratamento. Seu prontuário tá comigo. Seu antigo médico enviou por e-mail hoje cedo. — Mais explicações vieram em seguida. — Embora tenhamos detectado a doença no início, precisamos começar a discutir algumas possibilidades.

— Faremos como achar melhor, doutor.

Ainda zonzo pela bofetada, Hugo colocou o celular no bolso sem nem encerrar a ligação. Dava para ouvir o médico chamando pelo alto-falante do aparelho. "Hugo? Hugo?! Você tá aí?" Foi para o corredor pensando que poderia se esconder no banheiro para chorar. Isso ajudaria a extravasar a dor. *Não*. Seguiu para o estacionamento. Queria mesmo era pegar o desgraçado que tinha cometido os crimes. Uma última aventura antes de passar semanas levando agulhadas e abraçando o vaso para vomitar. Até o sono passou. Podia dormir bastante quando morresse. Pensou em todas as coisas que queria fazer antes de partir: viajar, brincar mais com Magaiver, convidar Lívia para sair... Sempre teve todo o tempo do mundo, e agora não tinha mais, como uma ação que precede o *game over* em um jogo de computador. *A vida é curta.* Queria fazer tantas coisas. De repente, sentiu uma vontade incontrolável de fumar.

33

As viaturas seguiam pela rodovia. Conforme avançavam, as casas ficavam cada vez mais espaçadas. À esquerda, no acesso à estrada de terra, Hugo via os raios se estendendo de uma ponta à outra no horizonte, como se alguém desenhasse traços no céu com uma caneta elétrica. A tempestade tinha engrossado e o limpador de para-brisa trabalhava na velocidade máxima. Dois minutos depois, dobraram à esquerda outra vez, onde uma placa enferrujada dizia acesso ao rio. Os desníveis na estrada tinham piorado.

— Tá tudo bem contigo, Hugo? — perguntou Fiore, após quilômetros de puro silêncio. — Não disse nada desde que saímos.

— Relaxa! Tô bem — despistou ele. Não estava pronto para falar sobre a doença com ninguém, muito menos com Fiore. — Só mantendo a concentração na estrada. Não dá pra ver um palmo à frente do nariz. Quer terminar a noite rebocando o carro numa valeta?

— Deus me livre! Da última vez, tive que jogar a roupa fora, não tinha sabão que tirasse o barro. — Pegou o celular e checou as ligações. — Ah, antes que eu esqueça. Lembra o garoto que achou o corpo da Pâmela na fazenda?

Hugo fez que sim.

— O pai dele me ligou dizendo que ele lembrou o modelo do carro que estava estacionado na frente da casa: era um Opala.

— Um Opala preto — relembrou Hugo. — Já pediu uma lista desses carros registrados na cidade?

— Tem dois, mas nenhum levanta suspeita. Um deles é do seu Laurindo, que tem aquela velharia desde que me conheço por gente. O outro é do dono da mecânica no alto da avenida, sem motor — respondeu Fiore. — Vou emitir um alerta regional quando voltarmos à delegacia.

De repente, Hugo teve um pressentimento. Algo lhe dizia para perguntar se algum dos donos conhecia Jonas, mas acabou não perguntando para não irritar Fiore. Além do mais, já tinha visto Jonas desfilando de carro por aí. Não era preto, nem antigo.

— Acha que é placa de fora?

— Acho.

O matagal à beira do caminho era denso e os galhos folhosos pareciam impenetráveis. Ao chegar em um trecho onde a trilha se afunilava, Hugo desligou o motor e apagou os faróis, deixando os barulhos da floresta os envolverem. Folhas farfalhavam e galhos rangiam com o vendaval. Quando abriu a porta, uma brisa fria trouxe um cheiro de madeira podre. Um aroma naturalmente agradável, daqueles que não podiam ser sentidos na cidade. Madeira. Talvez a única coisa que cheirasse bem, mesmo podre. Fechou o casaco e esperou os outros se juntarem a ele. Não demorou para que todos estivessem pisando na mesma poça d'água.

— E agora? — Jonas chegou de braços cruzados, encolhido no casaco impermeável da polícia.

— Agora desligue os faróis. — Hugo apontou a viatura estacionada mais atrás. — Não queremos que ninguém saiba que estamos aqui — disse em voz alta, tentando vencer o barulho da chuva.

Quando Jonas apagou os faróis, o véu da noite os cobriu. Uma escuridão incômoda tomou conta, tão sobrenatural que os pelos da nuca de Hugo eriçaram. Olhou para o meio das árvores, como se tentasse investigá-las. Apontou a lanterna. Sombras corriam no escuro a cada movimento do feixe de luz. Não poderiam ter escolhido pior hora para procurar a cabana.

— Algum de vocês conhece a trilha? — indagou Hugo.

— Andei por aqui algumas vezes. — Tarzan forçou os olhos para tentar enxergar o caminho lamacento. — Deixa que eu vou na frente.

Foram até uma abertura de arbustos no matagal.

Andaram em silêncio durante alguns minutos por uma trilha que tinha espaço suficiente para um carro passar, mas com barro o bastante para fazê-lo atolar. Podiam ouvir o rio correndo depois do declive, porém não conseguiam encontrar o leito. Do céu, os pingos caíam cada vez mais grossos e a névoa impedia que enxergassem qualquer coisa senão ela mesma.

O caminho chegou a uma bifurcação.

— Temos que ter mais cuidado a partir daqui — disse Tarzan, esperando que Hugo caminhasse a seu lado. — O nível da água pode subir depressa se a chuva chegar à cabeceira.

Depois de avançarem vários metros, o lugar se transformou em uma trilha para caminhada, com plantas cada vez mais fechadas e espinhosas. A trilha era malcuidada e passava embaixo de um enorme dossel de árvores que se estendia por sabe-se lá que distância. Começaram a andar com cuidado, abaixando-se de vez em quando para desviar dos galhos que arranhavam o rosto. Então, de repente, chegaram à beira do rio, que chicoteava contra a margem até criar espuma pelo excesso de água. Não muito distante dali, avistaram uma cabana com tábuas nas janelas.

— É aqui — anunciou Tarzan.

A área ao redor era um matagal ensimesmado, onde todo tipo de lixo havia sido jogado ao longo dos anos.

Fiore foi na frente, mirando a luz na fachada sem tinta. A cabana era uma construção de 5x6 metros, com telhas de barro em um telhado remendado com lonas amarelas. Nos fundos, um puxadinho repleto de tralhas evidenciava a desorganização. Embora estivesse ali desde sempre, ninguém sabia quem a tinha construído. Os moradores mais antigos diziam, em conversas ao pé do fogão, que fora erguida tempos atrás por um velho cego, curado por um milagre de Santa Lúcia. Diziam que era o poder de Lúcia que a mantinha em pé. O fato é que, santa ou não, a construção parecia a ponto de desabar. As vigas de sustentação estavam quase ocas e as tesouras da estrutura estavam em uma situação irreversível.

— Hugo, Jonas. Comigo — ordenou Fiore. — Silva, Tarzan. Quero vocês no meio das árvores. Se o cara aparecer, já sabem. Metam bala nos joelhos se for preciso, mas não deixem escapar. Se tiverem problemas, chamem pelo rádio.

Os PMs assentiram.

Hugo pegou a lanterna de bolso e avançou devagar. A cabana tinha uma beleza sinistra, emoldurada pelas árvores altas. Buscou abrigo na vegetação até chegar perto o bastante para ver que não havia claridade lá dentro.

— Vou dar uma olhada pela janela — disse ele.

Jonas fez sinal positivo.

Com o casaco encharcado, Hugo pisoteou o barro e se escorou na parede da cabana. Colocou os olhos no vão entre as tábuas impregnadas de fezes de passarinho e espiou a penumbra do interior. Não dava para ver muita coisa, mas parecia vazia. Fez sinal para que os outros avançassem e foi correndo para a frente.

A porta era de madeira bruta, e um gancho improvisado enroscado em um prego torto, fixado no batente, mantinha-a fechada. Quando Fiore forçou o gancho para soltar a engenhoca, ela abriu rangendo com o vento, até encontrar a parede oposta em uma pancada seca que fez o fator surpresa desmoronar.

— Desgraça! — Fiore sacou o revólver.

Permaneceram imóveis, armas em punho, olhando para o interior, que Jonas iluminava com a lanterna. O assoalho não via um produto de limpeza há anos, e para conter as goteiras havia potes transbordantes de água posicionados em determinados lugares. No meio do primeiro cômodo, um sofá, recapado com pilhas de jornais em cima, era o único móvel com menos de cinquenta anos, muito embora as molas enferrujadas estivessem visíveis.

Hugo foi o primeiro a entrar, e tudo o que viu e sentiu foi que aquele era um lugar onde inquilinos flutuantes se reuniam, usavam drogas, dormiam e, depois de um tempo, sumiam. Andou em direção à pia com bancada sem portas, que deixava exposto o interior dos armários vazios. Daquele lugar emanava um fedor avassalador de carne em decomposição.

Olhou para Jonas e Fiore, que vinham logo atrás, e percebeu que eles também tinham sofrido o impacto do cheiro. Iluminou a parede e viu buchas presas para fora dos buracos, onde antes devia estar um armário aéreo. Apontou o nariz para o outro lado. O cheiro piorou. De imediato, constatou que algo entupia o ralo, mas a ideia de enfiar a mão para descobrir o que era passou longe da sua cabeça. Ao lado da imundície, em uma caixa de papelão que servia de lixeiro, moscas voavam ao redor de pratos e copos plásticos sujos. A higiene não era essencial naquele lugar. Com a ponta dos dedos, Hugo deu uma mexida para ver se encontrava algo mais.

— Puta merda! — Sentiu vontade de vomitar.

— O que foi? — Fiore se aproximou.

Hugo não entendeu direito a pergunta, pois o som da tempestade nas telhas era alto demais. Apontou a caixa, afastando-se com a mão na frente da boca.

Fiore se abaixou para ver o que era e recuou três passos.

— Jesus Cristo! Que porcaria é essa?!

Jonas também foi olhar.

— É uma cabeça de ovelha — respondeu, sentindo ânsia. — Deve estar aí há dias. — Pegou a pilha de jornais e colocou sobre a caixa para bloquear o cheiro. Não adiantou.

— Alguém tira isso daqui, pelo amor de Deus. — Fiore abriu um pouco o zíper do casaco. Seu rosto tinha mudado de cor.

Com o rosto virado, Jonas pegou a caixa e levou para fora.

Respirando a menor quantidade de ar possível enquanto o cheiro não dispersava, Hugo continuou andando e parando a cada pouco para analisar as peças de mobília, tão antigas quanto a cabana que as abrigava. Encontrou guimbas de cigarro, tocos de vela, revistas pornográficas com folhas grudadas e uma biqueira de vidro em uma prateleira pregada na parede. Abrindo a porta que dava para o segundo cômodo, ele e Fiore entraram em um espaço escuro que cheirava a mofo. Um quarto. Nele, havia uma cama desarrumada com garrafas de cerveja em cima, mais potes para goteira e um saco plástico com bolas de algodão usadas.

— Pra que guardar isso? — Hugo mostrou o saco.

— Pra fazer chá — respondeu Fiore. — Usam pra filtrar a droga injetável antes de ir pra seringa. Aí quando a droga acaba, fervem o algodão na água e injetam o chá.

Hugo jogou o saco no chão.

Varrendo o quarto com a lanterna, avistaram roupas masculinas em cima de um tapete mofado e uma faca suja de sangue.

Chegaram mais perto.

— Será a mesma que usaram na fazenda? — indagou Fiore.

Hugo não tinha tanta certeza.

— Pode ser, mas vamos mandar pra Lívia analisar. Um exame de sangue deve nos dar a resposta. — Pegou uma das revistas, rasgou a capa e enrolou a faca antes de colocar no bolso do casaco. De repente ouviu um som distante que parecia um chamado. Ficou em pé. — Ouviu isso?

Fiore juntou os lábios.

Um relâmpago clareou as frestas do quarto.

— Não. O quê?

— Parecia alguém. Não ouviu?

— Não, porra!

Ficaram calados um instante, ouvidos atentos, escutando a chuva e um som de passos no assoalho que se aproximava cada vez mais.

— O que estão fazendo? — Jonas parou na porta.

— Shhh. — Fiore pressionou o dedo indicador nos lábios. — O Hugo ouviu alguma coisa. Alguém chamando.

— Talvez tenha sido eu. Eu estava lá atrás e... — Jonas enrugou a testa. — Venham dar uma olhada no que encontrei nuns tambores.

Hugo ainda ficou parado por alguns segundos antes de segui-los. O chamado podia mesmo ter vindo dos fundos, distorcido pelo ambiente e pelos barulhos da floresta. As coisas soavam meio estranhas naquele lugar sombrio. Baforou as mãos, pensativo. Não tinham encontrado João Garrafa, mas a faca ensanguentada fez a visita não ser uma total perda de tempo. Ela poderia ser a arma utilizada no crime da fazenda, mas também poderia ser de um dos desafortunados que visitaram aquela grota nos últimos cinquenta anos. Precisavam aguardar o resultado. Se confirmado, seria um avanço. Ao sair da cabana, duvidou que Fiore manteria o plano de ficar de tocaia. A tempestade tinha piorado e a ventania soprava galhos para longe. A melhor opção era dar o fora antes que o rio subisse demais e os deixasse ilhados ou que uma árvore caísse e causasse um estrago maior.

No meio do caminho, o rádio preso no cinto de Fiore chiou.

— Tudo bem aí? — Era o cabo Silva.

Fiore o pegou e apertou o botão de resposta.

— Tudo. — Olhou para o meio das árvores. — Estamos saindo.

— Nada do cara?

— Nada. Fiquem atentos.

Foram para baixo de um puxado coberto por folhas de zinco, onde os pingos ribombavam mais alto. As paredes eram escuras e estavam abarrotadas de teias de aranha. Havia tralhas por todo lado, galões cheirando a gasolina, rolos de arame pendurados e tambores de óleo chamuscados. Foi perto de um deles que Jonas parou, direcionando a luz para o interior. Hugo inclinou-se em direção ao tambor. Alguém tinha feito uma fogueira ali, a julgar pela fuligem nas bordas. Enfiou o braço e puxou um conjunto amórfico de plástico misturado com tecido que não foi difícil identificar. Jogou tudo no chão.

— Isso parece uma mala. A mala da inglesa. — Deu um chute no tambor, que caiu revelando mais coisas. — E um celular. — Abaixou-se para pegar o que havia restado do aparelho derretido.

Fiore ficou de cócoras e apoiou as mãos no chão.

— Tem mais coisa aqui. — Enfiou o braço até o ombro para alcançar o fundo.

Puxou para fora mais coisas queimadas, junto com uma espécie de caderno, mas tudo que havia restado dele era a capa de couro.

Assim que bateu os olhos, Hugo soube o que era.

34

— Chegamos. — Fiore estacionou na frente do prédio.

— Parece que sim.

O relógio no painel da viatura marcava 22h02.

Com a calça pingando água no tapete emborrachado, Hugo observou as lâmpadas dos postes brilhando através da neblina. Estava exausto, sua cabeça tinha voltado a doer e tudo que queria era subir ao seu apartamento e dormir por uma semana.

Embora tentasse se convencer de que encontrar a possível arma do crime era sinal de avanço, ele sabia que a visita à cabana tinha sido apenas um lembrete de que estavam ainda mais perdidos do que antes. Eles não tinham encontrado o suspeito, o aparelho celular de Kathleen O'Murphy estava destruído e tudo o que tinha restado do diário do velho Bento fora a capa de couro chamuscada.

Sentiu outra pontada. Há dias vinha trabalhando em ritmo frenético e agora o corpo resolvera protestar.

— Não vou trabalhar amanhã — disse, sem virar o rosto.

Fiore o fitou por um momento, coçando o queixo. Um resto de chuva ainda tamborilava no para-brisa.

— Tá bom — respondeu. — Algum problema?

— Não. Só estava pensando naquilo que me disse sobre o Jonas e acho que preciso de uma folga pra poder colocar a cabeça no lugar. Essa coisa tá me consumindo. — Não conseguiu encontrar uma desculpa melhor.

— Bem-vindo à polícia. Às vezes, aparece um caso que tira a gente do sério. — Fiore pegou um cigarro, bateu a ponta e colocou entre os lábios.

Hugo viu a cena pelo reflexo da janela.

— Já pensou em parar de fumar? — indagou, de repente.

A pergunta lhe rendeu um olhar torto.

— Quando fiz cinquenta e cinco anos, jurei pra Carmem que ia parar — contou Fiore. — Comprei adesivo e goma de nicotina. Ela até me fez enterrar a última caixa. Um ato simbólico que ela tinha visto na TV e disseram que ajudava. Fiz de tudo, mas a força de vontade durou só uma semana. — Pegou o cigarro e cheirou a ponta, como um enólogo apreciando um vinho. — Já faz uns dez anos e, de lá pra cá, a coisa só piora. Vou acabar morrendo de câncer no pulmão. — Riu.

Hugo ouviu o clique do isqueiro.

— Me dá um — pediu.

— Quê?!

— Cigarro — repetiu ele. — Me dá um.

— Vai começar a fumar?

Os olhos de Hugo se estreitaram, como se ele fosse dizer que isso não era da conta dele, mas depois sua expressão suavizou.

— Não sei. — Deu de ombros. — Mas se eu decidir que vou, é melhor ter um por perto, não acha?

Fiore enfiou a mão no bolso, tirou um da carteira e entregou.

— Tu tá mesmo precisando de folga.

— Concordo.

Hugo endireitou as costas, saltou na calçada e entrou no saguão do prédio, deixando uma trilha de água pelo caminho. Chamou o elevador e se escorou na parede para esperar.

Enquanto as engrenagens rangiam, trazendo o elevador para o térreo, ele viu pela porta de vidro dois moradores de rua bêbados andando abraçados e cantando alto com duas garrafas de 51 nas mãos. Pareciam tão felizes que nada mais importava. Só o conteúdo da garrafa.

Entrou no elevador e apertou o botão do oitavo andar. Esperou o barulho dos passos do vizinho sumir no corredor antes de sair e entrar no seu apartamento. Não queria contato com ninguém. A luz estava acesa e Hugo abaixou-se para conter a empolgação de Magaiver, que saltava nas suas pernas com um osso de couro na boca.

— Estava com saudade, rapaz? — perguntou, acariciando-o no meio das orelhas.

Magaiver brincou mais um pouco e só arredou as patas ao ver seu osso sendo jogado em direção ao quarto. Quando ele foi buscá-lo e se enfiou embaixo da mesa para terminar de roer, Hugo sentou no sofá e esticou as pernas, sem se importar que o tecido ficasse molhado. Pegou o celular e abriu o WhatsApp. Havia várias mensagens não lidas da mãe e do pai, além de duas chamadas perdidas da irmã. Precisava telefonar para eles de uma vez. Já tinha enrolado e recusado chamadas demais e, além disso, prometeu que ligaria quando o resultado da biópsia saísse. Procurou o contato da irmã na lista e colocou o aparelho na orelha.

Ela atendeu no segundo toque.

— Alô.

— Alô — respondeu Hugo. — Tudo bem aí?

— Não sei. O que você acha? — Ana foi logo soltando os cachorros. — Se atendesse quando a gente liga, saberia.

— Desculpa demorar tanto pra retornar — disse ele, tentando remediar. — Ontem, o dia foi tão corrido que quando cheguei em casa caí no sono com roupa e tudo. Hoje, então, nem se fala. Saí cedo e cheguei agora.

— Hum — resmungou ela. — Tem a ver com o jornalista morto?

— Tem.

— Li a respeito. Bem macabro.

— Nem fale. Foi só eu chegar e a coisa toda aconteceu — disse Hugo, mantendo o falso timbre animado. — E você ainda diz que não sou azarado.

Riram.

— Falando em azar... — Ana estava prestes a tocar no assunto que interessava. — O laboratório deu algum retorno?

Hugo suspirou.

— Deu. Vou discutir o tratamento amanhã.

A irmã não reagiu, apenas ficou em silêncio. E nada grita mais alto que o silêncio.

— Vocês já sabiam? — Hugo estranhou.

— Já — confessou ela. — O pai conversou com seu antigo médico hoje à tarde. Ele disse que enviaram seu prontuário.

— É. Fiquei sabendo. Como a mãe reagiu?

— Normal. Sabe como ela é. — De repente, a voz de Ana ficou carregada de piedade. Aquele timbre era tudo que Hugo não queria ouvir. Durante os últimos anos, o orgulho tinha sido sua principal fonte de força. Graças ao orgulho, Hugo marchava em frente, recusando o manto de vítima. — O pai tá querendo te visitar no fim de semana. Vamos sábado e voltamos segunda, mas a mãe quer ficar aí contigo por um tempo.

Dava para ouvir uma televisão ligada no outro lado da linha.

— Melhor não. — Hugo olhou para Magaiver brincando embaixo da mesa. — Pedi folga amanhã pra ir ao hospital, mas a verdade é que estamos com pouca gente trabalhando, e não quero largar meu primeiro caso na metade — explicou. Não queria ninguém próximo naquele momento. — Estamos perto de pegar o assassino. Hoje encontramos mais pistas. Quando conseguirmos pegá-lo, vou tirar folga e passar uns dias aí.

— Tem certeza? — Ana parecia duvidar.

— Tenho. Vou ficar bem, de verdade. Só me deixem absorver isso sozinho. — Apelou para o psicológico. Quando foi que ele próprio aprendeu a mentir? — Se eu precisar de qualquer coisa, juro que telefono.

Fez-se silêncio outra vez.

— Sabe que vai dar tudo certo, não sabe? — disse Ana.

— Sei. — Ele fitou o vazio. — O pai e a mãe estão acordados?

— Aqui do lado.

— Me deixa falar com eles.

Depois de cinco minutos conversando com os pais sobre o trabalho e outros cinco os convencendo a não viajar no fim de semana, Hugo foi para a cozinha procurar algo para complementar o pastel que tinha comido no fim da tarde. Parou na frente da geladeira e pegou uma cerveja. O cheiro de presunto velho, o barulho do motor, a lâmpada clareando um pedaço de pizza de dois dias: tudo falava com ele. Era como se afogar em uma piscina de solidão sem querer ser salvo.

Tirou o sapato e começou a andar pelo apartamento. De cômodo em cômodo. De ano em ano. A ratoeira do tempo tinha voltado a ser instalada na sua vida. Não queria morrer. Não porque tinha medo, mas porque não estava pronto. Todos desejam conhecer o paraíso, mas ninguém quer morrer para chegar lá.

Esfregou o rosto. Era hora de enxergar as coisas de outro modo.

Jogou o resto de cerveja na pia, pegou o isqueiro e acrescentou duas pedras de gelo em um copo. Não tinha 51, mas o Johnnie Walker que ganhara de um amigo no penúltimo aniversário seguia intocado na estante da sala. Sabia que cedo ou tarde aquela garrafa iria conquistá-lo, a única questão era qual seria o estopim. Foi magnetismo puro. Tentar pensar em outra coisa era como contrariar as leis da física. Entregou-se. Ligou Deep Purple a todo volume na JBL, disposto a mandar o vizinho para aquele lugar se aparecesse reclamando. Tirou a tampa da garrafa, encheu o copo até a borda e arrastou uma cadeira para a sacada. Magaiver não demorou a pular no seu colo.

"Smoke on the Water."

Pingos de chuva lhe acertavam o rosto enquanto bebia e fumava. A fumaça entrava pela laringe, descia quente na traqueia até aos brônquios, que espalhavam a nicotina pelo sangue. Deu outra tragada com tanta força que o cigarro pareceu incendiar, depois prendeu a fumaça e soltou devagar. Tossiu. Sentiu vontade de vomitar. Aquilo tinha gosto de meia suada, mas ele não se importou. Estava fazendo algo pela primeira e, possivelmente, última vez.

O gosto do uísque não era melhor que o do cigarro, de modo que beber todo o copo foi um desafio. Bebericava, deixava o amargor tomar conta das papilas e engolia. Como alguém pagava tão caro por aquilo? E ainda havia os que misturavam com outras coisas. Doze anos envelhecendo em barris especiais para, no fim, algum imbecil misturar com energético. Fazer aquilo era como comprar um vinho fino e colocar açúcar nele. E de vinho Hugo entendia. Seu pai o tinha ensinado a gostar. Juntos, eles visitaram os porões dos produtores para que Hugo visse como era feito. Pensou na família. O que diabos estava fazendo? Atirou o cigarro pela sacada e fez o mesmo com o resto do uísque. Se os bêbados continuassem lá embaixo, teriam presenciado o milagre da chuva alcoólica. Uísque com gelo caindo do céu.

A JBL seguia zunindo quando Hugo foi para a cozinha aumentando o volume, sem saber o que estava tentando *abafar*. *"No matter what we get out of this."* Pegou outra cerveja e decidiu que seria uma boa ideia beber enquanto tomava banho. Foi até o banheiro, abriu o registro e deixou os músculos relaxarem na água morna. Bebeu um gole antes de acomodar a *longneck* no encosto da janela basculante. A sensação era boa. Sentindo o cheiro de sabonete, olhou para o vaso sanitário com a tampa aberta. *"I know we'll never forget."* Então começou a chorar, pela doença, pela família e pela vida que deveria ter tido.

35

O barulho do calçado de Lívia ecoava no piso, enquanto ela descia as escadas que levavam ao necrotério no porão. Era noite e ela estava exausta, mas ainda havia tarefas a serem feitas antes de encerrar o turno. Conferindo a hora pela segunda vez em menos de cinco minutos, ela empurrou a porta grossa de metal, que abriu em um estalo.

O necrotério era iluminado somente por luzes artificiais; a falta de janelas deixava o ambiente pesado. Na parede lateral, alinhado para que soprasse vento fresco na direção das mesas de aço inoxidável, um climatizador balançava o lençol azul sob o qual repousava o corpo de Pâmela Viana. Debruçado em uma das mesas, um estagiário estava fechando a incisão em Y que começava abaixo do umbigo e ia até os seios grandes, separando-se perto dos ombros dela. Metade do trabalho tinha sido feito, pois quase não se via o interior da caixa torácica.

— Você tá indo bem. — Lívia o parabenizou quando entrou na sala, observando os pontos proeminentes e malfeitos que a roupa do funeral esconderia.

— Obrigado. — O estagiário endireitou o tronco e se virou. Era alto, jovem e usava um jaleco manchado de amarelo. — Tô quase acabando aqui. Quer que eu colete o sangue da faca que trouxeram?

— Não. — Lívia balançou a cabeça. Quase tinha se esquecido da faca. A necessidade de agilizar a liberação do corpo de Pâmela, antes que a família começasse a reclamar, a fez esquecer-se de todo o resto. — Deixa que eu mesma faço — completou.

Caminhando para a bancada dos fundos, onde estava a faca que a polícia trouxera, ela pegou um tubo de ensaio e um bisturi para fazer a raspagem da lâmina. Precisava enviar para análise, descobrir se o sangue era compatível com o de alguma das vítimas da fazenda. "Talvez seja a arma do crime", foi o que Fiore disse quando telefonou perguntando se poderiam deixar o objeto no IGP ainda naquele dia. Lívia estava ciente de que ficaria trabalhando até tarde se aceitasse, mesmo assim concordou. Aquilo não chegava a ser obsessivo, mas o desejo em ajudar a polícia a resolver o caso a fez aceitar. Tirou a tampa vermelha do tubo e raspou uma porção do sangue seco, etiquetando e deixando pronto para que fosse enviado ao laboratório na manhã seguinte.

— Você vem amanhã? — perguntou ela ao estagiário.

— Venho — confirmou ele.

— Vou deixar um bilhete, mesmo assim, avisa o Telmo que isso tem que ser enviado na primeira hora. — Lívia apontou o tubo.

— Tá bom. Eu aviso. — O estagiário puxou a máscara branca para baixo, sua boca estremeceu como se uma mosca tivesse pousado nela. — Você não vem?

— Não. Preciso resolver uns problemas — respondeu ela. — Talvez eu apareça mais tarde, mas é melhor não contar comigo.

— A gente se vira — resmungou o estagiário. Seu rosto pálido aparentava cansaço. — Preciso que preencha minha avaliação semestral essa semana. — Sorriu, jogando a máscara e as luvas na lixeira depois de terminar a costura do Y. — Se quiser ser boazinha, vai me ajudar a recuperar a tragédia que foi a nota da última prova.

Lívia também sorriu.

— Depois de amanhã a gente conversa — desconversou.

Meio envergonhado por ter sido tão cara de pau, o estagiário lavou as mãos e pendurou o jaleco em um gancho da parede.

— Quer dar outra olhada no corpo antes de guardar? — indagou.

— Quero, mas antes preciso terminar isso aqui. — Lívia estava escrevendo o bilhete para Telmo e nem olhou para trás. — Pode ir embora se quiser. Eu mesma guardo o corpo.

O estagiário deu uma saracoteada, como se tivesse mais alguma coisa para pedir, mas logo pegou a mochila e foi embora depois de proferir um tímido tchau.

Lívia esperou os passos dele sumirem no corredor antes de se levantar para ligar o rádio. Gostava de trabalhar ouvindo música, mas preferia não exagerar na dose. Temia que os outros funcionários a rotulassem de maluca por gostar de animação em um ambiente que nem o Afonso Padilha animaria. Pensando bem, talvez ela tivesse um parafuso a menos por ter escolhido trabalhar com os mortos, mas alguém tinha que fazer aquele serviço. O salário era de cinco dígitos, e ela tinha a estabilidade de funcionário público. O que mais poderia querer? Regulou o volume, abriu a segunda gaveta da escrivaninha e colocou o laudo final da necropsia de Pâmela em uma prancheta.

Aproximou-se do corpo, conferindo as anotações: tornozelo machucado e marca no quadril, indicando que havia batido em algo; arranhões nos cotovelos, confirmando que as outras marcas eram frutos de uma queda; grave lesão no lobo occipital, que foi a causa da morte; marcas nos pulsos, pois tinha sido mantida amarrada; e sem indícios de estupro. Dois minutos depois, pegou o carimbo e a caneta para assinar a liberação. *Pronto.* Agora a família poderia começar os preparativos para o funeral.

Com ajuda de uma maca, colocou o corpo de Pâmela de volta no refrigerador e sentiu um arrepio na nuca quando a sala de repente se silenciou no intervalo entre uma música e outra. Estranhou. Não era a primeira vez que ficava sozinha no necrotério à noite, mas era a primeira que tinha tal sensação. Olhou para trás, mas não viu nenhum fantasma. Não que acreditasse, mas se um dia visse algum, não haveria problema. Estava preparada para admitir o equívoco. Sabia que o verdadeiro perigo eram os vivos, não os mortos. Mortos não faziam nada além de ficarem ali, parados, mortos. Voltou à escrivaninha para pegar sua bolsa, no entanto, em algum nível primitivo de percepção, jurou ver uma sombra se movimentando através do vidro redondo da porta de metal. Tentou relaxar. Estava cansada, com fome e pensando em coisas que não devia. A necropsia de Pâmela estava finalizada, e o sangue da faca fora coletado. O melhor a fazer naquele momento era encerrar o expediente e voltar para casa. Dormir um pouco. Tinha sido um dia longo.

Reuniu seus pertences e conferiu a hora no celular. 21h51. Na aba de notificações, viu o ícone de uma mensagem não lida no WhatsApp. Não se lembrava de ter ouvido o bipe. Deslizou para abrir, era um texto não muito longo que Fiore enviara para o grupo oficial da polícia, no qual estavam policiais civis, militares e autoridades municipais, além de pessoas envolvidas nas investigações criminais da esfera regional. Atenta, olhou para o vidro redondo da porta antes de começar a ler.

As primeiras linhas da mensagem traziam algumas informações sobre o caso Anderson Vogel que eram públicas. Mais abaixo, na segunda parte, Fiore alertava a respeito de um veículo Opala de cor preta que, segundo ele, possivelmente tinha ligação com o crime na fazenda.

Lívia não teve como não sentir um frio na espinha ao relembrar do fim da tarde de sexta, quando topou com Jonas no estacionamento do bar dirigindo um carro com as mesmas características. Guardou tudo na bolsa, desligou o rádio, as luzes e rumou apressada para a escadaria. No meio do caminho, interrompeu o passo ao ouvir um barulho no andar de cima. Coçou os olhos com o coração disparado.

Será que o estagiário ainda estava no prédio?

— Maicon?! — chamou.

Não houve resposta.

Enquanto avaliava as opções que tinha, uma onda de medo subiu das suas entranhas para o peito. Pegou o celular e ligou para a primeira pessoa que pensou que atenderia. O som da chamada bastou para que se acalmasse, mas o temor voltou com mais força quando a ligação caiu na caixa postal. Aos poucos, a sensação vertiginosa de desamparo foi substituída por correntes alternadas do mais puro pavor. Suas mãos começaram a suar.

Então Lívia percebeu que tudo aquilo devia ser mais coisa da sua cabeça do que da atmosfera ao redor. Será que o carro que Jonas dirigia era mesmo um Opala? Sempre foi péssima com modelos de carro. Era possível que estivesse enganada? Era. Claro que era. Não estava se sentindo bem nos últimos tempos. Isso não era novidade. Tinha até inventado uma desculpa para não trabalhar no dia seguinte. Precisava de um tempo só para si, um tempo para colocar a cabeça em ordem. O problema tinha começado depois das mortes na fazenda. Ela até tentava manter o profissionalismo na frente dos outros, mas a verdade é que os corpos que passaram pelo IML nos últimos dias tinham mexido com ela, com alguma coisa entorpecida dentro dela.

Quatro anos antes, quando seu irmão morrera em um acidente de carro, Lívia havia se tornado um frangalho sem emoções. E, dois anos depois, a autopiedade obsessiva quase acabara com sua vida. É verdade que os últimos meses tinham sido os melhores desde o ocorrido, desde que decidira focar no intercâmbio, no tratamento e no trabalho. Mas o peso das lembranças estava de volta, mais pesado que da última vez. É curioso como o cérebro assume a culpa mesmo quando não há motivo. Talvez porque Anderson Vogel tivesse o cabelo parecido com o do irmão, ou talvez porque tudo que restara dos dois foram retalhos de carne que ninguém ousaria velar com o caixão aberto. Talvez... Parada na escada, perdida em pensamentos, ela havia se virado para dentro de si, distante do ambiente ao redor. Um novo barulho no andar acima a trouxe de volta.

— Olá?! — chamou de novo.

Nada.

Lívia sentiu os músculos tremerem quando colocou os pés no primeiro andar e foi iluminada pela luz fraca do corredor. Não viu ninguém, não ouviu nada. O andar estava deserto e silencioso, mas não parecia pacífico. Apertou a bolsa embaixo do braço e acelerou o passo, cruzando as portas abertas, as salas apagadas dos que trabalhavam na parte burocrática do instituto. Buscou ânimo na desgraça alheia — pelo menos no porão os clientes não reclamavam do serviço —, mas logo sua mente estava preenchendo o vazio com mais pensamentos amedrontadores.

Tentou manter a calma, mas o barulho recomeçou tão abruptamente quanto havia cessado, e estava mais perto, talvez na antessala que separava o corredor da porta de saída. Depois, nada. Nem mais um ruído. Pensou em se trancar em uma das salas, telefonar para a polícia. E se fosse apanhada escondida de forma patética por algum colega que tivesse voltado ao prédio para buscar algo esquecido, poderia escapar com um blefe. Passaram-se alguns segundos. Não muitos, mas o bastante para pensar que tudo ficaria bem. Decidiu ir para a saída, músculos tremendo, punhos fechados com força, pronta para acertar quem aparecesse no caminho. Estava a poucos metros de conseguir quando viu algo se movimentando no escuro.

E então uma sombra surgiu na recepção.

O medo era tão grande que bloqueou qualquer ação.

— Maicon?! — Lívia forçou os olhos para tentar enxergar. — É você?

A sombra avançou sobre ela.

Não era Maicon.

36

Em um apartamento de dois quartos no terceiro andar, uma televisão em volume baixo exibia imagens de um cantor no canal Sony. Era madrugada e chovia, e o engenheiro agrônomo Sandoval Santos dormia no sofá com a cabeça caída para a frente enquanto a claridade da tela lançava diferentes tonalidades de luz sobre sua careca. Sonhava que era o Power Ranger branco quando, da boca de um inimigo que estava prestes a destruir, saiu a voz da namorada.

— Vai dormir na cama!

Seria o sonho um alerta?

Abriu os olhos assustado, secando a baba no canto da boca.

— Que horas são? — perguntou.

— Quase uma da manhã. — A namorada acendeu a luz.

O brilho da lâmpada invadindo suas retinas foi como um flash maligno que sugou todos os seus poderes ninjas. Levantou com o pescoço estalando, desligou a TV e se arrastou para a cozinha em busca de água. Estava com a boca mais seca do que charque esquecido no varal, depois da pizza que tinham comido à noite. Interrompeu o passo no meio do caminho com a impressão de ter ouvido um barulho no corredor, mas seguiu para a geladeira, cogitando que seu cérebro ainda estava vivenciando as perseguições e explosões do sonho.

— Tem que comprar queijo — disse ele depois de dar uma olhada na geladeira.

— Põe na lista do mercado — respondeu a namorada.

Sandoval procurou a caneta na gaveta e anotou "Queijo" logo abaixo de "Sabão em pó", depois pegou uma garrafinha d'água e foi fechar a cortina da sala. Endireitou a coluna quando ouviu de novo o mesmo barulho: batidas fracas na madeira que pareciam vir de fora. Pela fresta embaixo da porta viu a luz do corredor acesa. Imaginando o que poderia ser, bisbilhotou, através do olho mágico, o apartamento da frente, onde semanas antes o vizinho tinha chegado bêbado e, sem conseguir encaixar a chave no buraco, acabara dormindo no tapete e entrara em desespero ao acordar de madrugada deitado no próprio mijo. Sandoval não viu nada. Embora o vizinho gostasse de entornar o caneco, ainda era início de semana. Não devia ser ele. Descartou a hipótese.

— O que tá fazendo? — A namorada se aproximou, curiosa, com o rosto inchado e os cabelos desalinhados, igual ao inimigo do Power Ranger branco. O sono é mesmo um agente transformador.

— Ouvi um barulho no corredor.

— Deve ser o mijão.

— Não. — Ele balançou a cabeça. — É outra coisa.

Desconfiado, Sandoval grudou o ouvido na porta. O som vinha de algum lugar à direita do seu apartamento. Além das batidas, ele ouvia um resmungo baixo que não conseguia entender. Parou de ouvir. *Quem mora naquele lado?* Nem precisou pensar duas vezes. Recuou um passo com uma expressão de espanto. Era Bento.

— Acho que tá vindo do apartamento do velho — disse.

A namorada, de repente, ficou assustada.

— Não é melhor abrir e dar uma olhada? — perguntou ela. — Vai que aconteceu alguma coisa ruim.

Pior do que estar desaparecido?

Sandoval girou o trinco sem fazer barulho, abriu a porta e enfiou o pescoço no vão para espiar. Não queria parecer inconveniente no caso de encontrar outro vizinho bêbado. Viu uma pessoa caída em frente ao apartamento de Bento e estava tentando alcançar a fechadura.

— Tem alguém no chão — cochichou ele.

— É o velho?

— Não sei. Não dá pra ver. Vamos chamar o Hugo?

A namorada colocou a mão no ombro dele para que abrisse passagem e saiu. A lâmpada com temporizador apagou segundos depois, mas um movimento com o braço no ar bastou para que voltasse a acender. Os dois se aproximaram e viram alguém encolhido, deitado na água que escorria das vestes rasgadas e empapadas de barro. Uma espécie de morto-vivo. Mexia-se, resmungava qualquer coisa, tentava empurrar a porta, mas voltava a se encolher.

Sem importar-se de pisar descalço no molhado, Sandoval se abaixou e olhou para o rosto da pessoa. Havia um hematoma recente na lateral da cabeça que sangrava, e um dos supercílios estava parcialmente caído sobre o olho, com um talho profundo.

— Liga pra polícia — disse para a namorada. — Eu vou subir ver se o Hugo tá em casa!

PARTE DOIS

37

Magaiver latiu, e Hugo abriu os olhos.

Uma corrente de vento entrou pela sacada esvoaçando o cortinado enquanto o barulho de um carro freando ecoou em algum lugar da rua. Hugo piscou e olhou ao redor, suor porejava da sua testa. Estava deitado no chão da própria sala. Em volta de si, tudo rodava. O teto, as paredes, sua cabeça... E a última era a que estava pior. Não fazia ideia de que horas eram, mas pela escuridão imaginou que era tarde. Ou cedo. Hesitando antes de decidir se aquilo era outro sonho ruim, ele procurou algo onde pudesse fixar o olhar, mas não havia quadros nas paredes ou lustres no teto. O sangue pulsava atrás da cabeça, pressionando os globos oculares, e a náusea só aumentava. Usando a visão periférica, inclinou-se para encontrar o sofá e forçou os músculos para ficar em pé, mas a única coisa que conseguiu foi cambalear. Se antes o mundo girava na velocidade de uma roda-gigante, naquele momento ele se tornou o pião do Baú da Felicidade.

Sentiu o estômago contrair, como um caminhão de desentupidora tentando jogar para fora toda a porcaria acumulada. Correu para o banheiro e chegou bem a tempo de vomitar. O suco gástrico misturado com restos de comida saía pela boca e pelo nariz e, por um instante, Hugo pensou que outras coisas também iriam começar a sair pelo buraco de baixo. Respirou fundo e vomitou outra vez, agarrado nas laterais da privada, pois o chão parecia balançar.

Que desgraça tinha feito noite passada?

Lembrava-se de ter acendido um cigarro, da chuva de uísque com gelo e das cervejas depois do banho. Será que tinha bebido algo estragado? Precisava conferir. Deu a descarga e lavou a boca na pia, encarando seu reflexo no espelho. Vasos sanguíneos se destacavam na lateral dos olhos e a pele pálida o fazia parecer um zumbi. Estava um trapo, mas pelo menos estava vivo. Voltou trambecando para a sala, apoiando-se nas paredes, para procurar a origem do mal-estar.

Arregalou os olhos ao acender a luz.

— Eu fiz isso? — disse e olhou para Magaiver.

Magaiver dobrou o pescoço e abaixou as orelhas.

Sobre a mesinha de centro, seis longnecks se tornavam oito quando somadas às outras duas caídas embaixo do sofá. Ao lado delas, estava a garrafa de Johnnie Walker que ele jurava ter guardado na estante. A lâmpada refletia no pouco líquido dourado que havia restado.

Massageou as têmporas.

A que horas tinha largado a cerveja e voltado para o uísque? Não lembrava. Só havia borrões na parte do cérebro onde deviam estar gravadas as lembranças da noite anterior. Pegou água na geladeira e bebeu quase um litro, tentando tirar o resquício de vômito da boca. Pouco adiantou. O azedo não saía, mas ao menos a náusea diminuiu.

De volta à sala, procurou pelo celular, mas só conseguiu encontrá-lo quando se ajoelhou no chão e passou a mão embaixo das almofadas do sofá. A tela preta que não respondia ao comando dos botões deixava claro que o aparelho tinha ficado sem bateria, assim como a caixa JBL esquecida sobre a estante de bebidas. Plugou o celular no carregador e esperou que desse um pouco de carga. Pela janela, viu nuvens pairando sobre os prédios e encobrindo a lua, que àquela hora da madrugada mais parecia um farolete no horizonte escuro.

Ligou o celular e recebeu a notificação de que não havia atendido a uma chamada de Lívia às 21h53. *Será que ligo de volta?* Olhou a hora. Óbvio que não. Deixou o celular na tomada e foi para a sacada ao ouvir mais barulhos do lado de fora. A névoa era espessa, mas uma rápida olhada para baixo o fez perceber o movimento das luzes de uma ambulância na rua.

— Sabe o que aconteceu? — A voz veio de algum lugar que ele não pôde identificar. Olhou para os lados, mas não viu ninguém. — Aqui em cima! — chamou a mesma voz. Hugo torceu o pescoço e viu a vizinha escorada na sacada do andar superior. Uma solteirona de meia-idade que gostava de puxar conversa. — Vi que a polícia chegou minutos atrás — continuou ela. — Acho que aconteceu algo no apartamento do viúvo.

— Do viúvo? — O raciocínio de Hugo estava comprometido.

— O viúvo que desapareceu — explicou a vizinha.

Bento. Será que ele tinha dado as caras? Sua mente de detetive, mesmo afetada pela fanfarrice, considerou o retorno do velho uma ponta de sol em meio à tempestade.

Aos poucos, mais cabeças de moradores curiosos apareceram nas sacadas, Hugo acenou timidamente para elas e voltou para dentro antes que começassem a perguntar o que tinha acontecido, como se ele tivesse obrigação de saber.

Ficar olhando para cima fez com que a náusea retornasse.

Trocou o calção de *tactel* por uma calça jeans e pegou o distintivo antes de chamar o elevador para descer ao terceiro andar. Era policial. Queria ser um dos primeiros a saber o que acontecia no prédio. Enquanto as engrenagens do motor rangiam, levando-o para baixo, ele pensou por que não tinha sido avisado sobre o ocorrido. É verdade que seu celular estava desligado, mas não havia notificação nenhuma além da chamada perdida de Lívia. Se Fiore estivesse sabendo, certamente teria telefonado pedindo a ele que fosse ao apartamento do velho. E se já estivesse no prédio, teria batido na porta ao ter a ligação direcionada para a caixa de mensagens. Das três, uma: ou o problema era outro, ou não tinham avisado Fiore, ou o chamado era tão recente que não houve tempo para fazê-lo.

A porta do elevador abriu no terceiro andar depois de um clique macio, mas Hugo não viu nenhum socorrista ou policial no corredor. Avançou alguns passos e perguntou para o morador escorado na ombreira do 301 se ele sabia o que tinha acontecido.

— O Sandoval encontrou alguém machucado. — Apontou para a direita com o dedo em riste, como se Hugo não tivesse visto que o problema era daquele lado. — Deve ser o Bento, mas os policiais não deixaram ninguém entrar, então não dá pra ter certeza. Disseram até que bateram na sua porta antes da polícia chegar, mas ninguém atendeu. Vai lá dar uma olhada e depois me conta. Todo o pessoal do prédio tá querendo saber.

Hugo assentiu com um aceno de cabeça. Não tinha prestado atenção na última parte. Continuava meio zonzo, mesmo assim estava atento às pegadas de barro e sangue que iam do elevador até o fim do corredor. Alguém ferido tinha se arrastado por ali. Seguiu em frente com o distintivo na mão, mas não precisou usá-lo, pois logo foi reconhecido pelo policial militar que vigiava o acesso ao apartamento.

Entrou.

Havia outro PM fardado perto da televisão, além de três bombeiros cercando uma pessoa deitada no sofá. De onde estava, só conseguia ver as vestes em farrapos e os pés descalços. Deu mais um passo e parou ao identificar a pessoa. Hugo olhou para ela. Estava molhada e vestia uma camiseta fina de algodão com dois botões soltos na altura do pescoço. Tinha arranhões nos braços, marcas roxas pelo corpo e sangue escorrendo de um corte profundo na testa. Sem dúvida, Cristina Weiss tinha passado por maus bocados antes de chegar à segurança daquele sofá.

38

Hugo cruzou as pernas, encarando a exposição de rostos pálidos na sala de espera do consultório. Sua consulta devia ter começado havia vinte minutos, mas ele ainda estava lá, sentado, prestando atenção nas duas senhorinhas de cabelo branco que discutiam sobre qual tomava mais comprimidos por dia.

— Eu tomo cinco — disse uma.

— Eu tomo oito — respondeu orgulhosamente a outra.

Três de diferença. Vitória consistente.

Ficaram caladas um instante, mas logo começou o segundo *round*.

— Você até pode tomar oito, mas eu tenho úlcera.

— Eu também tenho. E a minha sangra.

Flawless victory.

Com a cabeça explodindo, Hugo estava prestes a ir à secretária e dizer que já tinha esperado demais quando a porta do consultório foi aberta e um homem alto com semblante mexicano apareceu.

— Hugo Martins — chamou ele, sem saber ao certo em que direção olhar.

Hugo se levantou e o médico estendeu a mão.

— Sinto muito por tê-lo feito esperar — desculpou-se, constrangido. — Entre! Vou atendê-lo agora. — Conduziu-o até uma cadeira e pediu que se sentasse. Seus modos eram gentis.

A sala bem decorada e os diplomas atrás da escrivaninha indicavam que Hugo tinha entrado no lugar certo. Ele se acomodou na cadeira e ficou olhando para a parede enquanto o médico revirava a montanha de prontuários ao lado do notebook.

O dr. Carlos Benites tinha se graduado na Universidade Federal de Santa Catarina e se especializado em hematologia e oncologia em uma faculdade europeia com brasão estranho. Se os títulos fossem correspondentes ao conhecimento dele, Hugo estaria em boas mãos. Apesar disso, não conseguia relaxar. Seus músculos estavam tensos e o peito carregava uma desagradável sensação de vazio.

— Aceita um cafezinho? — Vendo que seu paciente não estava à vontade, Benites seguiu dispersando gentileza.

— Não — respondeu Hugo afobado, e emendou um agradecimento ao notar que tinha soado meio rude: — Obrigado. — Ele queria ir direto ao ponto. Ter uma conversa franca entre médico e paciente a respeito do câncer e sobre como seria sua vida durante o tratamento.

O dr. Benites abriu um sorriso e pegou a cópia impressa dos exames que tinha recebido do hospital no Rio Grande do Sul. Olhou para os papéis, depois para Hugo e de novo para os papéis.

— LLA-T — anunciou ele. — Isso é o que você tem.

Hugo também sorriu. Um sorriso de desgraça. Sorriu porque não sabia o que dizer, ou se deveria dizer alguma coisa. Pensou na família e no tipo de leucemia diagnosticada dezenove anos atrás. LLA-B.

— Não é a mesma que tive quando era pequeno — comentou.

— Não, mas isso era esperado, pois é raro que ocorram recaídas depois de tanto tempo — continuou o médico. — Antes o problema eram os linfócitos B. Agora são os linfócitos T.

T e B. Por um segundo, Hugo torceu para que só existissem esses dois tipos. Aparentemente, seu corpo não conseguia produzi-los da maneira correta, e tudo relacionado a eles era propenso a falhas. T e B. Se a memória não lhe pregava peças, tinha lido na antiga enciclopédia da escola que havia um terceiro tipo: NK. Naquele momento, a pergunta que planava na sua mente era: quando os NK ficariam doentes também?

Relaxou na cadeira depois de ouvir o nome do seu carrasco.

LLA-T.

Ao menos sabia contra quem teria de lutar.

Quando deixou o Rio Grande do Sul semanas antes, tudo que Hugo imaginava era que seria capaz de deixar o passado para trás. Até que descobriu que ele sempre estaria ali, mesmo que à distância. E que a doença também sempre estaria ali. Assim como o fantasma das agulhas que iria assombrá-lo para sempre. Descobriu também que tudo aquilo apareceria quando quisesse, que ele não tinha poderes para impedir, pelo menos até que o tempo tornasse tudo mais pálido.

— É muito grave? — indagou.

A expressão serena do médico o confundiu. Ou ele estava sereno porque o problema não era nada grave, ou porque era tão grave que ficar nervoso não adiantaria.

— Não pense nisso como algo mais ou menos grave. Pense que é uma doença diferente. — Benites falava baixo e mantinha o mesmo timbre o tempo todo. Logo Hugo percebeu que seu relaxamento não vinha da descoberta do nome do carrasco, mas sim do tom de voz do oncologista. — As causas da LLA-T são diversas, mas isso não é importante agora. O importante é que de lá pra cá vários tratamentos novos surgiram: quimioterapias mais potentes, terapias celulares que fazem as células doentes desaparecerem como mágica...

— Tipo abracadabra? — interrompeu Hugo.

— Quase isso. Na verdade, é um método que retira as células doentes, corrige o defeito e as reintroduz no paciente. Coisa de última geração. Depois de algumas horas, essas células corrigidas começam a se replicar e a doença desaparece em alguns dias, quase como mágica — explicou. — A terapia celular existe há pouco tempo, mas temos bons resultados com ela.

— Então é uma possibilidade? — Perguntas começaram a brotar na mente de Hugo. Ele tinha decidido que não abandonaria o caso Vogel antes que fosse resolvido. Morto por morto, morreria tendo feito alguma coisa boa na vida. Sabia que a primeira sessão de quimioterapia, que os médicos chamavam de indução, era a pior de todas. Dessa forma, não havia dúvidas de que passaria dias de molho enquanto a investigação seguiria sem ele. Talvez Fiore e Jonas até conseguissem resolver o caso com ele em casa descansando e vomitando. *Não*. Não deixaria isso acontecer. Decidiu perguntar quais seriam as consequências de postergar em algumas semanas o início do tratamento, mas ficou calado quando Benites entrelaçou os dedos embaixo do queixo e respondeu à primeira pergunta.

— É. A terapia celular é uma possibilidade, entre tantas outras — disse —, mas, antes, temos que subclassificar sua leucemia para que possamos escolher a melhor opção.

Hugo voltou a ficar preocupado.

— Mas fique tranquilo — o médico o acalmou. — Eu..., eu comparei o hemograma que você fez antes de se mudar para cá com o da semana passada. Não houve mudança significativa.

Significativa? Aquilo era para ser algo bom? "Significativa" significava que houve mudanças. Mas quanto? Qual o grau de significância entre o normal e o anormal? Mais perguntas surgiram, tantas que seu cérebro começou a apagar as antigas para poder processar as novas. Se ao menos tivesse trazido seu bloco de notas, poderia anotá-las. *Foda-se.* Se tudo saísse como achava que sairia, Hugo encontraria o dr. Benites tantas vezes que se enjoaria de olhar para aquele rosto mexicano. Oportunidades para regurgitar questionamentos não faltariam.

— E em quanto tempo teremos o resultado? — perguntou.

— Pouco tempo.

Pouco tempo? Quanto era pouco tempo? *Ah, de novo não.*

— Enquanto esperamos o resultado, quero que faça hemogramas de dois em dois dias. — Benites preencheu a requisição. — Peça ao laboratório que envie os resultados direto pro meu e-mail. Eles fazem isso se você pedir. — Circulou o endereço eletrônico no rodapé da página. — Enquanto isso, tudo que você precisa fazer é ficar tranquilo e tentar pegar mais leve com sua rotina. Vamos aguardar o resultado, escolher a melhor opção de tratamento e te tirar dessa o mais rápido possível.

Hugo concordou com a cabeça, notando que um meio-termo ideal tinha sido definido. Continuaria investigando, mas por um tempo limitado: uma semana, duas com sorte. Nesse período, mergulharia nas provas, perseguiria pontas soltas e faria até novas entrevistas com os envolvidos. *Tic tac.* O relógio estava correndo. Assim como nos filmes de heróis, bombas explodiriam uma vez que a contagem regressiva chegasse a zero. Encheu os pulmões, confiante. Tinha todo o tempo do mundo para fazer aquilo funcionar, pelo menos até que o tempo esgotasse e seu cronômetro zerasse.

* * *

Depois de conversar com o oncologista, Hugo quis procurar Lívia no IGP. Tinha telefonado para ela mais cedo, mas a ligação caíra na caixa de mensagem. Precisava descobrir por que ela havia ligado na noite anterior. Além do mais, já estava em Chapecó, e o instituto ficava a menos de dez quadras de distância, e queria evitar ficar parado, para impedir que toda a história do tratamento o envolvesse.

"Vamos te tirar dessa."

As palavras do dr. Benites ainda ressoavam nos seus ouvidos quando entrou no carro. Ao mesmo tempo que manobrava para sair do estacionamento apertado do hospital, escutou as ambulâncias e as vozes excitadas dos funcionários que andavam na calçada depois da troca de turno. Ligou o rádio e ergueu o volume, mas nem o som da música calava o rumor das palavras "Vamos te tirar dessa". Sair dessa. Isso era o que mais desejava.

Pensando em sua situação, Hugo dirigiu pelas ruas movimentadas da maior cidade do oeste catarinense, respeitando o limite de velocidade até chegar ao centro. Se um dia conseguisse juntar tempo de serviço suficiente para solicitar sua transferência, seria ali, em Chapecó, que pediria para trabalhar. Não importa se houvesse mais crimes para investigar. Apenas queria ir ao cinema sem ter que se programar uma semana antes, ou comer um Burger King sem precisar percorrer cinquenta quilômetros.

Tempo...

Quando chegou ao prédio do Instituto Geral de Perícias, estacionou ao lado de um parquímetro e entrou. Logo na recepção, um homem gordo que não parecia bem de saúde o informou que Lívia tinha avisado no dia anterior que faltaria ao trabalho naquele dia. Vendo a camiseta escura da Polícia Civil que Hugo vestia, ele ainda explicou que o outro perito responsável estava no IML e perguntou se gostaria que o chamasse.

— Não. — Hugo balançou a cabeça. — Mas se a Lívia aparecer, por favor, avisa que eu estive aqui. — Levantou o olhar para os ponteiros do relógio na parede. Dois minutos tinham passado.

— O senhor é?

— Hugo Martins.

— Hugo Martins — repetiu o homem. — Avisarei.

Voltando para o carro, Hugo sacou o celular do bolso e telefonou para Fiore. Queria dizer que tinha mudado de ideia sobre tirar uns dias de folga e saber se os médicos tinham liberado Cristina Weiss para dar depoimento. O celular chamou mais vezes que o normal, e quem atendeu cochichava tão baixo que foi difícil de identificar.

— Alô. — Dava para escutar outras pessoas no fundo da ligação.

— Fiore — disse Hugo, estranhando —, aqui é o Hugo.

— Ah, vá?! — A entonação confirmou que era mesmo Fiore. — Tá achando que o celular não identifica a chamada?

Hugo puxou o cinto e abriu as janelas, deixando um vento fresco assoviar dentro do carro.

— Novidades sobre a Cristina? — perguntou.

Fiore demorou para responder. Parecia estar despachando alguém.

— Ela acordou — respondeu, depois de alguns segundos. — Eu e o Jonas conversamos um pouco com ela até que ela caiu no choro e a enfermeira pediu que saíssemos. Tá bastante abalada. Chora por qualquer coisa. Não falou muito, mas disse que estava presa no porão daquela cabana na beira do rio.

— A mesma cabana?

— É. Eu contei que estivemos lá, ela disse que ouviu, mas que o cara que a mantinha presa a acertou quando tentou gritar — contou. — E essa história se espalhou. Hoje cedo aquele merdinha que apresenta o jornal na rádio disse que a polícia, além de cega, é surda.

Ouvir aquilo irritou Hugo.

— Caralho! — vociferou. — Eu sabia que tinha ouvido alguém.

— Pois é. Era ela, mas não tínhamos como saber. — Fiore soltou um suspiro exacerbado. — A boa notícia é que o médico que a atendeu disse que talvez ela consiga conversar hoje à tarde. No começo, ele não estava a fim de liberar, mas por causa da gravidade do caso, abriu uma exceção — revelou. — Até que enfim vamos entender o que aconteceu na fazenda.

Hugo forçou a vista para olhar pelo espelho lateral.

— Vocês ainda estão no hospital? — Bateu arranque e ligou a seta para acessar a rua, mas um caminhão barulhento passou e cobriu o carro de fumaça de escapamento.

— Saindo daqui a pouco, mas só vamos almoçar e voltamos. Parece que a família da Cristina tá viajando pra cá. Queremos conversar com ela antes que eles cheguem.

Colheita de ossos | 225

— Certo. Eu tô em Chapecó. Saindo também. — Fechou o vidro e ligou o ar. — Quero participar da conversa à tarde.

— O que tá fazendo aí? Não ia tirar folga? — indagou Fiore.

— Mudei de ideia. Resolvi dar um pulo no IGP pra falar com a Lívia sobre o corpo da Pâmela Viana, mas parece que ela não veio trabalhar. O estranho é que ela tentou me ligar e não visualiza o WhatsApp desde as nove e pouco da noite — explicou. Algo importante piscou na sua mente enquanto esperava diminuir o movimento da rua. — Vem cá... Você chegou a enviar aquela faca pra análise?

— Cheguei — respondeu Fiore. — Ontem mesmo, depois que saímos da cabana. Era tarde, mas eu liguei pra doutora e ela disse que estava trabalhando. Então pedi pro Jonas ir lá entregar.

Hugo engoliu em seco, lembrando-se da ligação perdida às 21h53.

— E ele foi?

— Foi.

39

As nuvens de chuva foram sopradas para leste no início da tarde, deixando a cidade ser afagada por um vento fresco que fez Hugo sentir saudades do outono. Torcendo para que não percebessem a palidez do seu rosto, escorou-se na parede do corredor e cruzou os braços enquanto esperava a chegada do médico que tinha atendido Cristina Weiss.

Ao seu lado, esfregando continuamente os dedos, em uma clara manifestação de abstinência nicotínica, Fiore se mantinha inquieto. Ele estava nervoso porque recebera uma ligação no início da tarde informando que o promotor da comarca havia solicitado, junto à Secretaria de Segurança, o envio de novos investigadores para acelerar a resolução do caso. Aquilo o tirou do sério. Estava prestes a sair para fumar no estacionamento quando Jonas guardou o celular e começou a reclamar.

— Puts! Pra que tanta demora? — disse ele. — Será que estão achando que não temos mais o que fazer?

Com a testa enrugada, Hugo olhou de soslaio.

— Temos? — brincou.

— E isso importa?! — disparou Jonas com rispidez. Então abaixou a cabeça e voltou a mexer no celular.

Pelo visto, Fiore não era o único que estava impaciente.

Acuado pela abordagem desproporcional, Hugo não fez nada além de encará-lo, analisando os movimentos enquanto ele trocava mensagens no WhatsApp. Questionou-se se Fiore havia comentado com ele sobre sua desconfiança, pois apenas isso explicaria a resposta áspera.

Pensou em continuar a conversa, ver onde aquilo ia dar, perguntar se Jonas tinha encontrado Lívia na noite anterior e se ela tinha comentado que não iria trabalhar no dia seguinte. Não perguntou, mas a decisão de ficar calado o deixou ainda mais insatisfeito. Cruzou os braços e fixou os olhos avermelhados em um ponto aleatório da parede.

21h53. O horário da ligação de Lívia seguia martelando na sua cabeça, a ponto de Hugo se perguntar a que horas Jonas tinha deixado a faca no IGP.

Não tinha nada contra o colega. Pelo contrário, gostava dele. Apesar do pouco tempo trabalhando juntos, conseguia ver que ele tinha talento para investigação. Mas a questão não era gostar ou não. Era outra coisa, algo novo, mais profundo. Uma pulga atrás da orelha. Como um jogo dos sete erros em que não consegue encontrar erro algum, embora saiba que, por definição, todos os sete estão ali, esperando para serem encontrados.

O barulho de uma tosse descontrolada que veio de um dos quartos no minuto seguinte evidenciou o silêncio sepulcral do corredor. O hospital estava quase vazio. O horário de visitas tinha acabado havia meia hora e os técnicos de enfermagem, que até momentos antes andavam para lá e para cá com bandejas de medicamentos e aventais, se reuniam no setor de preparo cochichando e olhando na direção dos policiais. Todos sabiam sobre o que conversavam. Se o requinte dos assassinatos tinha atraído até a atenção dos coiotes da grande mídia, já dava para imaginar como estava o radar de fofoca dos moradores da cidade: mais ligado que rádio de preso.

A reunião extraordinária encerrou quando o sistema de som chamou reforço para uma emergência no 101.

Meio minuto depois do corre-corre, tudo se silenciou novamente, até que um homem apareceu no fim do corredor, seus tênis brancos faziam barulho no piso de cerâmica. Ele tinha olhos claros, cabelos desalinhados, grandes entradas na testa e vestia uma camisa xadrez por baixo do guarda-pó. Se estivesse carregando um machado, causaria espanto entre os leitores de Stephen King, pois parecia um *cosplayer* de pouca verba do personagem de Jack Nicholson em *O Iluminado*.

— Boa tarde — cumprimentou ele.

Hugo não conseguia tirar os olhos dele.

— Boa tarde. — Fiore acenou, disfarçando o estresse da espera. — Como vão as coisas, doutor?

— Nada bem. Acabei de atender um menino que foi atacado pelo pai — respondeu o médico. — Ainda é o começo do ano, mas tudo de que preciso são cinco meses de férias.

Tá de brincadeira?

Depois das apresentações, caminharam na direção do quarto de Cristina conversando sobre como o mundo tinha ficado maluco nos últimos anos. Durante todo o caminho, Hugo não pôde deixar de notar que Jonas se manteve calado, com a atenção voltada ao aplicativo de mensagens. Ele até fingia interesse, gesticulando em concordância com as colocações do médico, mas dava para perceber que a prioridade era mesmo o celular.

Havia um policial militar à paisana em uma cadeira ao lado de onde estava Cristina, o cabo da arma aparecia embaixo do seu cinto. Ele tinha sido enviado ao hospital a pedido de Fiore, que temia que o assassino voltasse para queimar o arquivo, a única testemunha capaz de clarear a investigação. O brutamontes de um metro e noventa ficou em pé quando os investigadores se aproximaram.

No meio do corredor, antes que permitisse a entrada dos investigadores, o médico pegou a prancheta de debaixo do braço e a ofereceu a Fiore, pedindo que assinasse no rodapé do documento, pois a diretoria do hospital havia feito tal solicitação. Fiore chegou a argumentar contra a real necessidade daquilo, mas o médico não baixou a guarda e disse que só estava fazendo o que pediram que fizesse e que só poderia deixá-los falar com a paciente depois do cumprimento do protocolo.

— Tá bom. — O pescoço de Fiore avermelhou no mesmo instante. — Me dá logo a caneta. — Assinou.

O médico sorriu.

— Vão entrar todos? — perguntou.

— O que acha? — respondeu Fiore. Estava com pressa.

Torcendo o pescoço, Hugo espiou através do vidro da porta e viu Cristina encostada em uma pilha de travesseiros, do mastro de metal ao lado da cama pendia uma bolsa de solução intravenosa. Uma das laterais do rosto dela estava tão inchada que fazia todo o resto parecer desproporcional, e do alto da sobrancelha esquerda saltavam pontos de fio cirúrgico, onde antes havia um corte. Sua fisionomia atual pouco se assemelhava à da mulher bonita da fotografia que Hugo tinha visto dias antes na estante de Miguel Rosso.

Então, Hugo olhou para as próprias mãos suadas e respirou fundo, sabendo que não haveria retorno assim que dissesse em voz alta o que tinha em mente.

— Eu não acho boa ideia o Jonas entrar.

A reação foi de puro espanto.

Jonas guardou o celular no bolso com um sorriso torto, enquanto Fiore crescia os olhos de uma maneira que nunca havia feito antes.

— Puta que o pariu. De novo essa encrenca?! — A voz grave de Fiore ribombou pelo corredor. — A porra toda tá desmoronando pro meu lado e tu insiste nessa história?!

Logo, alguns acompanhantes de pacientes abriram a porta dos quartos para espiar a confusão, e as técnicas de enfermagem que não estavam atendendo a emergência no 101 apareceram querendo saber o que estava acontecendo no corredor.

Parado perto do médico, Jonas encarou Hugo com o rosto sério.

— Eu não... — Hugo abriu a boca para explicar, mas o pescoço de Fiore estava mais vermelho do que antes.

— Vai pra casa, Hugo! — ordenou ele.

Os dois se entreolharam brevemente, mas o bastante para que Hugo ficasse envergonhado. O silêncio teria sido a saída mais fácil, mas ele sabia que não conseguiria lidar com o fardo. Abaixou os olhos, não podia encarar Fiore. Não tinha qualquer direito de esperar algo dele, não depois de tantos deslizes, mas também não esperava uma reação como aquela.

— Fiore, me escuta.

— Eu te mandei pra casa, merda! É uma ordem. Vai!

Hugo esfregou o rosto, arrependido por ter aberto a boca. Argumentar só serviria para piorar as coisas. E ainda havia aquelas pessoas estranhas ao redor olhando para ele, o que tornava tudo mais complicado. Virou as costas e seguiu sozinho para a saída, coluna reta, orgulho despedaçado. Entrou no carro e abriu as janelas, esperando que o vento soprasse para longe a vergonha.

Será que tinha estragado tudo outra vez?

40

Cristina pensou que estava delirando.

Aquilo tinha que ser um sonho emergido dos recantos do seu subconsciente. Estava deitada em uma cama macia com lençóis limpos e travesseiros confortáveis, longe da umidade fétida do porão onde estivera trancada nos últimos dias. Acima dela, o brilho de uma lâmpada fluorescente iluminava seus movimentos. Fazia frio, e ela, vestida apenas com um avental, sentia-se desprotegida. Ao seu lado direito, um suporte hospitalar sustentava uma bolsa de soro, o líquido incolor era levado até uma agulha enfiada na sua veia. À esquerda, um homem de rosto enrugado estava em pé perto da cama. Ele tinha a camisa amarrotada e fedia a cigarro. Junto dele, havia outros dois homens.

Piscou com força, espantando a sonolência que vinha do sangue, mas as memórias só começaram a voltar quando ela olhou para o esparadrapo colado no braço. Estava no hospital. A salvo. Bem longe do seu malfeitor. A falta de discernimento decorria do remédio para dormir que haviam aplicado. As três pessoas ao seu redor eram o médico e os investigadores, com quem tinha conversado de manhã.

Acalmou-se, deixando que os segundos de silêncio reavivassem as lembranças. Uma voz macia pronunciou seu nome.

— Cristina... — Era o médico. — Os policiais estão aqui pra falar com você sobre o que aconteceu. Lembra que conversou com eles mais cedo?

Ela fez que sim, empilhando os travesseiros nas costas para se sentar. Continuava fraca, mas não permitiria que o choro vencesse outra vez.

— Antes eu preciso de água — pediu ela, pronunciando cada sílaba com perfeição para que os investigadores não pensassem que não estava em condições de falar. — Minha boca tá seca.

— Normal. Os medicamentos fazem isso. — O médico pegou a garrafa sobre a mesa de cabeceira. — Aqui. Tome — disse, oferecendo um copo.

Enquanto bebia, Cristina observou Jonas arrastando cadeiras para perto da cama. Ao mesmo tempo, o delegado pegou o celular do bolso e o posicionou sobre o colchão com o aplicativo de gravação ativado.

— É mesmo necessário gravar? — indagou o médico.

— Quero ter um registro. E assim posso me concentrar no interrogatório, já que não preciso fazer anotações.

Cristina afastou o copo dos lábios e o segurou entre as mãos. *Interrogatório?* Naquele instante, entendeu que o que estava prestes a acontecer não seria só uma conversa amigável como a da manhã, mas um interrogatório de verdade, com perguntas difíceis, registros e olhares desconfiados. A diferença era que não estava sentada em uma sala com cadeiras duras e espelho na parede, atrás do qual outras pessoas escutavam. *Pouco importa.* De qualquer maneira, tudo que dissesse ficaria gravado em um arquivo de áudio para que qualquer interessado pudesse ouvir.

Não demorou muito para que o nervosismo tomasse conta, escondido nas tamboriladas que ela dava no copo com a ponta das unhas.

Será que estava encrencada?

Fechou os olhos, buscando um momento a sós para avaliar sua situação.

Será que a viam como suspeita?

Assistia bastante ao canal ID para saber que cônjuges sempre eram o foco principal das investigações.

Decidiu procurar na expressão dos policiais algum sinal de calor, algum consolo, mas só encontrou olhares inexpressivos. Não era uma assassina, convenceu-se. A polícia também precisava ser convencida disso. Repousou a cabeça sobre as mãos e sentiu os olhos se enchendo de lágrimas. Segurou-as. Não iria chorar. Não desta vez.

No silêncio que se seguiu, ouviram o grito de um paciente internado em um dos quartos vizinhos, mas todas as atenções se voltaram ao delegado quando ele endireitou as costas e se preparou para começar.

— Boa tarde, senhora. Sou o delegado Álvaro Fiore. — Ele tinha um sotaque estranho e falava devagar, como se ela estivesse bêbada ou dopada. — E esse é o investigador Jonas Heimich — disse, apontando para o outro homem.

Cristina tinha ouvido falar sobre as qualidades do delegado e sabia que a cortesia não era uma delas. Talvez, ele estivesse mantendo aquele tom polido por saber que um policial agressivo era a última coisa de que ela precisava. Sorriu, temendo que captassem a falsidade da sua reação. Não estava com a mínima vontade de mostrar os dentes.

— Eu lembro de vocês — respondeu ela com firmeza, mostrando estar atenta. — Hoje de manhã me deram calmantes, mas minha memória não parou de funcionar.

Fiore também abriu um sorriso.

— Que bom! Vamos precisar dela — brincou. — Podemos começar de onde paramos?

— Podemos — assentiu ela —, mas antes preciso ter notícias do meu avô. Ele não apareceu aqui no horário de visitas. Ele sabe que tô aqui, não?

Os policiais se entreolharam, compartilhando pensamentos.

— Seu avô tá bem — elucidou Jonas, com o rosto demasiado autêntico. — Ainda não contamos que você foi encontrada. Mas sua família tá vindo pra cá, então achamos melhor esperar.

— Minha família? — Ela apertou os lábios.

A indagação fez Fiore franzir o cenho.

— Algum problema?

— Não. Só não imaginei que eles ainda se importassem com o que acontece com a gente.

Outra troca de olhares desconfiados.

— Você quer falar sobre isso? — Fiore evidenciou sua curiosidade erguendo uma das sobrancelhas. Na verdade, não era uma pergunta.

— É uma longa história — despistou ela.

— Temos tempo — insistiu Fiore.

Cristina baixou os olhos. Tocar naquele assunto abria feridas mal cicatrizadas. Remoer o que tentaram fazer com o avô a fazia pensar que ninguém no mundo prestava, e que todos só eram bons até o momento em que decidissem que não queriam mais ser.

— Meu avô é velho, delegado. E às vezes tem problemas de memória — revelou ela, sabendo que não deixariam o assunto morrer. — Quando meu pai e meus tios perceberam que ele iria precisar de cuidados, tentaram colocá-lo num asilo. Num asilo — repetiu, impressionada com o que dizia. — Não deixei que fizessem isso, então nós brigamos e eu acabei trazendo ele para morar perto de mim. Perdi o contato com minha família desde então.

Fiore uniu os dedos embaixo do queixo.

— Bem, parece que eles ainda se importam — acrescentou.

É, parece que sim.

Cristina permaneceu sentada, segurando o copo, encarando-o, sem reagir. Não viu na expressão do delegado uma compreensão real da história. Na verdade, não viu expressão nenhuma. Fiore mais parecia um locutor de rádio com problemas de garganta. Uma voz sem face.

— Vocês parecem bem próximos — prosseguiu ele, depois de um tempo. E mesmo tendo dito que não tomaria notas, pegou um bloquinho do bolso, no qual havia diversas anotações à caneta.

Perguntas, Cristina presumiu.

— Eu e meu avô? Somos. — Enquanto respondia, ela notou uma estranha empolgação surgindo no rosto do delegado. — Eu o trouxe pra morar aqui, então... É, somos bem próximos — reafirmou.

Pela dificuldade em conter a euforia, Fiore deu a entender que a tinha feito morder uma isca. Rapidamente, Cristina compreendeu que um interrogatório nada mais era do que uma incansável pescaria de frases fora de contexto que precisavam fazer sentido no final. Isca pra cá, fisgada pra lá, até que algum peixe saltasse.

— Então a senhora saberia responder se eu te perguntasse se teu avô tinha um diário? — emendou ele.

— Isso é uma pergunta? — Ela soltou um suspiro impaciente. Claro que era. — Ele tinha, sim. — A resposta veio de imediato, como uma válvula de escape. Aliás, como sabiam que seu avô tinha um diário? E por que tanta insistência no assunto? Pelo silêncio que se seguiu, Cristina notou que sua resposta não tinha saciado a fome de Fiore. Começou a explicar: — Antes de trazê-lo pra cá, consultamos um médico que pediu que ele começasse a exercitar a memória. Eu lembro que comprei palavras cruzadas, mas ele queria algo em que pudesse escrever. Disse que registraria as lembranças da guerra e de como conheceu minha avó.

— Só isso?

— Não. Ele também anotava coisas que não queria esquecer. — Forçou a memória para tentar se lembrar de mais detalhes. Se fornecesse um cardume de informações, quem sabe mudassem de assunto. — Às vezes tinha algo que precisava contar pro Anderson sobre o livro, então anotava.

O salto do peixe.

Cristina engoliu em seco. Não podia acreditar que tinha citado o livro.

— Livro? — Fiore se empertigou.

Na cadeira ao lado, Jonas escorou os cotovelos no joelho, provavelmente adivinhando, pela tensão nos maxilares, qual seria a resposta.

Um pouco mais distante da cama, o médico continuava em pé próximo da porta, tão atento quanto os outros.

— É. Quando o Anderson ouviu a história de vida do meu avô, ele o convidou pra escrever um livro. Eles tinham começado a rascunhar antes de mudar pra cá. Na verdade, isso foi uma das coisas que ajudaram na mudança. Os dois estavam empolgados, se reuniam toda semana. O Anderson levava o notebook ao apartamento e eles passavam a madrugada conversando enquanto eu assistia à TV. — Engasgou com a lembrança. — Tinham até conseguido o contato de uma editora grande do exterior por meio de um antigo colega de faculdade do Anderson que hoje mora na Inglaterra. Quando descobriram que um dos autores do livro viveu na pele a Segunda Guerra, a assinatura do contrato para publicação na Europa veio em pouco tempo. — Bebeu água. — O livro estava quase pronto. No dia em que a fazenda foi invadida, uma representante da editora estava na cidade e eles tinham chegado a um acordo sobre o título. O Anderson sugeriu *Memórias de guerra*, mas meu avô preferia...

— *A natureza é cruel* — antecipou Fiore.

Cristina assentiu.

— É o trecho de uma frase nazista — explicou ela. — Como sabem disso?

— Investigamos — respondeu Fiore em uma voz seca, não dando chance para contestação. Era evidente que ele achava que ela escondia algo. — Senhora, uma testemunha que interrogamos nos contou que seu esposo estava se encontrando com alguém nos últimos dias. É possível que esse alguém seja o seu avô?

Ela abaixou a cabeça, sentindo o rosto esquentar. A menção aos encontros do marido ainda provocava tremores no seu peito. O rancor não é uma coisa que se vivencia uma vez e depois se segue em frente.

— Imagino que sim — respondeu.

— Imagina que sim? — ponderou Fiore. — Senhora, nós sabemos que vocês tinham problemas no relacionamento, que seu esposo não era nenhum santo... Sabe aonde quero chegar. — Ele se mostrava desconfortável com o assunto, mas ainda não desistiria. Correu os olhos pelas anotações do bloquinho. — Gostaria que falasse um pouco sobre a queixa de agressão que prestou na delegacia.

Cristina se retraiu. Ficou apertando o copo, como se fosse uma técnica de autocontrole. Não era uma mulher que gostava de discutir intimidades, nunca seria, e presumiu que tinha sido justamente por isso que o delegado escolheu aquele assunto. *Será que ele tá tentando me deixar desconfortável? O que será que ele sabe?*

— Aquilo foi um erro. Meu marido nunca levantou a mão pra mim. — Ela tentou se mostrar envergonhada. — Eu inventei a história toda, desculpe. Fiquei tão magoada quando descobri que ele me traía com aquela mulher, que acabei dizendo que ele me bateu.

— Com Pâmela Viana? — Fiore suspirou, conferindo o gravador.

Cristina assentiu de forma quase imperceptível. Teve vontade de chorar. Estava assustada com a violência da emoção, não conseguia contê-la, nem medir a profundidade da dor que Pâmela tinha causado em sua vida e se um dia seria capaz de dar um fim ao sofrimento.

— Pâmela Viana foi assassinada, sabia disso? — revelou Fiore.

A notícia provocou um pequeno espasmo na pálpebra de Cristina. Viu-se sentada na mesa da cozinha, ainda segurando o celular do marido com a troca de mensagens entre ele e Pâmela. Nas últimas semanas, chegou a achar que as coisas estavam indo bem. A emoção crua no fim do pesadelo com aquela vadia caçadora de paus havia se transformado em uma espécie de paz instável. Se fosse totalmente honesta, teria admitido que ouvir sobre a morte de Pâmela a animou.

— Sabem quem fez isso? — perguntou.

— Temos suspeitas. — O delegado ergueu o olhar, desviando o foco do bloquinho. — Conhece Estevão Viana?

Cristina engoliu em seco.

— Estevão é o marido dela, não é? Eu o vi algumas vezes na cidade. Fiquei sabendo que estavam se separando.

Depois daquilo houve uma breve pausa, o que a fez pensar que teria um momento para respirar. Encolhida, acompanhou Fiore pegando o celular de cima do colchão e indo para a janela, onde parou para observar um *outdoor* de supermercado que tapava parte da paisagem de concreto.

Do outro lado da janela, a cidade era um caldeirão de escapamentos, mas ali dentro, atrás do vidro, um ar frio sibilava pela fresta embaixo da porta do corredor.

— Você disse que seu marido usava um notebook pra escrever. — O novo comentário saiu da boca de Jonas. — Ele estava na fazenda no dia do crime?

— Estava.

— Lembra onde? No quarto, talvez?

— Não sei, mas ele sempre deixava na sala.

— Interessante. Nós reviramos o local e não encontramos nenhum notebook. — A insinuação soou forçada.

O que ele tá tentando provar?

— Deve ter sido levado.

— Provavelmente — concordou Jonas. — O estranho é o criminoso levar o notebook e deixar os celulares. Se ele queria roubar, levaria tudo, não acha?

Cristina pensou aonde ele pretendia chegar com aquela insinuação. Então fez um esforço para entender o que se passava dentro da cabeça dele: o conteúdo verdadeiro do pote. Havia dúvidas? Talvez não. Mas uma pitada de desespero, isso podia apostar. Porém, não era tudo. Algo mais sombrio se ocultava nas profundezas daquele olhar.

— Sem dúvida — assentiu ela. — Se só quisesse roubar, teria levado tudo da casa: notebook, celulares, televisores. Também não teria matado ninguém nem me deixado trancada num porão.

Jonas recuou na cadeira enquanto a encarava.

No mesmo instante, Fiore retornou e colocou o celular de volta no lugar, emendando outra pergunta.

— É possível que o teu marido tenha feito anotações em alemão nas últimas páginas do diário?

— Ele não sabia alemão. Só meu avô. — Cristina agradeceu mentalmente por não precisar seguir a conversa com Jonas. De repente, sentiu um desconforto. Decidiu que iria jogar sujo. — Delegado, eu não direi mais nada enquanto não me contar como sabe tanto sobre o diário.

Fiore chegou perto da cama, maxilar retesado. Quando falou, foi com um esforço aparente, obrigando cada uma das palavras a sair.

— Seu avô tá desaparecido, senhora. Antes de sumir, ele deixou o diário no apartamento de um policial que mora no mesmo prédio — revelou. — Dias atrás, um guarda noturno o viu entrando num carro. Desde então, ninguém mais teve notícias dele.

O rosto de Cristina paralisou.

41

— É muito estranho o que ele faz — comentou Fiore. — Vi esse vídeo mil vezes, e ainda não entendo a razão.

Cristina se manteve atenta à tela do celular, segurando as lágrimas enquanto via a si mesma dormindo ao lado do marido na noite do crime. Ainda conseguia se lembrar dos detalhes: do calor, do climatizador balançando a cortina, do telefone tocando às três da manhã.

Sentiu o coração palpitar e abriu as mãos suadas, as quais tinha mantido fechadas sobre o colo nos últimos minutos. Em ambos os pulsos carregava as marcas da fita que usaram para mantê-la amarrada no porão.

— O Miguel recebeu esse vídeo? — Ela ergueu os olhos.

— E depois ligou pra fazenda. Aquele telefonema de madrugada, era ele — contou Fiore. — Pensei que soubesse.

Cristina sacudiu a cabeça. Na cabeceira ao lado da cama, o copo d'água que o médico havia buscado para acalmá-la depois da notícia do desaparecimento do avô repousava vazio.

— Não sabia — respondeu ela. — Quando o Anderson voltou lá de baixo, o homem já estava comigo.

Algo na frase inflamou Fiore.

— Lá de baixo?

— É. Ele desceu pra atender na sala porque o telefone do quarto estava mudo — disse, mas uma fisgada na sobrancelha a fez parar de falar. Fechou os olhos um instante. — Eu tinha dito pra mandar arrumar, mas ele estava sempre com a cabeça nas nuvens. "Vou chamar um técnico, vou chamar." Mas nunca chamava.

— Sei como é.

— Sua esposa não te escuta?

— Ah, escuta, sim. — Fiore abriu um sorriso amarelado de alcatrão. — Só lembrei que ela pediu pra eu dar uma olhada na máquina de lavar lá de casa. Disse que tá fazendo uns barulhos estranhos.

Com a testa enrugada, Cristina não tinha certeza se devolvia o sorriso ou mantinha a cara de paisagem. Ficou raciocinando se o delegado falava sério ou se aquilo era uma artimanha para descontrair o clima do interrogatório. Fiore era velho, com certeza, mas os anos não o fizeram perder o jeito. Sem demonstrar qualquer indício de que a conversa estava perto do fim, ele se ajeitou na cadeira e, depois de pigarrear, prosseguiu:

— Estamos indo bem, senhora. — Olhou de soslaio para o aplicativo de gravação. Era a segunda vez que fazia aquilo em menos de três minutos. — Agora, eu gostaria que nos contasse mais sobre aquela noite. Tudo que puder lembrar, incluindo os detalhes.

O inalador que entrava pelo nariz de Cristina levava oxigênio a seus pulmões. Ela olhava ora para Jonas, ora para o médico, ora para o *outdoor* do supermercado atrás da janela. Boa parte do que tinha acontecido continuava fresca na sua memória, embora tivesse quase certeza de que faltavam algumas peças. Tornou a ficar receosa, pensando no que os investigadores fariam se alguma das explicações não fizesse sentido. "Cerveja Eisenbahn lata R$ 1,99." Não queria tirar os olhos do *outdoor* para passar os fatos a limpo, mas sabia que não podia fazer isso. Estava calada há tempo demais. Precisava falar, contar que os comprimidos para dormir que tinha tomado naquela noite poderiam se tornar peças fora de ordem.

— Eu me lembro do Anderson conversando com a Kathleen — disse. — E que eu fui ao banheiro e tomei remédio pra dormir.

— Certo! — A exclamação de Fiore sugeriu que continuasse.

— Não consigo lembrar ao certo que horas eram quando subi para o quarto, mas foi mais cedo que o normal. — Ela começou pela primeira memória. — Nós estávamos bebendo vinho na sala, falando sobre a diferença de viver no Brasil e na Inglaterra, aí o Anderson me disse que eles iam começar a revisar o texto do livro. Foi quando eu subi e tomei dois comprimidos. E essa é a última coisa que lembro antes de o telefone tocar

— continuou. — Lembro que despertei com o barulho, mas não acordei completamente. Sabe quando a gente fica em meia fase? Tipo *stand-by?*

A expressão de Fiore indicava que ele não sabia o significado daquilo.

— Também lembro que pedi ao Anderson pra trazer água quando voltasse, mas pouco depois de ele descer alguém se ajoelhou do meu lado. Estava escuro, mas quando abri os olhos essa pessoa segurou minha boca com tanta força que eu pensei que ia ficar sem ar.

— Reconheceu quem era?

— Não. Usava máscara.

— E pela voz?

— Não.

— Que tipo de máscara?

As perguntas vinham sem trégua.

Cristina demorou um pouco para compreender que ele queria que ela descrevesse a máscara.

— Era um rosto pálido sem expressão, cabelos ruivos, boca caída, buraco nos olhos — revelou. — Eu já a vi num filme de terror.

Fez-se silêncio.

— Michael Myers — disse Jonas.

Fiore olhou para trás, assumindo uma aparência vacilante.

Jonas pegou o celular, digitou alguma coisa e mostrou a fotografia de um homem grande usando a máscara.

— Essa? — indagou ele.

Cristina fez que sim. Sua respiração acelerou.

— Me envie a foto — disse Fiore para Jonas, depois voltou a olhar para Cristina. — Continue... O que aconteceu depois?

— Depois, quando o Anderson voltou, o homem estava com a arma apontada pra mim. Ele escondeu os celulares e nos levou ao quarto de visitas, rendeu a Kathleen e depois trancou todo mundo no banheiro. O Anderson até falou em derrubar a porta para buscar o revólver no quarto, mas nós o impedimos — disse. — Um tempo depois, uns cinco minutos, ou dez, não pareceu muito, o homem voltou dizendo que mataria todo mundo se abríssemos a boca. Aí pegou o Anderson e o levou pra baixo. Foi a última vez que vi meu marido. — As palavras saíram arrastadas, uma lágrima forçada contornou o nariz até parar no lábio. — Por favor, me digam que têm pistas de quem fez aquilo.

Era triste pensar na maneira como tudo terminou.

— Fique calma, senhora. O que posso dizer é que a polícia tá fazendo todo o possível pra encontrar o desgraçado. — Fiore olhou diretamente para ela. E ela entendeu, sem que lhe fosse dito, que isso era tudo que ele iria revelar. — Quer mais água? Doutor, por favor.

O médico serviu mais um copo e o ofereceu para Cristina, que bebeu tremelicando. Relembrar as cenas fazia seu coração acelerar, como se as vivenciasse outra vez. Engoliu em seco e agarrou o lençol branco que recobria o colchão, garantindo que aquilo não era só um sonho lúcido.

— Melhor? — perguntou Fiore uns segundos depois.

— Melhor — respondeu ela.

— Podemos continuar?

Fez que sim. Precisava ser forte.

— Nós temos uma explicação para o fato de o filho da mãe ter tirado seu esposo do banheiro — emendou Fiore. — Naquela noite, depois que a central recebeu a ligação do Miguel Rosso alertando sobre um possível problema, uma viatura foi deslocada até a fazenda. Seu esposo atendeu a porta e disse aos policiais que não havia nada de errado.

Cristina não sabia se o delegado estava dizendo a verdade ou simplesmente tentando acalmá-la.

— Ele queria nos proteger — disse.

— Foi o que imaginamos — ponderou Fiore, olhando para o segundo copo vazio na mesa de cabeceira. — Consegue lembrar quanto tempo levou para que o homem retornasse ao banheiro na segunda vez?

— Bastante.

— Bastante quanto?

Não era fácil calcular o tempo daquele jeito.

— Uma hora — chutou.

— E depois?

Nenhuma resposta.

Estava exausta de falar daquilo

— Senhora...? — insistiu Fiore.

Deus, faça ele parar.

— Depois, ele amarrou nossas mãos e nos levou pra fora. Os bichos estavam mortos no pátio. Eu perguntei por que ele estava fazendo aquilo, perguntei onde estava meu marido, implorei pra que nos deixasse ir, mas ele parecia não se importar. Só se vangloriava de deixar a polícia cheirando o próprio rabo. — Seus batimentos cardíacos aceleraram. Embora tentasse disfarçar, por trás da sua fachada calma ardia o medo. — Foi então que ele me amordaçou e amarrou minhas pernas. Quando a Kathleen percebeu a distração, ela correu na direção da lavoura. Ele gritou com ela, pediu que não o obrigasse a ir atrás, mas acho que ela não entendeu.

— Ela não falava português?

— Não.

— E foi nessa hora que ele a matou?

Cristina assentiu.

— Ele a alcançou. Não consegui ver direito, estavam longe e tinha pouca luz, mas só ele voltou do meio da soja. — Respirou fundo e fechou os olhos, como para conjurar a memória. — Depois colocou algo na minha cabeça, um saco, e me jogou num porta-malas.

— Alguma chance de ter visto o modelo do carro? — Fiore pareceu animado com a possibilidade.

— Não. Se ele não tivesse me vendado, talvez.

Para ela, o "se" era a palavra mais poética do vocabulário. Uma lembrança de que o passado é passado e não pode ser alterado.

Os dentes de Fiore rangeram.

— Alguma ideia de quem pode ter feito aquilo?

— Não, desculpe.

A resposta, seca e definitiva, era tudo que Cristina tinha a dizer. Ela olhou no fundo dos olhos de Fiore, viu a frustração estampada nas suas retinas.

— Tô tão cansada — disse depois de um tempo. — Queria saber quem fez aquilo, queria mesmo, resolver essa coisa de uma vez, mas não sei. O Anderson não era santo, como o senhor disse. — Ela olhou para Fiore, manifestando a habitual tragédia que era seu casamento. — Talvez alguém tenha feito aquilo pra se vingar de algo.

Encolheu os ombros.

Era assim que lidava com as confusas emoções que ocorriam ao seu redor. Nunca sabia de nada que o marido não quisesse que ela soubesse e, de certa forma, sentia-se mal, a ponto de ter arrumado as malas para sair de casa mais de uma vez. Mas aí vinha o tempo, os minutos de que precisava para tirar todos os pertences do guarda-roupa. E com o tempo, a sensação de que o melhor a fazer era ficar calada, inerte, resignando-se outra vez ao seu papel de esposa exemplar.

Postado perto da porta, o médico avançou um passo com o estetoscópio ao redor do pescoço, pronto para pedir aos policiais que fizessem uma pausa.

— Senhores... — disse.

— Estamos acabando, doutor. — Fiore impediu que terminasse. — Cinco minutos para que ela nos conte como escapou do porão.

O médico esquadrinhou Cristina, que suspirou.

— Tudo bem — concordou ela. — Na noite em que foram à cabana, eu estava no porão. Tentei pedir socorro quando escutei passos, mas o homem que estava comigo me acertou com um pedaço de madeira.

— Era o mesmo homem da fazenda? — perguntou Fiore.

— Acho que era outro — respondeu ela.

— Também usava máscara?

— Não.

— Pode descrevê-lo?

— Alto, bem magro, barba malfeita. Não falava muito, mas quando falava era com voz arrastada. O que mais me marcou foi o cheiro. Ele fedia a cigarro barato.

Jonas se inclinou para o ouvido do delegado e cochichou algo.

Será que falou que ele também fedia a cigarro?

— Como sabe que não era o mesmo? — indagou Fiore em seguida.

— Era mais magro. E tinha voz diferente.

A explicação pareceu suficiente.

— Certo. É provável que saibamos a identidade desse cidadão. Só temos que confirmar. — Fiore se contorceu para pegar uma fotografia do bolso. Segurou-a com os dedos e mostrou. — É ele?

Cristina forçou a vista. O olho inchado não estava ajudando. Ao identificar o suspeito, ela assentiu com firmeza, caindo em um raso devaneio.

— O nome dele é João Siqueira, mais conhecido como João Garrafa. Usuário de drogas, diversas passagens por tráfico e pequenos furtos. Até então nunca tinha feito nada tão... grave — esclareceu Fiore. — É possível que ele tenha te deixado escapar?

— Não sei. — Ela juntou os lábios em uma expressão de dúvida. — Eu fiquei tonta quando ele me bateu. Estava fraca. Não me davam muita comida, e a água que eu bebia vinha direto do rio, pelo gosto de barro — revelou. — Quando acordei depois da pancada, vi pela claridade da lâmpada de fora que a porta estava encostada. Imaginei que ele estivesse por perto, então fiquei quieta mais um tempo. Quando tomei coragem para ir olhar, percebi que ele não estava na escada. Subi devagar. Eu não conseguia enxergar bem porque meu olho estava inchado. Lá em cima, a porta estava trancada por fora, mas me espremi e saí pela janela.

— Aí correu para as árvores?

— O mais rápido que consegui.

42

Hugo gostava de sentir o vento no rosto, embora nunca tivesse pensado em pilotar motocicletas. Preferia carros. Mão esquerda no volante, pé direito no acelerador e janelas bem abertas, soprando o máximo de ar, poeira e sujeira para dentro.

Dirigindo sem rumo, ele virou levemente a cabeça quando passou em frente ao Parque do Lago, onde Pâmela Viana fora assassinada, com sua velha placa de indicação de acesso reluzindo ao sol. Pensou em parar, dar uma volta a pé ao redor do lago, sem pretensão de descobrir algo que tivesse passado despercebido na última visita. Às vezes, tudo se encontra quando se para de procurar. Chegou a apertar um pouco o freio ao se lembrar da frase que ouvira de um palestrante na faculdade, mas reposicionou o pé no acelerador, avaliando que aquele ditado era quase tão útil quanto uma palestra *motivacional. E não sabendo que era impossível, ele foi lá e descobriu que era impossível mesmo.* Sempre preferiu as frases engraçadas. Essas, sim, o colocavam para cima, e faziam mais sentido.

Enquanto as árvores do parque ficavam para trás, tornando-se borrões na janela, ele usou a própria desgraça para confirmar sua teoria. Horas antes, tinha ouvido da boca de um oncologista que o tempo disponível antes do início do tratamento era como um cronômetro invertido, cada vez mais perto do zero. Então começou a pensar positivo: vou mergulhar nas provas, perseguir pontas soltas e até fazer novas entrevistas com os envolvidos no crime.

Tic tac.

Queria encontrar o assassino.

Mas o que fazia enquanto seu cronômetro zerava?

Nada. Dirigia sem rumo, gastando tempo, assim como todo bom humano faz depois de uma palestra motivacional: aproveita o *coffee break* e, no dia seguinte, nem lembra qual era o assunto.

O carro deu um solavanco forte no fim da quadra, e Hugo reduziu a velocidade. A chuva dos últimos dias tinha reaberto antigos buracos, remendados há poucas semanas com um asfalto que derretia igual a açúcar em contato com água. Nenhuma novidade. Tudo parecia derreter em sua vida. Mas foi durante um instante de entusiasmo, depois do desnível, que ele decidiu telefonar para a delegacia. A mulher da recepção atendeu, e ele pediu o endereço do famoso bar Capelinha.

— Posso perguntar o que vai fazer lá? — indagou a mulher.

— Nada. Só quero tomar uma.

Fez-se silêncio.

— Sei — disse ela, estranhando. — O Capelinha fica no fim da rua do campo municipal, perto do reservatório de água. Quando terminar o asfalto, segue mais uns trinta metros na estradinha de terra.

Não era longe.

— Obrigado.

Quando chegou ao campo, Hugo estacionou a viatura atrás de um ipê-amarelo com galhos baixos que tapava boa parte da visão de quem olhava da rua. Próximo de uma das goleiras, um homem com boné de firma e bota de borracha acenou quando o viu desembarcar. Imaginando que era um funcionário de serviços gerais da prefeitura cortando a grama, Hugo devolveu o aceno e virou as costas depressa, para não o fazer pensar que o assunto era com ele.

Seguiu pela estradinha de terra que dava a lugar nenhum, e passou os cinco minutos seguintes indo e voltando até perceber que não havia nenhum bar nos arredores, apenas uma fileira de casas humildes quase grudadas umas nas outras. Naquele momento, alguém gritou, e três crianças risonhas de cabelos pretos apareceram correndo de trás de uma das casas. Duas estavam só de cueca. A outra usava uma camisetinha alaranjada e calça de moletom dobrada no tornozelo. Fugiam de alguém, brincando, rindo, até que uma delas tropeçou e caiu com um barulho seco na terra vermelha. A criança levantou o olhar, pronta para chorar, mas desistiu quando uma mulher com corpo de ampulheta e na faixa dos trinta anos apareceu correndo atrás delas.

— Já falei pra não pisar no canteiro, seus lazarentos! — gritou a mulher, escorando-se na cerca para descansar. Ofegante, ela tentou se recompor quando viu Hugo se aproximando.

— Senhora — chamou Hugo —, sabe se tem algum bar por aqui?

A mulher o esquadrinhou dos pés à cabeça, como se perguntasse o que um playboyzinho de sapatênis e camiseta da Polícia Civil faria no Capelinha. "Tá querendo tomar uma facada?", foi o que Hugo pensou que ouviria.

— É lá atrás. — Ela apontou.

Recuando dois passos, Hugo viu que o bar ficava em um edifício rústico atrás da casa vizinha, e a entrada era uma passagem estreita na divisa dos terrenos, separada por um tapume pichado com as palavras "Aqui não entra bêbado. Só sai". Conferiu se a arma estava escondida no coldre da cintura e foi para lá, desviando de engradados de garrafas vazias no caminho.

Embora a atmosfera do recinto fosse brutalmente simples, o interior estava abarrotado de velhos jogando baralho e bebendo cachaça, que prontamente olharam para o estranho que entrava ali. Um legítimo boteco. Pesadas janelas de madeira eram escoradas por pedaços de pau para que ficassem abertas. O lugar cheirava a álcool, suor e perfume Avon. E em nada se parecia com uma boca de fumo, como todos comentavam. Estava mais para um asilo de velhos independentes que apostavam o dinheiro da aposentadoria em partidas de pontinho, no caça-níquel, ou se divertindo com as duas garotas de cabelo loiro e raízes escuras que bebiam cuba em uma mesa de canto.

No outro lado, atrás do balcão sujo feito pau de galinheiro, um homem de bigode estilo anos 1920 fumava e papeava com outro, que estava mais para lá do que para cá, enquanto Milionário e José Rico cantavam *Estrada da vida* em um radinho ligado em volume baixo. Nas prateleiras, que nada mais eram do que tábuas pregadas na parede, havia uma variedade de bebidas, de Catuaba Selvagem a licor de menta, em uma explosão de sabores que causava um rebuliço intestinal em qualquer um que não estivesse acostumado.

— Boa tarde. — Hugo se sentou ao balcão. — Você é o dono?

— Quem quer saber?

— Polícia Civil. — Mostrou o brasão estampado na camiseta. — Fica frio que não vim estragar seu negócio. Só quero informações sobre um cliente.

O bigodudo apagou o cigarro no cinzeiro, fazendo Hugo pensar se ele era mesmo mal-encarado ou só fazia força para parecer.

— Qual cliente? — perguntou.

— Chamam de João Garrafa.

— O que quer saber?

— Se ele esteve aqui ultimamente.

A alisada no bigode indicava que sim.

— Esteve.

A resposta sucinta fez Hugo perceber que ele não estava muito inclinado a colaborar, mas isso era algo que esperava. Aquela espelunca, além de supostamente ter se tornado uma boca de fumo, também era um puteiro com caça-níqueis. Poderia usar qualquer uma dessas infrações para ameaçar o dono, dizendo que chamaria reforço e fecharia o lugar, mas não achou que seria boa ideia.

— Preciso que fale mais — disse. — A polícia tá atrás desse cara há um tempo, sabem que é seu cliente. Não queremos que mais homens de farda venham aqui além de mim, queremos? Me ajuda a te ajudar.

Chiando os pulmões em um suspiro profundo, o bigodudo tirou a mão do queixo e acendeu outro cigarro, pensando na proposta.

— O Garrafa só veio aqui duas vezes desde que saiu do xilindró — contou ele. — Na primeira bebeu o que pôde, fez fiasco, comeu uma das meninas e ficou devendo dinheiro na mesa de baralho.

Hugo olhou para os velhos jogando cartas.

— Não nessas mesas, se é que me entende. — O homem soprou a fumaça para o teto. — Pra se livrar da tunda, ele disse que tinha esquecido a carteira em casa, mas não adiantou. Levaram-no pra fora e ele apanhou igual a tapete em dia de faxina. Saiu gritando, dizendo que ia voltar e matar todo mundo, mas ele não é bobo nem nada. Sabia que quem estava na corda bamba era ele, se não pagasse.

O assunto despertou o interesse de Hugo, mas ele não queria parecer desesperado, procurando pelo em ovo.

— Ele pagou?

— Não sei com que dinheiro, mas pagou. Voltou dias atrás de peito estufado, parecendo um galo de rinha. Pagou a bebida, o pessoal do baralho e a menina — narrou o dono. — Deve ter roubado alguém. O cu de cachorro tem a mão lisa pra bater carteira sem ninguém perceber.

Confirmando o que tinha entrado ali para descobrir, Hugo levantou e deu outra olhada ao redor. Na mesa de jogo, os velhos socavam o tampo a cada jogada ruim, enquanto, perto do caça-níquel, as garotas cochichavam olhando para ele.

— Mais uma coisa antes de eu ir — disse ele, endireitando a barra da camiseta para que a arma seguisse escondida. — Você já ouviu algum comentário sobre o assassinato do jornalista?

— Quer saber se eu sei quem fez aquilo? — O dono se escorou no balcão. — Infelizmente, não. Por aqui, ninguém fala desse tipo de coisa e, se falaram, juro que nunca ouvi.

Abrindo um sorriso torto, como dizendo "Eu não sou trouxa", Hugo fez um sinal de agradecimento ao dono e saiu porta afora. Sentiu o celular vibrar no bolso antes que chegasse à rua.

Era uma mensagem de Fiore.

"Me encontre na barragem em uma hora."

Devolveu o aparelho ao bolso, pensando que não iria contar a ele sobre sua aventura no Capelinha, embora ela tivesse dado mais credibilidade à suspeita de que João Garrafa estava mesmo sendo pago por outra pessoa.

43

As árvores dançavam, um vento morno soprava, e o sol forte da tarde começava a desaparecer atrás das nuvens.

Enquanto se aproximava do ponto em que a estrada se fundia com uma trilha que levava à barragem, Hugo vislumbrou um martim-pescador batendo asas no telhado do velho quiosque antes de alçar voo por cima do alagado. Hugo observou o pássaro desaparecer na linha das árvores e avistou Fiore sentado em um banco próximo da margem, meio escondido atrás de uma bergamoteira.

Parou a viatura e desembarcou, sentindo a quietude do lugar. Daquela distância não dava para ter certeza, mas Fiore parecia ter aberto um discreto sorriso ao vê-lo.

Intrigado, Hugo se aproximou, admirando a superfície calma do lago e vendo nele o reflexo invertido dos pinheiros plantados no lado oposto. A uns cinquenta metros de distância, na outra margem, havia um barco de ferro vermelho com um pescador preparando a rede. Fora isso, nenhuma vivalma além deles mesmos, o que dava a impressão de que era justamente por isso que o local tinha sido escolhido. Sem demonstrar qualquer tipo de indignação, chegou sem fazer barulho e parou perto do banco com as mãos nos bolsos.

— Já te contei que meu pai tinha um sítio perto daqui? — indagou Fiore, sem tirar os olhos da água.

Hugo nunca estivera no alagado da barragem, só conseguira chegar a tempo porque um taxista havia passado informação do caminho. Balançou a cabeça para que não precisasse responder, como se uma abordagem diferente daquela fosse perturbar a paz.

— Era um bom lugar. Passei quase toda minha infância lá. — Fiore esticou as pernas no gramado verde. — Faz tempo, mas eu ainda me lembro dos detalhes: do galpão forrado de palha onde eu e meus irmãos debulhávamos milho, das forquilhas de bodoque que a gente usava pra quebrar garrafas, dos trens de lata.

Houve um breve silêncio. O tempo necessário para que o cérebro de Hugo rebobinasse em alta velocidade suas memórias da infância. Havia lacunas, grandes espaços escuros de acontecimentos reprimidos, mas também havia áreas claras, com cores e texturas. Como o dia em que ajudou o avô a secar um açude e passou a tarde tirando peixes do barro. Ou a primeira vez que montou em um cavalo. Para ele, o campo se baseava nas visitas de fim de semana ao sítio dos avós e algumas das suas melhores lembranças vinham de lá.

— Parece ter sido uma boa infância — ponderou Hugo.

— E foi. Pelo menos até o dia em que recebemos a notícia da construção da barragem e uns homens de gravata ofereceram pelo sítio metade do que valia. — Fiore pegou um cigarro, bateu a ponta e colocou nos lábios. — Meu pai não queria vender, isso eu lembro bem, mas o que era o desejo de um colono sem estudo frente ao pessoal que dizia estar trazendo o progresso? — Olhou de soslaio para o lado como se esperasse ouvir alguma coisa.

— Venderam? — perguntou então Hugo.

— Vendemos. E no ano seguinte mudamos pra cidade. Vida nova, minha mãe dizia nos primeiros dias. Depois começou a reclamar. Onde já se viu ter que comprar leite em mercado? — Acionou o isqueiro e acendeu o cigarro. — Ela acabou virando costureira pra ajudar a pôr dinheiro em casa. Morreu com os dedos travados de tanto costurar. Meu pai arrumou emprego também. Foi contratado pra dirigir um caminhãozinho de frete, mas durou pouco. Mandaram ele embora porque começou a beber. Ficava agressivo. Batia na minha mãe e, quando eu tentava intervir, batia em mim. Essa cicatriz foi ele que me deu. — Apontando o corte na testa, Fiore alçou olhares para os pinheiros na outra margem do alagado. — Morreu um ano depois, caído em uma valeta, bêbado. Sei que não é desculpa, mas eu tive uma vida de merda, Hugo. Talvez por isso eu seja esse bronco.

Hugo permaneceu calado, dominado pela sensação de que, por incrível que parecesse, não era o ambiente que deixava Fiore tranquilo, mas o contrário. Uma das coisas de que mais gostava nele, além do estilo antiquado e dando um desconto pela bronquisse, era que sempre resumia as informações ao básico e nunca tentava soar culto com palavras supérfluas. Contudo, violando seu código laboral, ele estava tagarelando sobre a infância difícil.

— Afogados pelo progresso. — Ele ainda filosofou antes de apontar o banco. — Senta aí, Hugo. Temos que conversar.

Hugo sentou e entrelaçou os dedos sobre as coxas, perguntando-se com quem estava conversando de verdade: com o excêntrico delegado que sempre tinha uma resposta na ponta da língua, ou com o novo, que havia perdido as estribeiras no hospital duas horas antes. Inclinou a cabeça e baixou as pálpebras até que suas pupilas ficassem visíveis pela metade, filtrando parte da claridade incômoda.

— Por que me pediu pra vir aqui? — indagou.

Fiore abriu o mesmo sorriso diplomático de antes. Tragou fundo o cigarro e segurou a fumaça por um tempo antes de soprá-la na direção de Hugo, mas o vento levou a fumaça para longe antes de atingi-lo.

— Hugo, me responde uma coisa — rebateu Fiore. Sua voz tinha diminuído em volume e intensidade. — Há quanto tempo tu tá na polícia?

A pergunta fez Hugo franzir o cenho. *O que isso interessa?* Todo mundo sabia que ele era novato, que tinha passado mais tempo lendo manuais e praticando tiro ao alvo na academia do que combatendo o crime nas ruas. Em termos grosseiros, compreendia aonde aquilo iria chegar. Por isso ficou um tempo pensando no que responder, avaliando que qualquer coisa que dissesse seria seguida de um contragolpe do tipo "Mal criou pelo no saco e já acha que é o Hercule Poirot".

— Você sabe a resposta — replicou finalmente.

Uma brisa com cheiro de pinho quebrou a calmaria da água, gerando pequenas marolas.

— É. Sei. — Fiore olhou para o lado. — Eu descobri que tu era novato na hora que pôs os pés na delegacia, sabe por quê?

Hugo deu de ombros.

— Porque eu tô nessa vida faz uns quarenta anos, meu amigo. Prendendo bandido no sábado pra lei soltar na segunda. Dando tapão no ouvido de vagabundo e tendo que explicar pro promotor por que bati no coitadinho. — Fiore ficou em pé e se aproximou da margem, inquieto, pisoteando o gramado úmido. Sempre preferiu sinceridade a conversa mole. — Jesus Cristo! Será que sou tão bom assim? — murmurou. — Se ninguém percebeu que aquela encrenca lá no hospital era só teatro pra deixar o Jonas confortável, então eu sou a porra do Marlon Brando.

Enrugando a testa em uma expressão de assombro e surpresa, Hugo esticou os joelhos para levantar.

— Como é?!

A exclamação repentina fez os insetos pousados no gramado voarem para a copa da árvore que sombreava o banco.

— Como é o quê? Acha que é só tu que tá desconfiado? Não, porra. Eu também tô, desde que ele apareceu lá em casa sábado passado dizendo que queria ajudar na investigação.

— Caralho! E não podia ter me dito?

— Óbvio que não. O plano era ficar de olho nele, não sair falando pra todo mundo — disse Fiore. — Sabia que tu estava desconfiado, mas não achei que ia fazer aquele fiasco antes do interrogatório.

— Queria que eu fizesse o quê?

— Que tirasse a porcaria do dia de folga, como disse que ia tirar. E que esquecesse essa história, como eu te disse pra esquecer. Eu tinha tudo sob controle.

Hugo não falou mais nada. Sabia que precisava ceder, dar crédito à ideia de Fiore. Ouvindo as folhagens ao redor do banco balançarem, ele pensou em quais seriam as fontes de desconfiança de Fiore. *Será que são as mesmas que as minhas?* Cruzou os braços ao sentir o ar úmido e frio que o vento soprava dos pinheiros iluminados pelo sol do meio da tarde.

— Teatro? Sério? — Ainda não estava totalmente satisfeito. — Pelo menos funcionou?

— A princípio, sim. Ele ficou puto contigo, me perguntou por que tu não queria que ele entrasse. Eu disse que não sabia de nada. Até fiz tua caveira pra ele continuar confiando em mim. Ele acha que vou te afastar do caso por insubordinação. Então é bom que tu amarre um burro nos próximos dias pro teatro funcionar.

Hugo concordou.

— E o interrogatório? — prosseguiu.

— Foi bom. Conseguimos detalhes do que aconteceu naquela noite, mesmo a Cristina não tendo reconhecido o assassino. Ela disse que ele estava usando máscara e não reconheceu pela voz.

Aquilo era estranho.

— O Jonas falou durante a conversa? — Sabia que aquela era uma dúvida barata, mas queria respostas. — Quero dizer... Se ele teve mesmo algo a ver, ela o teria reconhecido pela voz ou pelo jeito de se portar.

— Pois é, mas ela não pareceu reconhecê-lo. Eu te mandei a gravação por e-mail, tire suas conclusões. — Fiore pegou uma pedra e atirou na água, tentando fazê-la quicar, mas sem sucesso. — Pelo menos descobrimos que foi o tal Garrafa que a manteve no porão. Eu queria saber quanto aquele puto ganhou pra se meter numa encrenca desse tamanho.

Ainda encolhido, Hugo decidiu contar sobre sua visita ao Capelinha e como o suspeito tinha misteriosamente aparecido com dinheiro depois de ficar devendo em "mesas de baralho".

— Que filho da puta. — Fiore se exaltou. — Sabe o que me deixa mais irritado? É saber que esse pau no cu levou dois tiros antes de ir pra cadeia na última vez. Partiu pra cima da polícia com uma faca, aí o PM aproveitou e sapecou na bala. Acha que morreu?

— Meu pai sempre diz que coisa ruim não morre.

— Teu pai tá certo.

Hugo balançou a cabeça de um lado para o outro, pouco interessado na história de superação de João Garrafa. Havia algo mais importante na sua mente.

— O que faremos agora? — perguntou.

— Tentar entender qual é a do Jonas — respondeu Fiore. — Descobrir se tá envolvido de alguma forma ou se só tá agindo estranho porque se arrependeu de ter pedido transferência.

Trocaram olhares.

— Acho que sei como fazer isso — disse Hugo em seguida. — Sabe se ele ainda deixa aquele molho de chaves na gaveta quando chega na delegacia?

Fiore assentiu.

— Tá pensando em fazer cópia?

— Não, mas preciso de tempo pra poder vasculhar o apartamento dele. Se existe algo pra ser encontrado, lá deve ser o lugar.

Olharam-se de novo.

— Posso dar um jeito nisso — replicou Fiore, baforando fumaça. — Vou pedir pra ele ir comigo até a cabana do rio. Quero ver se as coisas por lá batem com o que a Cristina contou. Enquanto isso, tu sabe o que fazer. Só me manda um *ok* quando a gente puder voltar. Não demore.

Hugo assentiu com a cabeça.

— Acha que vou encontrar algo?

— Tomara que não.

Dando uma última tragada no cigarro antes de atirar a guimba na água — algumas coisas nunca mudam —, Fiore raspou os sapatos no gramado como se tivesse pisado em merda e começou a andar na direção dos carros. No meio do caminho, interrompeu o passo e olhou para trás por cima do ombro.

— Teve notícias da doutora?

— Nada. — Hugo não conseguia se esquecer da última vez que Lívia tinha visualizado o WhatsApp. — Não sei se é motivo pra preocupação, mas é bem possível que o Jonas tenha cruzado com ela ontem.

Fiore cuspiu no chão.

— É. Eu sei.

44

Qualquer pessoa consegue invadir uma residência. Basta firmar um pé de cabra na moldura da porta, perto da fechadura, e forçar até que as lascas levantem.

No entanto, há uma diferença razoável entre isso e invadir de maneira que o proprietário não perceba. A invasão é um incurso artístico, diria o notório arrombador catarinense João Acácio da Costa, popularmente conhecido como o Bandido da Luz Vermelha. E ele tinha razão. Invadir é uma arte. Uma arte que perde todo o brilho quando a única coisa a fazer é enfiar a chave na fechadura e girar.

O mundo é dos espertos.

A temperatura era agradável e as nuvens escondiam parcialmente o sol quando o celular apitou com uma notificação, fazendo Hugo baixar o volume do rádio em que ouvia a gravação do depoimento. Era Fiore, avisando que ele e Jonas tinham acabado de sair da delegacia em direção à cabana do rio.

"Pode prosseguir."

"Ok", respondeu Hugo.

Havia um jovem esguio sentado nas escadas em frente ao prédio, mexendo no celular e com fones de ouvido jogados sobre a gola da camiseta manchada de suor nas axilas.

— E aí, irmão? — cumprimentou ele.

Vendo que não o conhecia, Hugo apenas maneou a cabeça em resposta. Embora o plano de entrar e sair do prédio sem ser visto tivesse ido por água abaixo, aquilo era algo que esperava. Não se preocupou. Fingiu que era morador e se apressou em empurrar a porta de vidro. Ela deu uma travada quando enroscou no tapete.

— Puxa e empurra de novo. — A dica veio da escada. — Trezentos conto o síndico pagou nesse tapete. Dá pra acreditar?

Hugo abriu um meio sorriso.

— É por isso que o condomínio tá tão caro — disse.

— Pode crer!

O apartamento de Jonas ficava no terceiro andar, de modo que Hugo preferiu usar as escadarias para evitar encontros indesejados no elevador. Subiu acompanhando o corrimão e abriu a porta de incêndio para espiar o corredor quando a luz acendeu automaticamente. Não avistou nada além de um vaso com folhagens artificiais, então se aproximou do número 303 e tocou a campainha. Tudo o que não precisava era dar de cara com uma faxineira, ou com um cachorro igual a Magaiver, que latiria alertando todo o andar. Esperou. Sem Fiore ao seu lado, não teria em quem jogar a culpa caso fosse pego. Contou até trinta e enfiou a chave no buraco.

Estava abafado dentro do apartamento, parecia que as janelas há muito não eram abertas. Analisando a mobília no lusco-fusco, viu as cortinas fechadas e acendeu a luz depois de certificar-se de que a sacada não tinha vista para a rua. Olhou ao redor. Era claro que naquele apartamento morava um solteiro. Três paredes nuas, e a quarta coberta por um suporte de TV sem a TV. No centro da sala, um sofá solitário apontado para lugar nenhum o fez pensar que Jonas tinha vendido parte dos móveis quando soube da transferência para o litoral, mas que interrompeu a oferta ao ser aceito de volta na equipe de investigação.

Tirou o calçado e avançou, mas antes conferiu a hora no celular e enviou uma mensagem a Fiore.

"Tô dentro."

Sentiu um frio na espinha.

Não poderia mais dizer que nunca tinha infringido a lei. A primeira porta no corredor dava para um banheiro pequeno, revestido de cerâmica, onde havia somente o box, o chuveiro e um espelho com seu próprio reflexo o encarando de volta. Na porta ao lado, um quarto com uma cama desarrumada e um guarda-roupa de madeira que, pelo estado, e

258 | Pablo Zorzi

sem que ousassem dizer o contrário, fora trazido ao Brasil por Cabral. Um verniz de nicotina recobria tudo.

— Puta merda — murmurou ao entrar.

O quarto de Jonas era proporcionalmente maior ao resto do apartamento, mas a oferta de móveis parecia a mesma: quase nenhum. Conferindo se não estava deixando pegadas no assoalho laminado, Hugo abriu a primeira porta do guarda-roupa e sentiu a fragrância de Malbec. Por dentro, era um armário bem menos surrado do que o exterior, com calças jeans penduradas em cabides e camisetas bem dobradas ao lado dos uniformes da Polícia Civil. Embaixo, tênis de futsal e sapatênis dividiam espaço com caixas vazias, que ele fez questão de conferir uma por uma.

Abriu a segunda porta e depois as gavetas, mas nada estava fora do normal. Além da quantidade excessiva de camisinhas na gaveta, Jonas Heimich parecia uma pessoa ordinária, que vivia com pouco, até menos do que o necessário.

De volta ao banheiro, percebeu que nem papel higiênico havia ao lado do vaso, fazendo-o se perguntar como o seu colega se limpava.

Foi para a cozinha quase vazia, sem geladeira e com os canos da pia expostos. Sobre a mesa sem cadeiras, viu vestígios de comida de alguém pouco saudável. Farelos de pão, cascas de salame e um vidro de pepino em conserva vazio dividiam espaço com uma lata de Fanta Laranja. Voltou à sala e espiou a sacada pela cortina. Nada. Seria difícil encontrar qualquer coisa sem que houvesse onde procurar.

Quando a frustração por ter cometido outro engano começou a pairar, Hugo se escorou no batente da porta do quarto e viu que havia pequenos tufos de poeira no chão perto da cama, mas uma área se destacava por estar mais limpa que as outras, como se tivessem arrastado algo ali. Avançou dois passos e se ajoelhou. *Bingo.* Era uma caixa de papelão. Deitou de bruços, tentando não deixar novas marcas, e puxou a caixa de debaixo da cama. Colocou-a no colchão e se arrependeu no instante em que viu que a poeira sujou o lençol claro.

Merda!

Bateu a mão no tecido para limpar.

Abriu a tampa com cuidado e sentiu um arrepio eriçar os pelos do braço. Dentro da caixa havia uma arma enrolada em plástico transparente, que Hugo imaginou ser um revólver calibre 32, além de rolos de *silver tape* e, embaixo, um notebook cinza da Samsung. Animou-se. Aquele podia muito bem ser o notebook particular de Jonas, mas era difícil acreditar analisando o local e a circunstância em que fora encontrado. A conclusão foi automática.

Mal podia esperar para mostrar a Fiore.

Rangendo os dentes, tirou uma foto da caixa como estava. Depois colocou o revólver e a fita de lado, sentou na cama, abriu o notebook sobre as coxas e pressionou o botão de ligar. Em instantes surgiu uma fotografia de Anderson e Cristina abraçados, na área de trabalho. Casais problemáticos costumam expor fachadas amorosas por todo o canto: planos de fundo, fotos pela casa, jantares românticos no Instagram e contas conjuntas no Facebook. Tudo para compensar a falta de confiança.

Hugo correu os olhos pela tela e arrastou o cursor até uma pasta chamada "Anderson", posicionada embaixo do ícone do Word. Acessou e viu que estava repleta de arquivos PDF, além de imagens de prisioneiros em campos de concentração, *hyperlinks* para sites de pesquisa, subpastas e arquivos de texto. Um deles, nomeado *A natureza é cruel*, foi o que mais chamou sua atenção. Deu dois cliques. Aquele era o livro que Anderson e Bento — ainda era difícil chamá-lo de Klaus — estavam escrevendo.

Ergueu os olhos para o corredor, pensando no que fazer. A verdade é que o notebook precisava ser enviado para que uma perícia revirasse os dados, mesmo que o plano de deixar Jonas confortável fracassasse. Isso era o que um policial que segue o protocolo faria, mas algo que vinha de um lugar que Hugo não podia explicar dizia o contrário. Era como se um pequeno demônio em seu ombro cochichasse na sua orelha pedindo a ele para mandar o protocolo para aquele lugar.

Deu ouvido ao demônio.

Sem perícia, pelo menos por enquanto.

Voltou a conferir a hora. Ainda tinha bastante tempo para vasculhar cada imagem, cada arquivo de texto, mas por um instante achou que a melhor opção seria salvar tudo em um pen drive e continuar o trabalho em casa. Seria... Se o pen drive não tivesse ficado no carro.

Era hora de agir.

Reabriu a aba do livro e viu que tinha 308 páginas. Na última delas, havia pequenas anotações grifadas com alterações que precisavam ser feitas, como "Conferir se as datas do capítulo quatro batem" e "Verificar o nome verdadeiro do conde alemão". Fechou o texto e voltou para a pasta, abrindo cada um dos arquivos PDF. A maioria não era nada além de pesquisa, mas um denominado *Contrato (2)* aguçou seu interesse.

O arquivo não editável trazia no cabeçalho o desenho de um pinguim em um fundo laranja e, no início do texto, os nomes de Anderson Vogel e Klaus Weiss como partes interessadas de um contrato assinado com a editora britânica *Penguin Books*. Em seguida, um artigo que citava Cristina Weiss como responsável legal pelo avô e, no meio da página, uma cláusula de adiantamento financeiro para reserva de direito de publicação em língua inglesa em territórios europeu e norte-americano.

O rosto de Hugo travou quando viu o valor de 285 mil libras, o equivalente a mais de 1,5 milhão de reais, depositado em uma conta de um banco privado que não tinha agências na cidade. Seu coração começou a socar o peito. Não achava que aquilo fosse possível, até pesquisar no buscador do celular e descobrir que o montante era só uma fatia do que grandes editoras do exterior costumavam pagar por obras nas quais apostavam.

Fotografou o documento, sem dar corda às inúmeras hipóteses que pairavam em sua mente.

Teria tempo para conjurá-las depois.

Agora precisava se ater a registrar tudo e dar o fora dali.

45

A primeira coisa que Hugo fez quando devolveu a chave de Jonas na delegacia foi enviar uma mensagem para Fiore.

"Podem voltar."

"Deixou tudo no lugar?" A resposta veio em seguida.

"Deixei."

Animado com a execução do plano, ele atravessou a rua com os olhos fixos no celular, à espera de que a segunda mensagem fosse enviada, obrigando um motoqueiro a frear e desviar para não o atropelar.

O pneu derrapou no asfalto.

— Tá bêbado, ô desgraça?! — gritou o motoqueiro antes de virar a esquina.

Alguns pedestres olharam.

— Bem que eu queria — murmurou Hugo.

Sem dar atenção, entrou no carro e bateu arranque.

Eram quase cinco da tarde quando Magaiver o recebeu em casa com latidos e saltos. Hugo sentou, escorando-se na porta, e brincou um pouco com ele, fazendo palhaçadas e atirando o osso de borracha na direção da cozinha. Sentia-se leve, como se tivessem removido parte do peso que carregava nas costas. Não o peso da leucemia — esse, embora tentasse reprimir, ainda estava lá —, mas o peso do trabalho que o fazia pensar que não era um bom policial. *Não mais.* Agora tinha onde se agarrar naquele poço de areia movediça que era a Polícia Civil. Tinha descoberto que Jonas estava envolvido no crime, partindo de um pressentimento sem explicação.

— A primeira coisa que um policial precisa ter é *feeling*. — Lembrou-se das palavras de um professor.

Feeling. Pressentimento.

Não importava a nomenclatura.

Ele tinha.

Levantou quando Magaiver cansou de correr atrás do osso e foi ao banheiro buscar analgésicos, pois a meia-vida dos que tinha tomado de manhã estava no fim e a cabeça voltava a latejar. Engoliu um comprimido com água e estendeu as pernas no sofá enquanto esperava seu notebook carregar o sistema operacional. Nesse meio-tempo, telefonou para Lívia, mas, como nas outras vezes, a ligação caiu na caixa de mensagens.

— Ela avisou ontem que não viria trabalhar. — As palavras que o homem dissera na recepção do IGP o acalmaram.

Plugou a ponta de um cabo USB no celular e a outra no notebook, iniciando a cópia das fotografias tiradas no apartamento de Jonas. Queria ampliá-las, vê-las com calma. Enquanto esperava, colocou para rodar uma *playlist* antiga nas caixas de som. O som dos violões o acalmou ainda mais.

Sem saber ao certo o que procurar, abriu o arquivo do contrato firmado entre os autores e a editora. Tinha cinco páginas cheias de artigos e cláusulas, poucos pareciam diferentes de artigos e cláusulas que estariam presentes em qualquer outro contrato. Leu um por um. Alguns, ele precisou ler duas vezes para entender o real significado, e parou naquele que indicava a transferência financeira.

Duzentas e oitenta e cinco mil libras.

Por que Cristina não tinha comentado sobre aquilo?

Seria essa quantia suficiente para que cometesse um crime?

Hugo apostava que sim.

Verificou então a agência bancária para a qual o valor fora transferido e procurou no Google de onde ela era. Não se surpreendeu ao descobrir que ficava em Blumenau. Pesquisou o número de telefone e baixou um pouco o volume da música quando a chamada foi completada.

Uma mulher atendeu.

— Boa tarde, em que posso ajudá-lo?

— Boa tarde. — Hugo hesitou, não sabia muito bem como proceder. — Preciso falar com um gerente, por favor.

Havia pessoas conversando ao fundo.

— Quem é seu gerente?

— Não faço ideia.

— Ok — prosseguiu a mulher. — Qual o número da conta?

Hugo passou a que constava no contrato.

— Um instante, senhor. Vou transferir a ligação.

A musiquinha de espera não durou nem dez segundos, um homem de fala polida atendeu todo cordial. Hugo imaginou que ele estivesse animado pois conseguiria entupir mais alguém com seguro de vida ou título de capitalização, mas seu timbre mudou na hora em que Hugo revelou o motivo do contato.

— Desculpe, policial, mas não posso ajudá-lo com isso. Para obter esse tipo de informação é preciso um mandado, e deve-se tratar direto com o jurídico do banco — explicou. — Sigilo bancário. Espero que entenda minha situação.

Hugo entendia, mas insistiu, contando detalhes sem importância da investigação e perguntando a ele se não tinha visto na televisão ou lido em algum jornal a respeito do bárbaro crime ocorrido em Santa Catarina.

Disse ainda que não tinham tempo para esperar pela burocracia da emissão dos mandados, ter que envolver um juiz e aguardar a boa vontade do banco em cumprir o prazo de envio das solicitações.

— Estamos num beco sem saída, senhor — acrescentou ele. — E é bem possível que as respostas que nos ajudarão a pegar o criminoso estejam nos dados dessa conta.

O gerente suspirou, dando a entender que tinha amolecido.

— O senhor pode mudar nossa sorte — insistiu Hugo.

Outro suspiro.

— Tá bem — retrucou por fim o gerente. — Do que precisa?

Hugo comemorou, mas conteve a empolgação. A vida tinha lhe ensinado que tudo que era bom durava pouco. Quando você tem uma doença e passa parte da infância em um hospital, logo aprende isso. De imediato colocou o cérebro para funcionar, matutando que deveria ter formulado as perguntas antes de telefonar. Começou pelo básico, como qual era o tipo de conta e quem tinha acesso a ela.

— É uma conta conjunta. Apenas o sr. Anderson Vogel e a sra. Cristina Weiss têm acesso — explicou o gerente.

Hugo olhou a imagem do contrato na tela do notebook, imaginando onde Jonas se encaixava naquela história.

— Sabe se houve movimentação recente? — indagou.

Ouviu um barulho de teclas.

— Houve. — O gerente soava afobado, como se tivesse sido pego de surpresa. — Alguém solicitou a transferência de um valor elevado para uma conta... — Hesitou. — Para uma conta no exterior? — perguntou-se ele mesmo. — Isso é estranho.

Hugo se empertigou.

— O que é estranho?

— Isso deveria ter sido autorizado por mim — disse, com uma voz preocupada. — Valores altos precisam da assinatura do gerente. O pedido precisava passar pela minha mesa, obrigatoriamente, e não passou.

Era tudo o que Hugo precisava ouvir. A motivação para o crime tinha sido o dinheiro, ao menos era o que aparentava.

— Tudo bem. Escute... — Hugo o acalmou. — Consegue ver no nome de quem tá a conta que recebeu o dinheiro?

— Não dá. É numeral — revelou o gerente, começando a colaborar mais depois da descoberta. O dele também estava na reta. De repente, toda a cautela com sigilo bancário evaporou. — Conheço clientes que fazem isso por evasão fiscal. Alguns bancos no exterior são bem sigilosos quando o assunto é a identidade dos clientes.

— Entendi — disse Hugo. — Mas você tem o registro da data da transferência, não tem?

Mais teclas.

— Vinte de fevereiro.

Dois dias antes do crime.

Hugo se esticou para pegar o bloco de notas. O notebook quase caiu do seu colo, Magaiver soltou um ronco com o movimento abrupto.

— Tá registrado quem solicitou?

Houve um breve silêncio.

Nas caixas de som, a *playlist* seguia tocando, o violão de Belchior tecia sua melodia sublime.

— Deveria estar, mas, como eu disse, isso não passou pela minha mesa — respondeu o gerente. — Não sei o que te dizer, policial. Um negócio desses nunca aconteceu aqui.

— Alguma ideia?

— Interferência interna. — A resposta veio sem rodeios. — Só pode ser isso.

— Mais uma pessoa envolvida — ponderou Hugo.

— É. Meses atrás houve um problema parecido em outra agência, um funcionário simulava empréstimos agrícolas para empresários em troca de benefícios. Faziam isso pelos juros menores, mas nenhum beneficiário era agricultor. O gerente não sabia de nada, mas o funcionário acabou demitido e preso.

Hugo fechou os olhos por um instante. Pensou em Cristina sentindo-se amedrontada e no talho em sua sobrancelha, no diário do velho Bento e, no meio dessa sombra, no sorriso de Lívia. Peças soltas que só precisavam de um pouco mais concentração para que se encaixassem no quebra-cabeça.

Deixou-se levar pela imaginação. Com certeza haveria encaixe. Mesmo que não o enxergasse, não significava que ele não existia.

— Quais as chances de alguma pessoa ter falsificado documentos e solicitado a transferência no nome de um dos titulares? — Vasculhou o cérebro em busca de algo que soasse plausível.

— É possível, mas muito difícil — respondeu o gerente. — O sistema bancário é desenvolvido para identificar qualquer tipo de tentativa de fraude. Além do mais, mesmo com toda ajuda interna, o falsificador precisaria saber a senha da conta.

O barulho de um aspirador no apartamento vizinho obrigou Hugo a forçar o alto-falante do celular contra o ouvido. E suas desconfianças, que ainda estavam todas sobre Jonas, tiveram a credibilidade arranhada pela necessidade da senha. A não ser que... A não ser que Cristina não tivesse sido totalmente honesta no depoimento.

O gerente afastou o telefone da boca e cochichou com alguém.

— Preciso desligar — disse depois de um tempo. — Tenho que informar os meus superiores do que aconteceu aqui, mas ficarei feliz em continuar ajudando quando conseguir um mandado.

Hugo o deteve.

— Só mais uma coisa. É importante — ponderou. — Confere se a conta foi movimentada alguma vez depois do dia 22.

Mais som de teclas.

— Não há movimentação depois desse dia — replicou o gerente. — Mas no dia vinte, minutos antes da solicitação de transferência, foram feitas duas compras no cartão de crédito.

— Como é?! Consegue saber onde?

— Gol Linhas Aéreas.

O começo de uma nova música crepitava nas caixas de som.

"Foi por medo de avião..."

O mundo não é um lugar cruel. Só é aleatório, sem ordem, sempre tendendo ao caos. E nessa tempestade de caos, Hugo só conseguia pensar em uma última pergunta:

— Por favor... — Engoliu em seco. — Me diz que tem como saber com qual cartão a compra foi feita.

— Um momento. — O gerente suspirou. — Com o do sr. Anderson.

46

Passava das 20h30 quando Hugo saiu do chuveiro enrolado em uma toalha e foi para o quarto. A temperatura tinha caído bastante desde o fim da tarde e gotas-d'água pingavam do seu corpo molhado no assoalho. Assim que vestiu uma calça e uma camisa de manga longa, o interfone tocou na cozinha. Ele correu para lá, agarrou o aparelho e, quando Fiore resmungou um rabugento "Sou eu", apertou o botão preto que abria a porta da recepção.

Magaiver latiu e farejou desde o joelho até a sola do sapato de Fiore quando ele entrou no apartamento dois minutos depois equilibrando uma caixa de pizza na mão direita.

— Essa é a última vez que faço frete pra ti — reclamou.

— Pra mim?! — indagou Hugo. O chão frio de tacos de madeira o fez querer calçar meias. — Você pediu pra eu arrumar coisa pra comer.

Fiore o encarou, sustentando um olhar ranzinza.

— E aí tu teve a brilhante ideia de pedir pizza e dizer que não precisavam entregar aqui porque alguém ia buscar?

— Qual o problema?! Se não quiser, não come. — Hugo espiou o corredor e trancou a porta. Ao voltar para dentro, embalou o corpo para buscar pratos e talheres, mas logo percebeu que a mesinha da sala estava repleta de papéis sobre o caso. Suspirou. — Arruma um lugar pra pôr a caixa. Vamos comer com a mão.

Largando a caixa no encosto do sofá, Fiore se sentou com as pernas esticadas e inclinou-se para pegar uma das folhas. Analisou-a por um tempo, erguendo as sobrancelhas e olhando ora para ela e ora para Hugo, que naquele instante fazia a segunda viagem para a cozinha em busca de copos e do pote de ketchup.

— Como conseguiu pegar essas coisas? — perguntou Fiore.

— Não peguei. — Hugo empurrou a cadeira da escrivaninha para perto do sofá, improvisando-a como mesa. — São as fotos que tirei no apartamento do Jonas. Eu imprimi mais cedo — explicou. — Essa é de onde estava o notebook, a arma e os rolos de *silver tape*, a mesma fita que achamos no corpo de Pâmela Viana. Quer guardanapo?

— Quero.

Hugo entregou um guardanapo.

— Se continuar olhando, vai encontrar o contrato e alguns trechos do livro que o Anderson e o Bento estavam escrevendo. — Abriu a caixa e deixou o vapor da pizza subir para o teto. — Duzentas e oitenta e cinco mil libras foi o que eles receberam. Calculei a taxa de câmbio. Isso é quase um milhão e meio de reais. Dá pra acreditar?

Fiore deu de ombros. Seus cabelos rentes estavam desgrenhados e duas bolsas escuras saltavam embaixo dos olhos, ampliadas pelo nariz com veias em forma de teias de aranha.

— Não entendo nada de mercado literário — disse.

— Nem eu — replicou Hugo. — Mas vi na internet que, em algumas publicações, rola dinheiro grosso. Coisa de oito dígitos.

— Pra escrever um monte de baboseira? — Fiore devolveu as folhas à mesinha antes de se esticar para pegar uma fatia de pizza. — Se for assim, vou escrever um livro quando me aposentar. *Manual prático para prender filhos da puta.* Acha que pagam quanto?

— Acho que vai ter que pagar pra alguém ler.

— É possível.

Riram.

Enquanto o número de fatias diminuía na caixa, Hugo contou como tinha encontrado as provas no apartamento, além disso esmiuçou as informações do contrato editorial e o teor da ligação com o gerente do banco, que tinha recebido o adiantamento em dinheiro. No meio das frases, fazia pequenas pausas, para garantir a ordem exata dos acontecimentos. Falou da solicitação de transferência para o exterior, da impossibilidade de saberem no nome de quem estava a conta e das passagens aéreas compradas com o cartão de Anderson Vogel dois dias antes de ele ser assassinado, que descobriu terem sido emitidas no nome dele e de Kathleen O'Murphy.

Aparentando assimilar a enxurrada de informações, Fiore não o interrompeu nenhuma vez, apenas ouviu em silêncio, concordando e enrugando a testa. Mordia a pizza, corria os olhos pelas folhas impressas e as avaliava, tentando captar algo que ia além do que estava escrito.

Em certo momento, ele levantou e foi para perto da sacada. Hugo acompanhou o movimento com os olhos, querendo descobrir o que se passava dentro da cabeça dele.

— Vai me dizer no que tá pensando? — perguntou.

Fiore não reagiu. As palavras mal tinham penetrado seu devaneio. Ficou calado por mais alguns segundos, fitando o horizonte fosco de neblina, onde a lua era só um borrão.

— Tô pensando na conta no exterior e nos bilhetes aéreos — revelou por fim, em uma voz quase inaudível. — Aí me lembrei de quando a doutora disse que achou porra nas tetas da inglesa. Me parece bem óbvio o que aconteceu: eles treparam na noite do crime, sem se importar com a mulher do cara no andar de cima — concluiu. — Se analisar friamente, não é difícil imaginar que eles queriam sumir com o dinheiro.

— Foi o que pensei.

Fiore deu uma fungada.

— O problema é que tem algo no depoimento da Cristina que não bate — prosseguiu. — Embora ela tenha falado sobre a droga do livro, não comentou nada sobre o dinheiro.

A cabeça de Hugo se inclinou em concordância.

— Talvez não soubesse.

— Talvez. Mas isso não explica a assinatura dela no rodapé do contrato, explica? Um milhão e meio na conta de repente. Difícil engolir a história de que não sabia. — Fiore permaneceu cético. Enfiou a mão no bolso e pegou o cigarro. — Só sei de uma coisa: isso não me cheira bem.

Cristina ou o cigarro?

Hugo assentiu de novo.

— Acha que ela tá envolvida?

— Não sei. O que verificamos na cabana bate com o que ela disse — explanou Fiore. — Os restos de fita e o pedaço de madeira que usaram pra bater nela ainda estavam lá. Quero dizer... Você viu os pulsos machucados e o talho em cima do olho. Encontramos até uma pilha de fezes num canto onde ela devia... — Hesitou. — Amanhã cedo vamos interrogá-la de novo. Precisamos descobrir se sabia da existência do dinheiro ou se é só mais uma na lista de esposas trouxas que não sabem nada da vida do marido.

Hugo colocou meia fatia de pizza de volta na caixa e ficou em pé, foi na direção da porta de vidro e olhou para a rua de forma reflexiva. As complicações do caso — o que seu antigo professor de português chamaria de idiossincrasias — se multiplicavam. A cada resposta, duas novas perguntas surgiam, sem que eles pudessem evitar. Não que aquilo fosse ruim. É sempre melhor uma resposta e duas novas perguntas do que resposta nenhuma, embora seja ainda melhor uma resposta e nenhuma nova pergunta. Esse não era o caso. Escorou-se no guarda-corpo e ficou pensativo, mas seus pensamentos logo foram interrompidos pela buzina de um carro que passou voando pela avenida principal.

— Decidiu o que fazer com o Jonas? — perguntou.

Fiore olhou para além dele, para os papéis espalhados na mesinha, e levantou uma sobrancelha.

— Vou pedir a prisão. É nossa melhor chance. Quando apresentarmos as provas, ele vai saber que tá fodido e que advogado nenhum vai conseguir livrá-lo do xilindró — revelou. — Ele é esperto. Sabe como a bandidagem trata policiais na cadeia. Vai querer fazer um acordo, colaborar, aí resolvemos o caso de uma vez.

Hugo inspirou fundo e relaxou o corpo. Entrou em um leve estado de transe que permitiu que seus pensamentos fluíssem. Não tinha tanta certeza se prender Jonas era mesmo a melhor opção. Queria resolver o caso mais do que ninguém; ter uma medalha pendurada no peito, mesmo sem farda. Um caso complexo desmantelado seria um grande avanço na sua curta carreira, além de um motivo de orgulho para a vida... ou para a morte.

— Não acho que deva fazer isso — opinou.

A frase fez Fiore apagar o isqueiro. Ambos sabiam que grande parte das informações acumuladas durante a investigação era tão útil quanto feriado em domingo, a não ser que prendessem alguém. E Jonas era a bola da vez.

— Por quê? Tu ainda tem dúvida de que ele tá envolvido?

— Não, nenhuma dúvida. Aliás, ter entrado naquele apartamento serviu pra responder a algumas perguntas. Agora também tenho certeza de que foi ele quem tramou pra incriminar o Miguel Rosso.

Pela fisionomia de Fiore, ele esperava explicação.

— É que eu encontrei o Jonas no hospital no dia que fui interrogar o Miguel — contou Hugo, imaginando se tal informação não deveria ter sido compartilhada antes. Uma pontada de angústia atingiu seu peito. — Parecia só obra do acaso no início. Ele disse que tinha ido visitar o filho de um amigo, mas é óbvio que era mentira. Estava fazendo outra coisa, tecendo uma teia, elaborando o plano que desviaria nosso foco.

Fiore fez pouco caso do comentário.

— Também foi ele que tentou mudar o foco da investigação para aquela tropa de maconheiros dos Filhos da Cinza — acrescentou. — Conheço o Jonas há anos. Sei que ele tem problemas, todo mundo tem, mas sempre achei que minha desconfiança não ia dar em nada. Coisa da nossa cabeça. — Emitiu um som de desprezo. — Puta que o pariu! Enfiar o coração de alguém no freezer? Dá pra acreditar?

Os dois ficaram calados um instante.

— Por isso temos que manter as coisas como estão. O Bento continua desaparecido, não temos notícia do João Garrafa e a Lívia segue sem atender o celular. Vamos manter as aparências, fingir que tá tudo bem e colar nele nos próximos dias.

Isso soava racional por um lado e ridículo pelo outro.

— E se ele descobrir que alguém entrou no apartamento?

— Não vai — insistiu Hugo. Algo dentro dele dizia que precisavam tentar. — Essa é a primeira vez desde o início que temos alguma vantagem. Vamos colar nele, esperar que nos leve a alguém. No final, se não der em nada, ainda temos a chance de ele querer um acordo.

Fiore voltou para a sala fazendo gesto com as mãos. Sentou-se no sofá e tamborilou os dedos no encosto enquanto olhava para cima em busca de alguma ajuda divina, mas a única coisa que encontrou foi a lâmpada pendurada no teto.

— Tá bom — concordou. — Vamos fazer isso.

47

O relógio na cabeceira marcava 4h55 da manhã quando Ivanor abriu os olhos. Por um momento, cogitou a hipótese de virar para o lado e dormir mais um pouco, mas logo tratou de espantar a vontade. Aquele era o horário exato em que gostava de acordar. Um intervalo entre a certeza de que todos já tinham ido dormir e a de que a grande maioria ainda não tinha acordado. Um breve período em que a cidade toda estava em silêncio.

Sentiu o frio das tábuas ao colocar os pés no chão, pisando em um pedaço de assoalho que rangeu. Parou de se mexer, torcendo para que a esposa não tivesse acordado. Andou até o guarda-roupa e vestiu a jaqueta da cooperativa que tinha ganhado do patrão meses antes. Com os dedos dos pés duros e arroxeados, foi para a cozinha e ligou o rádio em uma das poucas estações AM que havia sobrado depois do anúncio do governo acerca da facilitação de migração de emissoras para FM. Gostava daquele programa porque as músicas eram boas e todo dia o locutor fazia um apanhado geral sobre o preço da soja, do milho e de outros grãos. Não que precisasse saber. Era apenas um peão de estância desprovido de sorte, mas gostava da sensação de dizer aos outros que o saco de milho estava valendo vinte centavos a menos do que na semana anterior.

Abriu a caixa de lenha e pegou alguns gravetos para acender o fogão. Soprou as brasas até que virassem labaredas. Quando terminou, encheu a chaleira com água e foi cevar o chimarrão.

Passou a hora seguinte se aquecendo, bebendo água quente com sabor de erva-mate, ouvindo as músicas do rádio e apreciando o horizonte largo coberto com uma espessa neblina.

Às 6h foi acordar o filho e, quinze minutos depois, eles embarcaram no Del Rey e dirigiram até a fazenda onde trabalhavam. Estacionaram perto do galpão de máquinas e caminharam pelo gramado, deixando novas marcas no emaranhado de pegadas que os outros peões tinham deixado.

— Bem que hoje podia ser domingo. — O garoto mantinha os braços cruzados. — Devia ser proibido trabalhar quando tá frio.

— Com o tempo, a gente se acostuma — replicou Ivanor. — Só não vai começar a reclamar na frente do patrão. Ele te deu essa oportunidade e não gosta de piá vadio.

— Tá bom.

Fazia anos que a região não via mudanças climáticas tão drásticas durante uma mesma estação. Jaquetas de manhã, camisetas de tarde. Havia dias em que os pecuaristas recolhiam seus rebanhos à noite e as lavouras de aveia pareciam plantações de algodão nas primeiras horas da manhã, antes que o sol derretesse a geada. Os especialistas creditavam essas mudanças climáticas abruptas ao fenômeno do efeito estufa.

Quanta baboseira. Ivanor sempre dizia.

Semanas antes, ele tinha recebido um vídeo que provava que toda aquela história de efeito estufa era fantasia de ambientalista. *Se tá no zap-zap é verdade. Todo o resto é* fake news. Mal sabia o significado da palavra, mas, como o pessoal da fazenda a estava usando nos últimos meses, obrigou-se a usar também. É *fake news.* Dizia quando via algo na TV em que não convinha acreditar.

Continuaram caminhando, observando os inúmeros hectares plantados no lado direito da trilha e mais uma imensidão de terra fértil pronta para ser semeada na esquerda.

Um casal de gatos passou perseguindo uma ratazana quando chegaram ao galpão. Antes que colocassem os pés para dentro, viram o capataz completando com diesel o tanque do trator.

— *Buenas?* — cumprimentou Ivanor.

— Mais ou menos. Essa bosta deu problema de novo. — O capataz deu um coice no pneu. — O engate da plantadeira não tá firme. Tentei apertar, mas não deu certo — disse. — É bem possível que desencaixe.

Ivanor torceu o nariz.

— Se acontecer, a gente dá um jeito. — Esticou-se para conferir a chave na ignição.

Assim que o capataz se despediu deles, rumando para outras bandas, Ivanor subiu na boleia e o garoto se sentou no para-lama, segurando firme em uma dobra do teto quando o motor do trator roncou.

Rumaram para a lavoura.

Passaram um tempo despejando sementes na terra, indo e voltando das fileiras abertas pelas lâminas da plantadeira. Conversaram sobre a escola e sobre como um colega do garoto tinha perdido o emprego na cidade depois de ter sido pego surrupiando o moedeiro de uma caminhonete na lavação onde trabalhava.

Perto das 7h20, já no fim do primeiro hectare e com a jaqueta ficando quase obsoleta, Ivanor enfiou o pé no freio ao sentir a máquina dando um forte solavanco.

— O que foi isso?! — reclamou.

Olhou para trás, conferindo se o engate tinha soltado.

— Acho que foi uma pedra — disse o garoto, saltando no chão com agilidade. — Vou dar uma olhada.

Ivanor baforou as mãos e encarou o horizonte. Ainda tinham bastante trabalho pela frente. Se tivessem sorte e o garoto se saísse bem, talvez fossem contratados com salário mensal e benefícios em vez de receberem por dia de serviço. *Com sorte.* Já tinham conversado sobre isso no início do ano, mas o patrão respondera que as coisas estavam difíceis. *Mais baboseira.* Se estivessem mesmo difíceis, ele não estaria viajando para a praia duas vezes por ano. Respirou fundo, sentindo o ar matinal raspar na garganta. Sabia que tinha nascido para ser pobre e nada que fizesse iria mudar sua sorte. Conferiu o marcador de combustível e olhou para trás ao perceber que o garoto ainda não tinha voltado.

— Tudo bem aí? — perguntou.

O garoto estava agachado ao lado do grande pneu, imóvel e com rosto branco igual a algodão. Pensando que ele tinha comido algo no café que não assentou bem no estômago, Ivanor desembarcou e chegou mais perto.

Foi então que ele viu.

48

Uma garoa fina caía no para-brisa quando Hugo estacionou em frente ao Elefante Branco. Consciente do seu atraso ao conferir a hora no relógio de pulso, ele entrou apressado pelo acesso dos funcionários e recebeu um cumprimento murcho da recepcionista, que organizava uma montanha de papéis atrás do balcão. Ela estava cabisbaixa, amedrontada, escondida embaixo das sobrancelhas pinçadas. Movia sistematicamente os olhos de um lado para outro sem fixá-los em lugar nenhum, como se tentasse esconder algo importante.

— Tudo bem contigo? — perguntou Hugo.

— Não muito. — Ela balançou a cabeça.

— Quer falar a respeito? — Tentou ser atencioso. Às vezes, tudo que uma pessoa com problema precisa é de um ouvido bem aberto e de uma boca bem fechada. — Tenho que dizer que ultimamente adquiri certa experiência com problemas. — Sorriu.

A recepcionista ergueu os olhos.

— O problema não é comigo — disse. — E o Fiore tá te esperando na sala dele. Vai logo pra lá. Uma coisa ruim aconteceu.

Hugo franziu o cenho.

Coisa ruim? Que coisa ruim?

Avançou corredor adentro sem dizer mais nada, com todos os instintos em alerta. Coisas ruins aconteciam às vezes, mas nada que causasse aquele tipo de reação. No meio do caminho até o escritório, viu os funcionários do Detran conversando atrás dos guichês de vidro, preparando-se para os primeiros atendimentos às 9h. Mais alguns passos e topou com o cabo Silva, que passou apressado ao seu lado, como se nem o tivesse visto. Hugo olhou para trás por sobre o ombro, acompanhando os passos largos do PM até a saída. Dava para sentir no ambiente que algo não estava normal, considerando os níveis de normalidade de uma delegacia.

Na fileira de bancos parafusados no corredor, um homem de bigode, com parte do rosto escondido embaixo de um boné surrado, chamou sua atenção. Ele mantinha as mãos enterradas no bolso da jaqueta e fitava o chão com o nariz apontado para as botas de couro embarradas. *Um agricultor*, ponderou Hugo, se perguntando se a presença dele tinha algo a ver com a coisa ruim. Seguiu em frente e parou na porta do escritório.

Lá dentro, Fiore estava sentado na escrivaninha com o telefone grudado na orelha, argumentando com alguém no outro lado da linha. Ele apontou a cadeira quando viu Hugo chegando.

— Senta aí — cochichou. — Já falo contigo.

Hugo sentou, analisando pela janela as turbulentas nuvens cinza que percorriam o céu acima da cidade, espalhando-se como flocos de algodão sujo por toda a paisagem.

Nos segundos seguintes, ouviu uma série desordenada de "sim" e "não", um "estamos trabalhando nisso" e um "vou verificar" antes que Fiore desligasse. Por meio minuto depois de devolver o telefone ao gancho, Fiore ficou em silêncio, alisando a testa enrugada com uma expressão séria, como se ensaiasse o que dizer em seguida. Outra passagem estranha naquela manhã estranha. Fiore não era de enrolar. Sempre dizia o que queria dizer sem medo das consequências. Era uma metralhadora verbal. Para mandar alguém tomar no cu, bastava um simples esbarrão. E naquele momento, ele estava ali, calado, carregando na língua um silêncio com peso de expectativa.

— Como passou a noite? — perguntou ele, finalmente.

— Como passei a noite? — O espanto com a pergunta inusitada fez Hugo titubear. *Ele perguntou mesmo como passei a noite?* Torceu o nariz. — Vem cá... Vai me contar por que tá todo mundo com essa cara, ou quer saber a que horas fui dormir?

Fiore juntou os lábios e deu uma torcida no pescoço, mas uma agitação no corredor fez com que interrompesse o que ia dizer e olhasse para as pessoas lá fora que cruzaram seu campo de visão. Embora não fosse fã de afagos e sutilezas, parecia tenso. Tão tenso que batia a ponta da caneta na mesa em um ritmo descompassado e irritante.

— Viu aquele homem sentado ali fora? — indagou.

— Vi. — Hugo olhou para trás por instinto.

— Ele e o filho trabalham na fazenda de um amigo meu — contou. — Tu deve ter ouvido falar do cara, ele é vereador, metido igual a cueca em cu de gordo. Mas agora isso não importa. O que importa é que a propriedade faz divisa com a chácara do Anderson Vogel.

— Cueca em cu de gordo? Puta que o pariu, Fiore. Tu não tem limite mesmo. — Hugo balançou a cabeça. — Enfim... Aconteceu alguma coisa lá?

— Aconteceu — assentiu Fiore. — Hoje cedo, eles estavam dirigindo um trator e encontraram um corpo no meio da lavoura. É por isso que todo mundo tá com essa cara.

Hugo recuou na cadeira, saboreando o gosto amargo de mais uma possível lacuna no crime — eram tantas. Coisas boas são tão frágeis que podem ser arruinadas por um sopro. *Mais um corpo?* Imaginou de quem poderia ser. João Garrafa e o velho Bento passaram por sua mente como flashes. Pensando bem, nada impedia que fosse só algum desconhecido azarado que viraria estatística. Porém, a expressão austera de Fiore dizia o oposto. Pensou mais um pouco. Se João Garrafa tivesse morrido, estariam festejando, dado o incômodo que causava às autoridades desde sempre. Então não devia ser ele. Bento, talvez; embora sua morte não explicasse o motivo do abatimento da recepcionista. *A não ser que...* Não. Teve um horrível pressentimento e, quanto mais tentava repeli-lo, mais ele cravejava em sua consciência. Não queria nem cogitar a hipótese.

— Quer que eu vá pra lá investigar? — perguntou.

Fiore suspirou.

— Hugo, tu não tá entendendo — disse ele em um tom mais calmo que o normal. — O corpo que encontraram era... — Engasgou com a própria fala. — O corpo que encontraram era da Lívia.

Um trovão fez a sala tremer.

Hugo olhou atônito para a janela, sem acreditar no que acabara de ouvir. Sua pele formigou e a pulsação aumentou tanto que podia sentir o coração empurrando as costelas. *O que era para ser aquilo? Um teste de reação?* Uma porção de saliva ficou presa na garganta sem que conseguisse fazê-la descer. *Deve haver algum engano.* Pigarreou. Por um momento, fitou Fiore com os olhos vidrados e o queixo caído, mas ele se mantinha totalmente insondável. Depois, foi tomado de uma completa confusão.

— Lívia? Que Lívia? — Inclinou-se e abriu um sorriso jocoso, como dizendo que aquela não era uma boa hora para brincadeiras. — Tá brincando, né?

Fiore olhou para o chão.

— Bem que eu queria — disse.

Ouvir aquela resposta abalou seu autocontrole como nada mais poderia abalar. E o seu mundo, já de cabeça para baixo, sofreu um novo abalo. Ficou paralisado, a respiração ecoava nos seus ouvidos. Cada parte do seu corpo estava entorpecida. Cada fração de segundo ganhava uma proporção diferente enquanto se lembrava da chamada perdida às 21h53. De repente, o fardo da ligação caiu sobre seus ombros com o peso de quinhentos mundos. Por algum motivo que jamais saberia, Lívia tinha telefonado para ele na noite em que desapareceu. E ele não tinha atendido porque estava bêbado demais para ouvir a música do toque. Bêbado demais para admitir que seu câncer tinha voltado e que não havia nada que pudesse fazer, senão aceitar o novo tratamento, como qualquer pessoa razoável faria. Não tinha atendido... E agora ela estava morta, o que fazia tudo se solidificar em um nó duro entremeado com a sua dor. Respirou fundo. Não sentia vontade de chorar, mas a dor visceral o fazia permanecer calado. Sempre pensou ser uma pessoa forte, na maioria das vezes, mas a verdade é que era só um frouxo patético.

— Me passa o endereço da fazenda onde a encontraram — pediu, ficando em pé. — Preciso ir pra lá. — Sua visão ficou turva, e ele piscou para recuperar o foco.

— Não precisa.

— Preciso — insistiu. — Alguém confirmou que era ela, ou as únicas testemunhas são o cara ali fora e o filho?

Algo em seu peito ainda aflorava a possibilidade de que o agricultor estivesse enganado.

— Hugo, me escuta. — Fiore levantou e fechou a porta. — Eu recebi as fotografias do local. É ela — afirmou, voltando para perto da escrivaninha. — Eu sei que vocês tinham se aproximado nos últimos dias, mas ela tá morta, por pior que isso soe. Tá morta e nada vai mudar o que aconteceu.

Hugo riu de nervoso.

— Isso é pra ser um consolo?

— Um estímulo. Porque o desgraçado que fez isso ainda tá solto por aí. E é nisso que temos de nos concentrar agora.

Fiore tinha razão, mas ainda assim era difícil mergulhar na circunstância que brilhava como um letreiro de neon: Lívia está morta. Escorou-se na parede, abaixo dos pôsteres de futebol, ajustando o cérebro em busca de qualquer aspecto que solucionasse mais problemas do que criasse.

— Sabe como aconteceu? — perguntou.

— Por enquanto só sei o que o cara contou — respondeu. — Estavam de trator na lavoura quando pensaram ter enroscado numa pedra. O filho desceu pra olhar e, bem... Não era uma pedra.

Os olhos de Hugo umedeceram e ele segurou uma lágrima que pedia passagem. Não uma lágrima de dor, mas de ódio. A notícia o atingira com a força de um soco no estômago tão forte que fez a bile subir pela garganta. Um vazio crescia dentro dele. De repente, se lembrou da voz de Lívia e de como ela tinha se oferecido para ajudar na tradução do diário, mas logo outra lembrança inundou sua mente. Uma nada agradável. Hugo fez força para mantê-la distante, anestesiando o cérebro, mas nada que fizesse repararia o estrago feito.

— Cadê o Jonas? — Cerrou o punho e se imaginou socando o colega até que a cartilagem do nariz dele se desintegrasse.

— Não apareceu, mas pedi um mandado de prisão. A polícia tá atrás dele — respondeu Fiore. — Eu estava de mãos atadas e não tive como esperar pra colocar nosso plano em prática. Espero que entenda que nada mais importa a não ser a prisão daquele filho da puta.

— Concordo. — Hugo entendia.

Embora o plano fosse estratégico e permitisse solucionar os assassinatos, ele não era perfeito e imutável. E a morte de alguém tão próximo ao círculo investigativo não poderia terminar de outra maneira senão com uma total reformulação. Na verdade, àquela altura, Hugo estava pouco se lixando para o plano. Seu subconsciente havia dado um jeito de virar a chave, trabalhando em plena capacidade para entender por que aquilo tinha acontecido com Lívia. No fundo, queria ver Jonas atrás das grades, sentado na cadeira dos culpados implorando por um acordo, para não ser atirado aos cuidados dos outros presos.

— Sabe como ela morreu? — perguntou em seguida.

Fiore fez que não.

— Tô indo pra fazenda daqui a pouco. Só estava te esperando pra dar a notícia. Não queria que descobrisse de outro jeito.

O ar na delegacia parecia denso, nada palatável.

— Obrigado. — Hugo se manteve em silêncio por alguns segundos, um sem-número de perguntas martelava na sua mente. — Acha que a mataram por causa daquela faca?

— Não — respondeu Fiore. — Eu falei com o Telmo agora há pouco. O perito que trabalha com ela. Ele disse que o sangue da faca bate com o do Anderson Vogel, mas que a Lívia não sabia disso. Parece que ela fez a coleta na lâmina, mas não teve tempo de enviar ao laboratório. E como ela não foi trabalhar desde então, não tinha como saber o resultado — explanou. — Não foi por causa da faca.

Raios cortavam o céu em um espetáculo de luzes, e a chuva começou a atingir a janela com pequenos socos.

— Perguntou se tinha mais alguém no IML naquela noite?

— O estagiário. — A resposta foi seguida pelo toque do celular de Fiore. Ele olhou quem era e silenciou a chamada. — Preciso atender. É importante. Mas marquei o depoimento dele e pedi as imagens das câmeras do IGP. Logo vamos descobrir quem fez isso e por quê.

Hugo esfregou o rosto.

— O que posso fazer pra ajudar?

— Ir ao hospital e descobrir se a Cristina sabia do dinheiro.

49

A garoa fina se transformou em chuvarada quando Hugo acessou o estacionamento do hospital. Através do limpador de para-brisa em movimento, ele avistou uma enfermeira falando ao celular embaixo do toldo da entrada. Parou o carro perto dela, em uma das vagas exclusivas para médicos. *Foda-se.* Estava com pressa, não queria se molhar e tinha certeza de que ninguém iria encher seu saco por estacionar uma viatura em local impróprio. Puxou o freio de mão com força e correu até a cobertura.

Entrou pela ala de emergência do SUS, apinhada de gente tossindo, agonizando e mexendo no celular. Teve vontade de mandar todos à merda. Ao menos estavam vivos. Tinha ouvido certa vez, em uma conversa de bar com o amigo de um amigo que trabalhava em hospital, que boa parte dos pacientes que emitiam sons de agonia fingia para passar na frente dos demais. Jeitinho brasileiro atualizado com sucesso. No entanto, com o passar dos anos, a onda se espalhou e o número de gemedores aumentou substancialmente, fazendo com que ninguém mais passasse na frente de ninguém. Como clinicamente não era possível mensurar a necessidade de atendimento pelo volume do gemido, estabeleceu-se que todos precisavam de atendimento rápido, mesmo que parecesse estranho ver as palavras "rápido" e "SUS" na mesma sentença.

Ai, Deus me acuda. Quis resmungar ao perceber que havia alguém na sua frente no balcão de atendimento. Parecia uma jornalista, pois vestia terninho azul-escuro e carregava uma valise de couro embaixo do braço. Olhou para o chão, torcendo para que ela não o visse ali.

Fiore tinha deixado claro que não queria ninguém dando entrevistas, e a última coisa de que Hugo necessitava era perder tempo desviando de um microfone insistente. Precisava falar com Cristina o quanto antes, para ir ao encontro do corpo de Lívia na fazenda.

Ficou três minutos esperando, braços cruzados, cabeça baixa, avaliando que deveria ter entrado pelo outro acesso do hospital, mesmo que isso tivesse encharcado suas roupas. Na sala de espera, uma enfermeira com ar exausto de turno dobrado instruía os pacientes sobre que direção tomar quando fossem chamados.

— Senhor?! — Ouviu uma voz.

Virou-se e viu a mulher de terninho indo para a saída.

Uma coisa a menos com que se preocupar.

— Bom dia. — Ele se aproximou do balcão. — Parece que nem aqui esse pessoal dos jornais dá trégua. — Sorriu.

A atendente deu de ombros.

— Não sei. Ela me disse que não era jornalista.

— É o que sempre dizem. — Ele acompanhou a mulher com os olhos até ela abrir um guarda-chuva e desaparecer no estacionamento.

O barulho dos pingos no toldo de plástico foi diminuindo conforme a porta automática fechava.

— Como posso ajudá-lo, senhor?

Hugo colocou as mãos no balcão.

— Ontem à noite alguém ligou agendando uma visita fora de hora com a paciente Cristina Weiss — explicou ele. — Não tenho aqui comigo o nome de quem atendeu o telefone, mas queria saber se posso vê-la agora.

A atendente ergueu os olhos, iluminados pelo brilho do monitor.

— O senhor é policial? — perguntou ela.

Hugo mostrou o distintivo.

— Um momento, por favor. — Ela agarrou o mouse e digitou um comando com a mão esquerda. Hugo podia ver o monitor em miniatura no reflexo dos óculos dela. — Senhor, aqui no sistema diz que a paciente não tá mais internada conosco.

— Como é? — indagou ele, espantado. — Tem certeza? Confere de novo. O nome é Cristina Weiss — repetiu.

A atendente revirou os olhos.

— Consta que recebeu alta nesta madrugada. — Digitou mais um comando. — Inclusive, o quarto aparece como vago no sistema.

— Não, não. Deve haver algum engano.

— Não vou dizer que não nem que sim, mas geralmente o que tá no sistema é o que é. Posso pedir pra alguém verificar, se quiser.

Hugo assentiu.

A mulher então pegou o telefone, discou um número e conversou não mais do que trinta segundos com alguém da ala de internação.

— Foi o que eu disse. A paciente realmente recebeu alta — confirmou, depois de desligar. — As meninas me confirmaram que o doutor a liberou a pedido, durante a madrugada.

— A pedido?

— É quando o paciente pede alta.

Olhando para ela, Hugo suspirou.

— Quem foi o médico que a liberou? — perguntou.

— Foi o doutor Minoro, o mesmo que vinha acompanhando o caso. — A resposta veio quase no modo automático.

O *cosplayer* do Jack Nicholson. *Merda!* Eles haviam liberado a única testemunha ocular do crime sem o aval da polícia. Algo começou a borbulhar no estômago de Hugo. Azia. A mesma azia que policiais antigos diziam sentir quando recebiam esse tipo de informação.

— Como vocês liberam uma paciente desse jeito? — Rangeu os dentes. — Cadê o policial que fazia a guarda no quarto?

— Não sei, senhor. — A atendente encolheu os ombros. — Eu trabalho aqui há pouco tempo. Só recebo pacientes e atendo o telefone.

Hugo respirou fundo, mas não foi o suficiente para conseguir disfarçar sua impaciência.

— Preciso falar com o médico — disse, reduzindo o tom.

— Ele tá em atendimento, senhor.

Ele tá em atendimento... Ele tá em atendimento.

— Isso é assunto de polícia, porra! — disse em voz alta. — Liga pra ele, explica o que tá acontecendo e diz que precisamos conversar agora.

Enquanto a atendente obedecia, os pacientes na sala de espera olhavam na sua direção. Mesmo os que gemiam tinham parado de gemer para bisbilhotar o que acontecia no balcão. Sem se importar com isso, Hugo apenas olhou para trás e devolveu um sorriso desentendido.

Não demorou muito para que o dr. Minoro aparecesse empurrando a porta dupla. Seu jaleco branco e as grandes entradas na testa reluziam com a claridade. Ele não disse nada a princípio, mas fez sinal para que Hugo o acompanhasse pelo corredor. Entraram em um dos consultórios sem identificação na porta. Era pequeno e simples, dentro havia uma mesa envernizada, com uma cadeira de cada lado, e uma maca no canto.

— Em que posso ajudá-lo, policial? — O médico não fez questão de soar cordial. Certamente fora informado da abordagem na recepção. — Me disseram que veio visitar a paciente Cristina Weiss?

Regra número um: seja simpático e não fale "porra".

— Eu pretendia — disse Hugo, mantendo o timbre. Não ia engrossar outra vez, mas também não ia amolecer. — Mas fiquei sabendo que a liberaram.

O médico sorriu.

— Artigo quarenta e seis do código de ética médica. Nenhum médico pode tratar um paciente sem que este concorde, a não ser em iminente risco de morte, que não era o caso — citou. — Cristina tinha ferimentos e estava um pouco fraca, mas não corria risco de morte.

— Então ela pediu mesmo pra ser liberada?

— Pediu. E às quatro da manhã, o telefone lá de casa tocou. — Minoro fez que sim. — Você já foi acordado às quatro? Embora eu esteja acostumado, não é nada bom para o humor.

— Não que eu lembre. — Hugo não lembrava mesmo.

— Me disseram pra vir correndo porque uma paciente insistia que queria alta. As técnicas disseram que ela ameaçou arrancar as punções e ir embora com a roupa hospitalar se não a liberássemos — revelou. — Então, eu fiz o que qualquer médico faria: vim até o hospital, pedi a ela que assinasse um termo de responsabilidade e a liberei.

— Sem avisar a polícia?

Outro sorriso.

— Foram avisados, policial. — Ele fuçou em uma gaveta e entregou um pedaço de papel para Hugo.

— O que é isso? — Hugo enrugou a testa.

— O bilhete que deixaram ontem com a paciente. Um número para ligar caso algo acontecesse — explicou o médico. — Pra te dizer a verdade, antes de ela sair, nós ligamos pra vocês e um policial veio buscá-la. Inclusive, o PM que fazia a guarda no quarto permitiu que ela fosse com ele.

Hugo olhou o bilhete e não reconheceu o número. Não que fosse um problema. Às vezes, não se lembrava do próprio telefone. Pegou o celular no bolso e começou a digitar para ver se era algum dos seus contatos. No fundo sabia qual era o nome que apareceria no fim.

0-4-9-9-8.

Vários nomes surgiram, mas a lista encurtava a cada novo dígito.

— Algum problema? — O médico cresceu os olhos.

8-2.

— Quero saber de quem é esse número.

O médico abriu os braços.

— É do seu colega. O mesmo que estava com o delegado ontem — respondeu Minoro. — Achou mesmo que deixaríamos a paciente ir embora com alguém que nunca tivéssemos visto? Não, policial. Nós não somos tão amadores assim.

50

A cada passo de Jonas, Cristina dava dois para acompanhá-lo. Sob o olhar atento das técnicas de enfermagem, eles atravessaram o corredor do hospital em silêncio, cabeças baixas, rumando para a saída. A madrugada estava fria e era possível ouvir o vento. Quando pararam embaixo do toldo no lado de fora, uma rajada violenta arrastou as folhas no estacionamento denso de névoa.

— Espera aqui que vou pegar o carro — disse Jonas.

— Tá bom.

Malvestida, Cristina esfregava os braços cruzados em cima do peito, tentando se aquecer. O cabelo solto balançava. Cada parte do seu corpo tremia. Se ao menos tivesse um casaco... Enquanto esperava perto da parede, onde a cerração quase não alcançava, ela observou o policial saltar um canteiro gramado e chegar ao carro, o qual ele guiou até a beirada do toldo um minuto depois.

— Entra.

Ela entrou.

Dirigiram lentamente pela rua bem iluminada do hospital, onde não havia nada além de uma ambulância estacionada. Antes que chegassem à primeira esquina, Cristina encostou a cabeça no vidro e encarou o próprio rosto no reflexo da janela. Olhos pesados embaixo da sutura bem-feita, rosto inexpressivo ainda levemente inchado, mas bom o bastante para continuar ocultando seus segredos. Respirando fundo, sentiu o cheiro anêmico de medicamentos deixado pela estadia no hospital. *O aroma dos doentes*. Fechou os olhos e tentou imaginar outros cheiros: de areia branca e água cristalina. As imagens começaram a passar sob suas pálpebras, animando-a. Só precisava de um banho quente, de comida de verdade e de uma taça de vinho antes do golpe final.

Era hora de começar.

— Foi você que fez tudo aquilo, não foi? — indagou. — A fazenda, os animais, me manter naquele porão imundo. Eu descobri que foi você lá no hospital, quando me perguntou se o notebook do Anderson estava na fazenda naquela noite.

— Eu prometi que ia fazer. E fiz — respondeu Jonas. — Achei que era isso que você queria na última vez que conversamos.

— Era, mas não daquele jeito.

— Deu certo, não deu? — replicou Jonas. — Seu marido tá morto, seu avô deve estar feliz nos esperando e o dinheiro tá seguro naquela sua conta no exterior.

Cristina fez um leve sinal de concordância com a cabeça, olhando para o movimento das árvores na calçada.

— E qual o plano agora?

— Aeroporto. Vamos sumir daqui.

— Podemos parar na fazenda antes? — perguntou ela depois de um tempo, sobrepondo-se ao barulho do motor. — Preciso pegar umas coisas, tomar um banho e vestir outra roupa. Não quero entrar num avião assim, cheirando desse jeito.

— Ok — Jonas assentiu com uma expressão séria, conferindo o relógio no painel. — Se é só isso que tem pra me dizer...

Dava para sentir a ironia no ar.

— O que quer que eu diga? — Ela ergueu a voz.

— Nada. Não precisa dizer mais nada. — Jonas olhou para o outro lado. — Continue fazendo perguntas, se acha que eu não mereço saber o que aconteceu... Sem problema. Pra você, eu devo ser só a porra de um fantoche mesmo.

Cristina bufou.

— Quer saber por que pedi alta? Porque eu não aguentava mais, tá bom?! — disse. — Não aguentava mais ficar naquela cama fingindo que tudo ficaria bem, longe de você.

Uma rajada fez os galhos das árvores na calçada balançarem.

— Porra, Cris! — Foi a vez de Jonas bufar, falando em uma voz brusca, breve e fria. — Colocou tudo a perder por que não aguentava mais?! Tem noção do perrengue que passei pra te manter longe do radar da polícia?! — Pegou um cigarro perto do câmbio e colocou nos lábios. — Se descobriu que eu tinha feito aquilo, por que pediu pra porra do médico me ligar?! De onde tirou essa ideia?! Eu estava fazendo tudo certo. E agora todo mundo sabe que a gente tá junto.

Cristina olhou para o chão, cabisbaixa, deixando uma lágrima pingar no tapete emborrachado. Encolheu os ombros, recostando-se vulnerável no banco.

— Sinto muito — desculpou-se, com a voz engasgada. — Sei que estraguei tudo. Eu surtei. Estava com medo. Desculpa.

Outra vez se abateu um silêncio desconfortável no carro, quebrado pela garoa que engrossava e acertava o teto.

Jonas não demonstrou reação. Apenas suspirou, apertando o volante com bastante força. E suspirou de novo, sem saber como agir.

Ele hesitou um pouco, mas depois cedeu.

— Tá tudo bem, anjo. Desculpa por ter gritado. Eu também surtei quando o médico me ligou. Mil coisas passaram pela minha cabeça, mas vamos dar um jeito nisso. O importante é que estamos juntos. — Pegou na mão dela.

Cristina sorriu, encabulada, esperando que ele continuasse, mas ele não continuou. Então, ela pegou o cigarro da boca dele com a outra mão e lhe deu um beijo que quase os tirou da estrada.

— O importante é que estamos juntos — repetiu ela. — Eu sabia que você entenderia.

Já longe do hospital, no cruzamento de uma loja de motos com uma casa noturna, eles reduziram a velocidade quando uma garota, aparentemente bêbada, cruzou na direção oposta segurando uma jaqueta sobre a cabeça. Atrás dela, um jovem arremangado avançava trançando as pernas e gritando o nome dela.

O amor é cego, surdo e mudo.

— Acha que a gente vai ficar assim um dia? — perguntou Cristina, observando a cena. — Bêbados na rua, despreocupados com o que acontece no resto do mundo?

Os dois se entreolharam por um instante.

— Tenho certeza de que sim — respondeu Jonas. — Vai ser a primeira coisa que faremos quando estivermos longe daqui. — Sorriu.

Ela sorriu de volta, olhando direto para ele. Para aquele rosto marcante e nariz imponente. Para aquele maxilar definido que equilibrava com perfeição os demais traços masculinos. Aqueles olhos grandes e fundos, aquelas sobrancelhas grossas. Jonas não era bonito, não no dialeto clássico da beleza. Mas era atraente. Por causa dos olhos. Não, não dos olhos. Do olhar.

— No que tá pensando? — perguntou ela.

— Em como você é linda. — Ele desviou atenção da estrada.

Cristina sorriu outra vez, mas não conseguiu manter o sorriso por muito tempo. Virou o rosto e olhou para fora, para as luzes dos postes que iam sumindo, um por um. Tivera tempo suficiente para pensar em muitas coisas nos últimos dias, inclusive no desfecho do seu plano perfeito. De alguma forma, a falta de luz naquela cabana perto do rio tinha iluminado seus pensamentos. Tudo estava claro.

— Te amo, sabia — disse.

— Também te amo — respondeu Jonas.

Chegaram à fazenda minutos depois, conduzindo o carro atentamente pelas curvas da estrada de acesso embarrada. A pista com pouco cascalho estava lisa como sabão. Estacionaram no gramado da frente, ainda marcado pelos pneus das viaturas, das ambulâncias e de outros automóveis que estiveram ali nos últimos dias.

Jonas desembarcou primeiro, pouco se importando com a enorme quantidade de água que acertava sua cabeça. Abriu a caixa com o notebook no banco de trás e pegou a lanterna e o revólver, depois deu a volta para conferir o perímetro, investigando os dois lados do terreno antes de voltar e abrir a porta do carro. Suas mãos quentes confortaram as costas de Cristina quando ela desembarcou, e ela sentiu o calor dos seus dedos na pele fria sob a camisa fina.

— Não podemos ficar muito tempo — alertou ele.

Cristina assentiu, cruzando os braços para o vento que fazia a plantação farfalhar. No galinheiro distante, rangidos de tábuas soltas ecoavam na vastidão da lavoura, como se os fantasmas dos animais que foram esfacelados ali gritassem. Caminhou em direção à casa escura, sobre a qual o farol baixo do carro lançava sombras de contornos estranhos.

Enfiou a chave na fechadura e abriu a porta e se agachou para entrar por baixo da fita de isolamento.

Fazia um silêncio sinistro no interior da casa, como se todos os sons tivessem sido espantados. Ansiosa, acionou o interruptor de luz ao lado da porta, mas ele só fez um clique, sem acender as luzes. Tentou de novo, sem sucesso, e concluiu que a polícia havia desligado a chave geral no contador de energia. Olhou para Jonas, pedindo que fosse ligá-lo. Ele disse que não. Em vez disso, mostrou a lanterna, alertando-a de que luzes acesas poderiam atrair a atenção indesejada de olhos atentos. *Adeus, banho quente.* No feixe de luz que iluminou a sala, ela viu a mobília, o tapete com a borda levantada e a escadaria que levava aos quartos no segundo andar.

Sentiu um aperto no peito. O abraço da morte.

— Você tá bem? — perguntou Jonas.

— Tô.

Subiu agarrada ao corrimão, observando as manchas vermelhas que salpicavam todo o corredor. Passou com a cabeça baixa pelo quarto onde Kathleen O'Murphy dormia na noite do crime, pelo banheiro onde dissera à polícia que tinham sido mantidos reféns, até parar na soleira da porta do quarto principal, onde todos os monstros estavam embaixo da cama. A quantidade de sangue no local era maior. Havia respingos nos móveis, nos lençóis desarrumados, e grandes manchas na parede acima da cabeceira, onde Anderson tinha sido pendurado. Enquanto observava o contorno seco das manchas, Cristina se perguntou se o marido tinha merecido aquele fim. *Sim, ele mereceu. Todos mereceram.* Sentiu algo subir pelo corpo. Algo frio que vinha do estômago. Sabia que estava errada, que nem todos tinham merecido o bafo da morte. Virou-se para Jonas, que não sabia ao certo para onde apontar o feixe da lanterna.

— Pode me dizer o que fez com a médica? — indagou. — Uma das enfermeiras com quem tinha conversado me disse que ela desapareceu.

Jonas balançou a cabeça em negativa. Tirou do bolso da calça um maço de Dunhill e acendeu o cigarro com um isqueiro.

— Eu não fiz perguntas quando me pediu pra dar um fim na Pâmela Viana — despistou.

— Não fez porque sabia do mal que aquela mulher me causou. — Cristina o fitou com um olhar inquietante. — E eu só pedi pra dar um fim nela, não pra tentar jogar a culpa no marido.

Jonas deu uma tragada.

— Algum problema? — questionou. — Você não reclamou quando eu desviei a atenção da polícia para aquele fotógrafo do jornal — disse, soprando fumaça, que pairou no teto até dissipar. — A médica me viu dirigindo o carro que a polícia estava rastreando. Foi isso que aconteceu — revelou. — Anjo, você precisa entender que estamos num jogo perigoso. Se não confiarmos um no outro, as coisas vão ficar ainda mais difíceis. Confie em mim quando digo que só faço o que precisa ser feito.

Cristina abaixou os olhos para o tapete esticado no chão, onde fiapos de felpo se misturavam com gotas de sangue, compondo uma verdadeira obra de arte. Não desviou o olhar. Algo naquele rubro de hemácias coaguladas a atraía. Entre seus devaneios, sentiu subitamente as mãos tremerem. Não de frio. Mas por causa da vaga compreensão de que aquelas marcas de sangue eram a verdadeira identidade de Cristina Weiss, por causa do vislumbre fúnebre da verdadeira mulher que habitava sob a superfície. Libertou-se. E então sentiu brotar dentro de si uma imensa vontade de agradecer por tudo que Jonas tinha feito.

— Obrigada por cuidar de mim — disse ela. — Eu ainda estaria vivendo no inferno se você não tivesse me salvado.

Jonas a abraçou.

— Eu te amo — disse ele. — E farei tudo que for preciso pra nos tirar dessa.

Cristina retribuiu o abraço apertando-o com força.

O abraço da morte.

— Você já tirou, meu bem. — Colou o rosto frio no peito dele. Depois, libertando a mão direita, escorregou-a em uma jornada lenta e dolorosa até o cabo do revólver que Jonas carregava na cintura.

51

Um policial militar que aparentava ter engolido uma melancia serviu café em um copo plástico e voltou para seu lugar assoprando os dedos. Havia sete policiais militares reunidos no auditório do Elefante Branco. Dois que estavam atendendo ao assassinato de Lívia e foram chamados de volta, quatro convocados como reforço de municípios vizinhos e mais um que tinha feito a segurança do quarto do hospital durante a madrugada.

Hugo só conhecia três deles.

De braços cruzados, perto de um púlpito amadeirado, ele observava o cansado olhar matinal dos policiais enquanto Fiore tentava, por pura formalidade e sem sucesso, projetar as fotografias de Jonas e Cristina em um quadro adaptado para o retroprojetor.

— Que bosta — resmungou Fiore, batendo o controle remoto na lateral da coxa, nada fazia o aparelho funcionar. — Hugo, vem aqui, tu que é mais novo.

Imaginando qual era o problema, Hugo se aproximou e abriu o foco da lente, fazendo a fotografia aparecer no quadro. Ele olhou para Fiore com uma expressão zombeteira. Fiore assinalou que não tinha como saber que a lente podia ser fechada.

Velhos e tecnologias: uma combinação perfeita. Igual leite e manga.

A conversa silenciou quando Fiore deu um passo à frente.

— Pessoal! Atenção! — disse ele em voz alta. — Sei que o dia começou agitado e que ninguém gostaria de estar aqui, mas infelizmente é o que temos pra hoje. — Fez uma pausa. — Como foram informados, estamos atrás desses dois. Jonas Heimich e Cristina Weiss. — Apontou as fotos. — Eles foram vistos pela última vez saindo do hospital municipal por volta das quatro e meia da manhã de hoje. Ainda não sabemos se estão trabalhando juntos ou se o Jonas a levou usando sua confiança policial. De qualquer forma, é melhor considerar ambos perigosos. Entendido?

Os policiais assentiram, olhando para a imagem no quadro e para a tempestade que espumava raivosa nas janelas, envergando galhos nas árvores lá fora.

— O doutor acha mesmo que eles ainda estão na cidade? — indagou um dos de fora.

— Não sei. Mas se estiverem, vamos encontrá-los.

— Pois eu acho que já estão longe.

Fiore repousou o olhar em Hugo, que massageava as têmporas. De modo geral, não solicitavam patrulhas de mais que quatro policiais. E agora tinham sete à disposição, cada um com uma personalidade e um ponto de vista diferente. E como os jornais tinham bombardeado todo mundo com informações e hipóteses sobre os crimes, a última coisa de que precisavam, naquele momento, era de achologias de homens com ego manso.

— Não me importa o que tu acha. — Fiore foi rápido e certeiro. — O que importa é que precisamos dar um jeito de encontrá-los, por isso quero que façam rondas no apartamento do Jonas, no escritório da Cristina e na fazenda. Quero três duplas. Uma em cada lugar. Se eles derem as caras, usem o rádio. Se não derem, usem também. Fiquem atentos ao rádio. É como vamos nos comunicar — continuou. — Eu não vou dizer qual das duplas vai para qual lugar, nem quem vai fazer dupla com quem. Decidam e me informem. Entendido?

Outra onda de concordância, mas dessa vez Tarzan, o baixinho com pinta de agente funerário que fizera a segurança no hospital, nem se mexeu. Ele seguia carrancudo, depois da conversa particular que tivera com os policiais civis minutos antes da reunião, quando revelou ter presenciado o ataque de fúria de Cristina e estar junto quando o dr. Minoro contatou a polícia e assinou a liberação. Contou ainda que ele mesmo tinha recebido Jonas na recepção do hospital e o conduziu ao encontro de Cristina, e que Jonas tinha dito que assumiria daquele ponto e ele poderia ir para casa descansar, como de fato fez. Fiore tinha ficado visivelmente puto ao descobrir aquilo, mas permaneceu calado porque Tarzan não tinha obrigação de saber que estava entregando a presa ao predador. O erro, no fim, deveria ser creditado na conta de Hugo, que teve a ideia de postergar a prisão de Jonas. Ou na do próprio delegado, que concordou com ele.

— Algum problema, Tarzan? — indagou Fiore em voz alta, para vencer o barulho da tempestade. Não queria corpo mole.

— Não, doutor. Nenhum problema — respondeu Tarzan, e entrou na roda de discussão. — Vamos pegar esse puto.

O vendaval no lado de fora fez as vidraças rangerem.

— Esse é o espírito. — Fiore balançou os punhos no ar, em uma espécie de comemoração. Depois voltou a atenção para Hugo, falando baixo para que apenas ele ouvisse. — Tenho que voltar pra lavoura onde acharam a Lívia. Eu saí correndo e deixei coisas importantes pra trás quando tu me ligou — explicou. — Enquanto eu estiver lá, quero que tu fique aqui e descubra se o Jonas e a Cristina se conheciam de antes. Liga pra família dela. Eles chegaram ontem à noite e estão hospedados no hotel perto da rodoviária. Se tem alguém que sabe de algo, são eles. Cuidado com o que vai dizer, eles ainda não sabem que ela sumiu.

Hugo assentiu.

Dez minutos depois do fim da reunião, ele ligou do próprio celular para o hotel em que a família Weiss estava hospedada. O recepcionista não colaborou no começo, mas acabou transferindo a ligação para o quarto quando Hugo disse que iria enfiar uma ordem judicial no rabo dele caso precisasse ir até lá. Em seguida, Hugo conversou rapidamente com o pai de Cristina, um homem polido com sotaque litorâneo, e ele acabou aceitando o convite para conversar pessoalmente no restaurante recém-inaugurado anexado ao hotel.

Às 10h29, a viatura da polícia estacionou em frente ao prédio de cinco andares que abrigava 32 quartos, a maioria ocupada por vendedores que só estavam de passagem pela cidade. Hugo desembarcou e foi para a calçada usando a jaqueta como guarda-chuva, entrou pela porta corrediça e viu um senhor de camisa social e cabelo branco sentado em uma mesa de canto, distante do bufê e das demais mesas, onde ainda havia algumas poucas pessoas aproveitando o horário do café.

O cheiro de comida fez seu estômago roncar.

Perguntou-se se seria capaz de montar um sanduíche de presunto sem que percebessem que não era hóspede, mas a resposta negativa veio assim que entrou no campo de visão de uma cozinheira de avental engordurado que cresceu os olhos ao vê-lo. Quando ele tinha atravessado metade do salão e se aproximado da mesa no canto, ela ainda não tinha tirado os olhos dele.

— Sr. Weiss? — Parou com a mão estendida.

O homem levantou.

— Você é o policial do telefone?

— Hugo Martins, a seu dispor.

Cumprimentaram-se.

— Ah, agora reconheci sua voz. Sente-se.

Hugo puxou a cadeira e, logo que sentou, uma garçonete adolescente de cabelo vermelho preso em um rabo de cavalo colocou dois cardápios e dois copos d'água em cima da mesa. Eles agradeceram dizendo que não queriam nada e a esperaram se afastar, indo atender outra mesa onde um casal estava sentado.

— Se não se importa, policial — disse o sr. Weiss em seguida —, eu gostaria que fôssemos direto ao ponto. Minha esposa não tá passando bem. E não quero deixá-la sozinha no quarto. — Abriu um sorriso ansioso.

— Quer que eu chame alguém?

— Não. É enxaqueca, mas ela fica nauseada quando acontece. Um pouco por causa da viagem, outro tanto por preocupação com a Cris. Eu dei analgésicos pra ela. Logo fica nova em folha.

Hugo bebeu um gole de água. Era hora de começar.

— Ela se preocupa muito com a filha? — perguntou.

— Demais. Eu sempre digo que a Cris já tá bem grandinha, mas se dependesse dela nossa filha continuaria morando embaixo da nossa asa. Coisa de mãe. Você deve entender.

— Sei como é. Todas são iguais. — Hugo concordou com a cabeça, disposto a confrontar algumas alegações do depoimento de Cristina. — O senhor poderia me contar como foi que sua filha e o seu pai vieram parar aqui? Klaus é o seu pai, certo?

— Isso — confirmou Weiss. — Olha, aí tá uma pergunta que não sei responder. Por que eles vieram pra cá? Não faço ideia. — Abriu os braços. — A verdade é que o Anderson nunca gostou de roça, era daqueles que caçoavam do pessoal que vive aqui. Até que um belo dia, a Cris começou a cismar que queria morar no interior. E ninguém tirava isso da cabeça dela. Devem ser os mistérios da vida, como dizem — disse ele, filosofando. — Ela e o Anderson conversaram bastante antes de decidir, mas tenho certeza de que ele só fez isso para agradá-la. No fim, são elas que mandam.

Hugo concordou de novo, subitamente notando que o restaurante estava silencioso. Com o canto dos olhos, viu que o casal sentado a três mesas de distância os observava sem disfarçar. Começou a falar mais baixo.

— E quanto ao seu pai? — prosseguiu.

O sr. Weiss se ajeitou na cadeira.

— Essa parte é complicada. Meu pai sempre foi uma pessoa difícil, apegada ao passado — disse. — Mas, depois que a mamãe morreu, esse apego chegou a um ponto que nada mais o colocava pra cima. Era como se ele estivesse, literalmente, vivendo no passado. — Fez uma pausa. — Foi nessa mesma época que ele começou a ter problemas de memória. Dá pra imaginar como é reviver lembranças tendo problemas de memória?

— Deve ser difícil — respondeu Hugo.

— Deve ser um inferno — complementou Weiss. — Certa vez, eu li que o cérebro humano sempre guarda o que vale a pena, que o que merece ser salvo nunca será apagado, mas isso é besteira.

Fez-se silêncio, durante o qual Hugo concluiu que ingressar na peça filosófica da mentalidade humana não os levaria a parte alguma.

Sigmund Freud já tinha tentado, e mesmo ele não fora compreendido. Dessa forma, era óbvio que não seriam dois broncos sentados à mesa de um restaurante que resolveriam a equação.

— Voltando ao assunto da mudança... — Hugo tornou a falar. — Eu perguntei como eles vieram parar aqui porque sua filha disse que trouxe o seu pai pra cá porque vocês queriam colocá-lo num asilo.

O sr. Weiss sorriu e inclinou-se para a frente.

— O negativismo da palavra asilo é algo que sempre me surpreende — ponderou. — Eu, particularmente, prefiro chamar de casa de repouso. Sei que no final é tudo a mesma coisa, mas asilo dá impressão de coisa ruim, mesmo não sendo. Ele seria mais bem-cuidado lá.

— Esse foi o principal motivo?

— Foi. Mas também tinha a questão do livro — prosseguiu Weiss. — Meu pai estava bem animado para contar sua história e a da mamãe. E o Anderson vinha se mostrando um ótimo escritor. Eu até li uns trechos do que ele escreveu. Ficou muito bom.

— O senhor sabia que conseguiram contrato de publicação?

— Não. Achei que ainda não tinham terminado de escrever. — Weiss ergueu as sobrancelhas. — Pra dizer a verdade, nós não tivemos muito contato desde que eles se mudaram pra cá. A Cris ficou magoada com a história da casa de repouso e... — Olhou o relógio. — Bem, nós vamos encontrá-la daqui a pouco e resolver isso em família.

Hugo assentiu, decidido a não comentar a respeito da alta médica, nem do adiantamento financeiro. As informações que tinha conseguido até aquele momento corroboraram com boa parte do depoimento de Cristina, mas ainda havia lacunas, como o fato de o sr. Weiss não ter perguntado se a polícia tinha novidades sobre o paradeiro de Klaus.

Era o velho jogo de sempre. O vaivém dos tapinhas amigáveis no ombro e das doses de concordância para tentar arrancar alguma informação fundamental sem precisar pedi-la especificamente. "Vaca não dá leite", a avó de Hugo sempre dizia. "Se quiser, tem que acordar cedo e tirar."

Era hora de passar para o próximo assunto.

— Pode me falar como era o casamento dela com o Anderson?

— Era normal.

— Como normal?

— Normal — repetiu Weiss.

Hugo torceu o pescoço, como se quisesse dizer: "Não era o que parecia".

Vaca não dá leite.

— O senhor sabe como eles se conheceram? — perguntou.

— Não. A Cris não falava dessas coisas comigo. Mas, se você quiser, pode conversar com a Maria quando a enxaqueca passar. Ela deve saber. Meu palpite é de que foi na faculdade, mas não tenho certeza.

Hugo pegou a água e bebeu outro gole.

— A Cristina estudou em Blumenau?

Weiss fez que sim.

— Sabe se ela conhece alguém chamado Jonas Heimich?

— Por que a pergunta? — Weiss recuou na cadeira.

— Ela conhece?

— Conhece — confirmou ele. — A Cris e o Jonas estudaram juntos. Ele foi o primeiro namorado dela.

A revelação fez os músculos do rosto de Hugo amolecerem e seu queixo quase foi parar no chão. Ele sabia que não podia se dar ao luxo de interromper as perguntas, por isso deixou que a língua do sr. Weiss descansasse e diminuísse o ritmo.

— Quer dizer que o senhor também conhece o Jonas?

— Por que tá perguntando isso? — insistiu Weiss.

— Porque ele é policial aqui na cidade — revelou Hugo.

Weiss então abaixou a cabeça e ficou em silêncio por alguns segundos.

— Antes, você me perguntou por que minha filha quis mudar pra cá. — Ergueu os olhos. — Talvez tenhamos descoberto o motivo.

52

Hugo mordeu o sanduíche e bebeu um gole do achocolatado que tinha comprado na saída da lanchonete. De dentro da viatura ele observava o céu mudando de cor, acrescentando tons escuros ao cinza das nuvens carregadas. Deu outra mordida, lembrando-se da imagem do corpo de Anderson Vogel quando o gosto do presunto chegou à garganta. *Porcaria.* Adorava aquele sanduíche, mas a lembrança que o gosto da carne de porco trazia não era nada agradável. *Adeus, presunto.* Enrolou o resto no guardanapo e bebeu o último gole de achocolatado.

Um raio fatiou o céu naquele instante, e o estrondo do trovão disparou o alarme de um carro estacionado no outro lado da rua. Segundos depois, outro raio, e mais outro, até que a chuva começou. Com a cabeça no encosto do banco, Hugo fechou os olhos e deixou que o som dos pingos na lataria embalasse seus pensamentos.

"A Cris e o Jonas estudaram juntos."

As palavras do sr. Weiss seguiam frescas na memória.

"Ele foi o primeiro namorado dela."

Tentou encenar episódios aleatórios em busca de explicação, mas era difícil acreditar em qualquer hipótese senão na de que os dois tinham planejado o crime juntos. A matemática para essa conclusão era simples: some um casamento fracassado a pitadas de traição, multiplique por uma grande quantia inesperada na conta bancária e o resultado é uma bomba-relógio — para o bem ou para o mal. Cruzou os braços, esquadrinhando as pessoas que se escondiam da chuva embaixo dos toldos na calçada. Se ao menos conseguisse se livrar daquela sensação: a de que foram feitos de palhaços desde o início. Se ao menos pudesse calcular as probabilidades do modo certo. Suspirou. Sabia que podia entrevistar os funcionários do hospital em busca de mais informações sobre o que realmente tinha ocorrido na madrugada, mas a verdade é que de nada adiantaria. Conferindo a hora no relógio do painel, Hugo concluiu que a melhor opção seria esperar que o cerco montado pelos policiais militares desse resultado.

Outro trovão estrondou quando ele desbloqueou a tela do celular e abriu o WhatsApp. Na lista de conversas, olhou a foto de Lívia e a última mensagem que tinham trocado antes de ela sumir. Perguntou-se se a vida seria daquele jeito a partir de então. Sem presunto, sem celular... Será que para cada coisa que olhasse sempre haveria uma lembrança espreitando? Jogou o aparelho no assento do carona e bateu arranque, disposto a dirigir até a propriedade onde o corpo dela fora encontrado. O motor da viatura mal tinha roncado quando o celular de Hugo tocou.

Era Fiore.

— Hugo, tá onde? — A indagação soou afobada.

— Saindo do hotel — respondeu Hugo. — Acabei de conversar com o pai da Cristina...

— E cadê a porra do rádio?! Enfiou no cu? — interrompeu Fiore.

Hugo olhou para o banco de trás, onde o rádio repousava desligado e fora da frequência.

— Deixei no carro.

— Porra! Eu não mandei ficar atento? — continuou Fiore, acelerando a respiração. — Escuta! Preciso que pare tudo que estiver fazendo e vá agora pra fazenda do Anderson Vogel — alertou. — Os PMs chegaram lá agora há pouco e encontraram um carro no pátio. Estão achando que tem alguém na casa.

— O Jonas?

— Não sei. Cercaram e tão esperando reforço.

— Você também vai pra lá?

— Assim que liberar aqui.

Uma neblina pairava baixo no ar e raios clareavam o horizonte.

Os pneus da viatura giraram no molhado antes de ganharem adesão quando Hugo acessou a rua, acelerando pelo asfalto. Com os limpadores de para-brisa e o alerta luminoso ligados, ele atravessou o primeiro cruzamento planando sobre a água. Embora o limite de velocidade no centro da cidade fosse 40 km/h, ele mantinha o pé firme no acelerador, torcendo para que nenhum motorista descuidado cruzasse na direção oposta sem reduzir.

Um quilômetro e meio adiante, avistou o brilho amarelo do último poste em meio à tempestade que caía como riscos de pincel a sua frente. Apertou um pouco o freio e acessou uma rota secundária que levava direto à área rural do município. Reduziu mais, ciente de que o relevo gasto dos pneus meia-boca comprados por licitação não daria conta de conter uma derrapagem na estrada de chão mal cascalhada.

O portão de acesso à fazenda de Anderson Vogel surgiu do nada depois de uma curva. Hugo meteu o pé no freio e virou o volante, conduzindo o carro pela trilha que serpenteava propriedade adentro até aproximar-se de outra viatura estacionada ao lado do galpão de ordenha. Ao parar, pingos grossos chicoteavam as janelas e, por não mais de dois segundos, deixou o barulho da água caindo preencher seu cérebro.

Voltou a si quando ouviu o estalo do galho de uma árvore do terreno quebrando. Deu sinal de luz alertando sua chegada aos policiais e desviou a atenção para o outro veículo no gramado em frente à casa. Não era o Opala, mas a cor e o modelo batiam com um carro que ele tinha visto algumas vezes por aí. Pegou o rádio.

— Alguma movimentação? — perguntou.

— Nada. Tudo sossegado. — A resposta veio chiando.

— Consultaram a placa do carro?

Mais estática.

— Consultamos — confirmou o policial. — É do Jonas.

Desgraçado.

Hugo apertou o volante, olhando para a fachada da casa.

— Vamos entrar — disse.

Parcialmente protegido do vento, que as tábuas do galpão seguravam, Hugo correu para a casa, o barro do terreno fazia barulho sob seus pés. Espiou pela janela, mas só conseguiu enxergar a mobília, intocada, como da última vez que a viu. Memórias fragmentadas de um lugar assombrado. A casa parecia abandonada, em uma dimensão diferente do mundo real, embora só não fosse habitada há poucos dias. Na lavoura ao redor, o vento assobiava monótonos lamentos entre os pés de soja, soprando folhas soltas que grudavam no lamaçal do pátio. Um recanto silvestre onde não brotava nada além de horror. Avançando até a porta, curvou o corpo para analisar as pegadas frescas que sumiam depois da soleira.

— Alguém entrou por aqui. — Apontou para elas logo que os policiais se posicionaram atrás dele. — Duas pessoas.

Firmando os pés na madeira úmida da varanda, girou a maçaneta com cuidado e não ficou surpreso quando a porta abriu sozinha. Deslizou para dentro, por baixo da fita, e fez sinal para que os policiais montassem guarda na frente e nos fundos.

— Não deixem ninguém sair — cochichou.

— Vai entrar sozinho?

— Vou.

Conferiu a sala, onde as pegadas perdiam força antes da escadaria. Correu os olhos pela cozinha, organizada, limpa e vazia. Então viu de relance o que dava para enxergar no segundo andar. Queria subir, mas algo o segurava. A sensação de que alguém o esperava ali em cima inundou seu cérebro. Reprimiu o sentimento e pôs o pé no primeiro degrau, mas um rangido o advertiu de que seguisse com mais cuidado. Empunhou a arma e deu um passo de cada vez, interrompendo o avanço sempre que ouvia algum barulho.

A tempestade castigava as vidraças, fazendo com que parte da claridade de fora ficasse presa no tecido das cortinas. Hugo passou pelo primeiro quarto, mirando uma porta aberta no fim do corredor. Um relâmpago clareou o horizonte fosco atrás da janela, desenhando suas sombras nas manchas de sangue salpicado na parede oposta. Ouviu algo quando o trovão parou: uma fungada de choro. Segurou a respiração, mas nada além do som da chuva entrava pelos seus ouvidos. Era como se a casa também tivesse parado de respirar. Permaneceu imóvel por alguns segundos, notando com a visão periférica que um dos policiais estava no pé da escada, aproximando-se. Olhou para a porta do quarto, depois voltou a atenção ao policial, fazendo sinal para que ele subisse com cuidado.

Outra vez o barulho. O mesmo de antes. Era como se seus sentidos estivessem sintonizados com os menores sons, sombras e movimentos. E aquilo lhe trouxe a lembrança fugaz de que Jonas era policial e possivelmente estaria armado. Perguntou-se se estava disposto a tomar um tiro para descobrir a origem dos ruídos. Seria um preço razoável?

— Polícia, saia com as mãos pra cima — ordenou.

Deu dois passos e colou as costas na parede perto do umbral. Imaginou, em um rápido devaneio, que se Jonas estivesse ali dentro ele estaria com a arma apontada para o vão, protegido atrás de um móvel, esperando o momento certo para abrir fogo. Não iria se entregar tão fácil. Mapeou mentalmente a planta do quarto. A posição da cama, da estante, do guarda-roupa... Atrás de qual deles Jonas estaria? E Cristina?

— Sabemos que estão aí dentro — disse Hugo em voz alta. — Há policiais nos fundos e na frente. Acabou. Vocês estão cercados. Joguem a arma pra fora e fiquem de joelhos, com as mãos na cabeça.

Houve um longo silêncio.

— Socorro. — Uma voz feminina veio do quarto.

Hugo ignorou os batimentos cardíacos acelerados. Sentia a adrenalina movendo seus reflexos. Respirou fundo e encolheu-se para diminuir o alvo o máximo possível. Olhou para dentro.

Um frio mais gélido que o da serra catarinense desceu pela sua espinha ao vislumbrar a figura de um homem pálido caído em uma poça de sangue, com dois buracos no peito. Segurando a arma em riste tão firme que dava para sentir a textura do cabo, Hugo conferiu o restante do cômodo. No lado oposto, encolhida em um canto perto do guarda-roupa, uma mulher sentada no chão abraçava os próprios joelhos. Vestia uma camisa fina de botões e as barras da calça estavam sujas de barro. Na frente dela, longe demais para que o alcançasse antes de ser alvejada, jazia imponente sobre o tapete felpudo um revólver calibre 32.

— Cristina? — Hugo se aproximou.

A mulher levantou o rosto e fixou um olhar desamparado no corpo de Jonas ao lado da cama antes de cair no choro.

53

Quatro dias depois...

Hugo acordou assustado, caçando vestígios de claridade pela janela. Sentia-se indisposto, com a cabeça latejando igual ao tambor no 7 de Setembro. Nem dormindo conseguia parar de pensar nas imagens das câmeras de segurança do IGP mostrando um homem de macacão e máscara atacando Lívia no corredor. *Jonas*. Mas por quê? Nunca iria saber. Estava suado, tão encharcado que a camiseta do Darth Vader parecia recém-saída da máquina de lavar. Esticou o braço para conferir a hora no celular: eram 5h28 da manhã.

Arrastou-se para o banheiro, como um vampiro estaqueado no coração, e acionou o interruptor de luz, aprendendo da pior maneira possível que focos de claridade incandescente são tão prejudiciais para dores de cabeça quanto são mortais para os vampiros. Olhou-se no espelho. Barba malfeita, côncavos marcados e olhos vermelhos que pareciam o mapa hidrográfico da bacia Amazônica. Jogou água no rosto — ciente de que só um milagre melhoraria sua aparência — e foi para a sacada sem fazer barulho, disposto a assistir ao nascer do sol enquanto engolia comprimidos de dipirona com café amargo e fumava um cigarro turbinado.

Nada do que fez adiantou.

Eram 6h06 quando voltou para dentro. Passou pela porta entreaberta do quarto de visitas e viu Magaiver estirado na cama com a irmã, que dormia agarrada no travesseiro depois de ter chegado do Rio Grande do Sul na noite anterior e ter ficado até altas horas convencendo Hugo de que, apesar dos pesares, tudo se ajeitaria. O caso, o câncer... Ele até tentara insistir que ela não viesse, reforçando a desculpa de que visitaria a família assim que as coisas acalmassem, mas desistiu ao lembrar que nem um sermão do papa era capaz de dissuadir Ana Paula Martins quando ela colocava algo na cabeça.

Minutos se passaram e tonalidades azuladas começavam a dividir espaço com o escuro no céu quando Hugo abriu o guarda-roupa em busca de algo adequado para vestir. Sabia que era cedo, que não havia motivo para pressa, mas queria estar pronto quando a irmã levantasse. Abriu gavetas, conferiu a cômoda e remexeu metade das peças de roupa até perceber que a única coisa preta que tinha era a camiseta da Polícia Civil.

Reclamou.

Guardou tudo que tinha tirado do roupeiro, matutando sobre a real necessidade de vestir preto na ocasião. Por quê? Para evocar ausência? Será que uma simples cor seria o bastante para acentuar um sentimento? Sentou na cama. O cigarro turbinado o tinha deixado alerta. Se os mortos não se importam, então por que não vestir amarelo? Esticou-se e pegou a primeira camiseta que seus dedos tocaram: tinha um estranho tom de verde e um pequeno emblema de marca esportiva na altura do peito. Por que não verde, merda?! Por que não verde-merda?

Vestiu-a.

* * *

A capela São José não possuía torres, mas a estrutura pequena era aconchegante mesmo para os que só acreditavam no Monstro do Espaguete Voador. Sua estrutura retangular dispunha de duas fileiras de bancos que ocupavam toda a nave até próximo do altar, onde o ornado caixão estava cercado por dúzias de coroas e vasos de flores dos mais variados tipos.

Hugo levantou a cabeça e se virou quando uma mulher com roupa de seda subiu os degraus para oferecer suas condolências aos pais de Lívia. Sentados ao lado do caixão, com a fisionomia destruída, o sr. e a sra. Tumelero escondiam os olhos atrás de óculos escuros de aparência cara.

Meus pêsames...

Ela está com Deus agora...

Vocês precisam ser fortes...

Uma manhã que não precisava de estímulo para parecer triste.

Fazia calor, faltavam dezoito minutos para as dez e a capela estava tão lotada que os folhetos litúrgicos para a celebração tinham terminado antes que todos entrassem. "Dividam para que ninguém fique sem", dissera a senhorinha da equipe de liturgia quando Hugo e a irmã entraram e sentaram no penúltimo banco, perto de pessoas que vestiam roupas longas e eram muito mais velhas do que Lívia. No banco em frente estavam alguns policiais e os funcionários do IGP falando sobre como Lívia era uma boa pessoa e não merecia o que tinha acontecido.

Hugo esfregou as têmporas.

— Você tá bem? — Ana olhou para o lado.

Ele fez que sim e abriu um sorriso falso, agradecendo-a por ter escolhido se sentar perto da porta, onde havia corrente de ar.

Mais pessoas entraram. Então, um paroquiano do grupo de canto subiu em uma cadeira para ligar um grande ventilador preso à parede, que só serviu para misturar o ar abafado, fazendo com que um tivesse que respirar o ar que o outro já tinha respirado.

— É impressão minha ou esse cheirão de cigarro tá vindo de você? — perguntou Ana de repente, apontando o próprio nariz.

Hugo cheirou a própria roupa.

— Devo ter pegado uma camiseta suja — mentiu. — Não te contei que o delegado fuma feito morcego?

Ana fez que não.

No minuto seguinte, um padre com túnica branca surgiu atrás do altar chamando a senhorinha da liturgia para que o acompanhasse até a sacristia. Tudo indicava que estavam tendo problemas. Hugo acompanhou os passos lerdos dela pela nave até que seu olhar encontrou o de Fiore, sentado com a esposa na fileira do outro lado. Trocaram cumprimentos silenciosos com a cabeça, mas logo em seguida Fiore apontou para fora, fazendo Hugo levantar.

— Já volto — disse para a irmã. — Preciso falar com alguém.

Ela olhou para trás.

Apesar de quente, o dia estava bonito.

Os dois procuraram uma porção de sombra na praça em frente à capela, embaixo de uma árvore com galhos baixos, longe o bastante para que ninguém ouvisse a conversa, mas perto o suficiente para que percebessem quando o padre começasse a celebração. Fiore também estava fedendo a cigarro — como era de esperar —, embora o cheiro já não causasse qualquer desconforto em Hugo. *Quanto tempo demoraria até parar de sentir o cheiro dos outros?* Ficaram um tempo calados, ensaiando as palavras, enquanto um pardal solitário cantava nas copas.

— Você parece sério nesse paletó. — Hugo cruzou os braços.

Fiore olhou para a camiseta verde de Hugo.

— Quer mesmo tocar no assunto das roupas? — Abriu um meio sorriso. — Tenho uma piada pronta se me disser que sim.

Como era bom ter aquele velho ranzinza por perto.

— Melhor nem começar. — Hugo se encolheu. — Mas seria boa ideia se me contasse como foi na audiência ontem.

Fiore se escorou na árvore.

— Foi como a gente imaginou. A Cristina jogou a culpa no Jonas — contou ele. — No começo, ela confirmou que se conheciam e que namoraram no colégio, mas insistiu que não teve qualquer envolvimento nas mortes. Longa história. Fiquei com o ouvido inchado de tanto detalhe. Ela passou meia hora contando que o Jonas a procurou quando descobriu que tinham se mudado pra cá. Disse que tentou ser cordial com ele, que o apresentou ao marido e até o convidou pra jantar algumas noites antes do crime.

— Pelos velhos tempos?

— Pelos velhos tempos — repetiu Fiore. Fez uma pausa quando alguém testou as caixas de som da capela. — De qualquer maneira, esse jantar ficou só no convite. Não saiu. Quando o promotor perguntou se o Anderson tinha aceitado na boa receber o Jonas em casa, ela respondeu que ele surtou: "Não tá vendo que o cara só quer te comer?", ou algo parecido. Ela disse que o Anderson era bem controlador, que o casamento deles ia de mal a pior, mas que acabou percebendo que ele tinha razão quando recebeu uma mensagem do Jonas a convidando pra ir num motel, assim, na cara dura.

— Ela mostrou a mensagem?

— Apagou para o marido não ver.

Tão conveniente.

— E esse foi o estopim?

— Aparentemente — prosseguiu Fiore. — Ela contou que o Jonas ficou mais incisivo depois daquilo, que ligava toda hora insistindo para que se encontrassem, pedindo a ela que abandonasse o marido pra viver com ele. Algo como uma paixão doentia. Essas coisas de maluco que a gente vê na TV — disse. — Aí ela percebeu que precisava dar um fim na história. Então respondeu que, se ele não parasse, ela contaria ao marido e levaria as mensagens à polícia, mas parece que o Jonas não aceitou bem a ameaça. E esse foi o motivo de ele ter invadido a fazenda e a ter trancado no porão. Segundo ela, o Jonas pagava o João Garrafa pra fazer parte do trabalho sujo. E foi um deles que sequestrou o velho Klaus, ameaçando matá-lo se Cristina não aceitasse fugir para viver com o Jonas. — Fez uma breve pausa. — Faz ideia da merda que foi isso? Tudo que ela contou no depoimento, o pedido de alta no hospital de madrugada, tudo tinha o dedo daquele filho da puta. Tomara que esteja abraçando o capeta agora mesmo.

Hugo sentiu um nó revirar o estômago. Já não tinha tanta certeza se abraçar o capeta era tão ruim como diziam.

— Ela sabe onde tá o avô? — emendou.

— Não, mas parece que se importava mesmo com o velho — Fiore respondeu. — Tenho a impressão de que nunca vamos descobrir o que estava escrito no fim daquele diário.

Nisso Hugo tinha que concordar.

As caixas de som na capela crepitaram outra vez.

— E ela comentou por que se mudaram pra cá? — indagou Hugo, depois de conferir a hora no relógio. Ainda tinham tempo.

— Foi por acaso. — Fiore cuspiu no gramado. — Eles acharam a propriedade à venda na internet. Falei com o antigo dono e ele confirmou que o filho colocou um anúncio no Facebook — explicou. — Eu também falei que nós descobrimos o dinheiro que eles receberam pelo livro. A Cristina insistiu que sabia do adiantamento, mas que não fazia ideia de quem teria pedido a transferência para o exterior.

— E as passagens aéreas? Ela sabia de algo?— Hugo tinha tantas perguntas.

— Elas não foram usadas — argumentou Fiore. — Segundo a empresa aérea, os assentos marcados viajaram vazios. Ninguém nunca embarcou usando aquelas passagens.

Hugo balançou a cabeça de modo estranho, um movimento entre concordância e discordância. Questionou-se se Anderson teria mesmo comprado as tais passagens e transferido o dinheiro planejando fugir com a amante inglesa, mas não chegou a conclusão nenhuma. Então decidiu perguntar a Fiore sobre o paradeiro de João Garrafa, mas a resposta foi que ninguém o tinha visto desde sua aparição no Capelinha e certamente achariam seu corpo em alguma vala. Depois, Hugo entrou no assunto da morte de Pâmela Viana, que foi encerrado quando Fiore revelou que Cristina admitiu que se odiavam, mas que não fazia ideia de quem a tinha matado.

— Acreditou nela? — perguntou por fim.

— Não importa — rebateu Fiore. — O juiz acreditou.

Duas jovens com vestidos escuros na altura dos joelhos passaram perto deles quando Hugo enfiou a mão no bolso da calça para pegar um cigarro. Colocou-o apagado entre os dentes, sob o olhar atento de Fiore, que não demorou a fazer o mesmo. *Companheiros de fumo.* Fiore apalpou os bolsos do paletó em busca de fogo, mas inclinou-se para frente quando Hugo acendeu o próprio isqueiro com as mãos ao redor da chama, fazendo a ponta dos cigarros brilhar vermelha.

Sobre o gramado viçoso e sob o sol, o delegado e o investigador baforaram tanta fumaça que até o pardal na árvore voou para longe.

— Um dia isso vai acabar te matando — disse Fiore, tragando furiosamente.

Hugo duvidava.

— Não se eu morrer antes — replicou, ouvindo um fundo de música triste soar na capela.

Olhou o céu antes de voltar para dentro, sentindo-se transportado para um lugar aonde nunca tinha pretendido ir. Era hora de entrar, de dizer adeus. Com a leucemia batendo à sua porta, talvez aquela despedida forçada fosse apenas um até logo. Com um pouco de sorte — e contra suas crenças —, sentiu os olhos lacrimejando ao imaginar que em breve estaria perto de Lívia, assim finalmente poderia cumprir a promessa de convidá-la para sair.

54

"Estou no aeroporto... Como estão as coisas?"

Cristina guardara o celular na bolsa logo depois de enviar a mensagem quando o táxi parou no estacionamento coberto, em frente ao aeroporto de Chapecó.

Era meia-manhã e fazia calor.

— São trinta reais, senhora. — O taxista olhou o retrovisor.

O taxímetro marcava R$29,05.

Abrindo o zíper lateral da bolsa, Cristina pescou uma nota de cinquenta de um maço e disse para ele que poderia ficar com o troco.

— Obrigado, senhora. Que Deus a abençoe e lhe dê em dobro — o taxista se derreteu. — Precisa de ajuda com a mala?

— Não, estou bem.

Cristina desembarcou, parando na calçada onde o frescor dos climatizadores chegava sempre que as portas automáticas do aeroporto abriam.

Tinha conseguido.

Era difícil acreditar, mas tinha.

Desenhando uma expressão indiferente no rosto, olhou ao redor. Não que estivesse com medo, mas se sentia impelida a confirmar que estava em segurança. Trocando olhares, viu pessoas andando ao seu lado, cada uma com seu próprio destino, entrando e saindo, altas e baixas, gordas e magras, mas Cristina não se importava mais com nada. Só queria celebrar o triunfo sem conter a empolgação. Gritar. Ela queria gritar, mas não podia. Ainda não.

Ajustou a bolsa no ombro e seguiu puxando a mala de rodinhas até perceber uma sombra crescendo atrás de si.

— Cristina? — alguém chamou.

Seu sangue gelou.

Virou-se.

O que... O que ele estava fazendo ali?

— Vai viajar? — Miguel fitou a mala de rodinhas.

Cristina agradeceu o calor, porque as palavras dele fizeram um frio descer por sua espinha.

— Eu... — ela gaguejou. Não sabia o que dizer.

Miguel a abraçou.

— Eu te amo, Cris — disse ele. — Mas não posso deixar que vá depois do que fez com o Anderson.

E na sombra do estacionamento os dois trocaram olhares sem dizer mais nada, pois o silêncio dizia tudo. Braços envoltos, cabeças lado a lado dividindo o mesmo ar. Cristina se recusou a soltá-lo mesmo quando ouviu a explosão da pólvora no tambor do revólver que ele apertava contra seu abdome.

Vendo o céu se tornar escuro, Cristina Weiss caiu de costas na calçada imunda, aprendendo da pior maneira que ninguém está imune às conclusões de um clichê ruim.

EPÍLOGO

Era tarde e fazia 34°C.

— *Algo más, señor?* — perguntou o garçom porto-riquenho.

— Não, *gracias* — Estevão improvisou um portunhol.

O sol poente refletia na areia clara, e o exuberante mar azul-turquesa se estendia até onde os olhos alcançavam.

Sentado em uma porção estreita de areia entre a água e a piscina do resort, Estevão Viana observava as gotas escorrendo do copo gelado com um drinque colorido que o barman havia acabado de preparar.

Esticado na cadeira ao lado, com os botões da camisa abertos e os pés enterrados na areia, Klaus Weiss bebia o último gole de suco de tamarindo.

— Sabe quando a Cristina vai chegar? — perguntou o velho quando o canudo tilintou nas pedras de gelo, aparentando não estar arrependido por quase ter estragado tudo.

Estevão conferiu as notificações no celular, esperando que Cristina tivesse respondido a uma das nove mensagens que ele havia enviado.

"Estou no aeroporto… Como estão as coisas?"

O último contato entre eles tinha sido às 9h38 do horário de Brasília, quando Cristina disse estar no aeroporto. Depois, nada. Estevão não sabia se ela tinha embarcado, se tinha chegado a São Paulo para a escala ou se houve alguma alteração nos voos. Tamborilou os dedos na cadeira e sorriu.

— Fica tranquilo. Ela vai chegar logo — respondeu, disfarçando o nervosismo. — Deve ter tido algum problema no aeroporto, isso acontece o tempo todo.

NOTA DO AUTOR

"Foi mais difícil do que imaginei." — essa é a resposta que dou toda vez que me perguntam como foi escrever meu primeiro romance em solo Tupiniquim. Dito isso, tendo agora ao melodrama, acrescentando que *Colheita de Ossos* foi um trabalho de dedicação e amor. Dedicação e amor pelos personagens, pelos cenários, pelas mortes e amores, pelo início cruel e o ponto final. Mas principalmente de dedicação e amor por você, leitor.

Caso tenha gostado da história, peço que fale sobre ela com seus amigos e que deixe sua resenha nas redes, pois isso faz a diferença para que novos leitores conheçam o meu trabalho. Há muitos livros por vir, e espero que você e eles estejam comigo nessa jornada.

E se um dia vier a visitar meu Velho Oeste e trombar com a dupla Hugo e Fiore, agradeça-os por mim e sinta-se à vontade para destilar sobre eles todo o seu amor/rancor – ambos estão vivos, bem e ansiosos por ouvir a sua opinião. Caso você viva em outras regiões e a vinda a Santa Catarina seja difícil, deixo aberto o meu direct no @pablo.zorzi, prometendo que todas as mensagens serão repassadas aos mesmos e, posteriormente, respondidas.

Amo vocês. Não me odeiem por isso.

AGRADECIMENTOS

Aos meus leitores, sem os quais nada disso seria possível. Às gurias da Increasy (Alba, Grazi, Guta e Mari), por terem me transformado em um escritor de verdade. À agente Alba Milena, por me aturar há tantos anos sem reclamar. A todos da Astral Cultural, em especial à Nat Ortega e ao Carlos Rodrigues. Ao amigo e delegado de polícia Joel Specht, pelas explicações referentes a investigações criminais. Ao médico oncologista Minoro Otak, por ter me ensinado um pouco sobre as leucemias. Ao amigo Maicon Germiniani, que prontamente atendeu ao meu pedido de leitura antecipada. Aos colegas escritores Raphael Montes e Victor Bonini, pela leitura e blurbs. A todos que foram meus professores. À toda minha família, por acreditar em mim mesmo quando nem eu acredito. À minha irmã Ana Paula, que prometeu me matar caso eu não a citasse nominalmente. E à minha esposa Naiana, que me ajudou a trilhar o caminho até aqui. Obrigado.

Primeira edição (setembro/2023)
Papel de miolo Ivory slim 65g
Tipografias Lucida Bright e Mulish
Gráfica LIS